Küstenkripo Dagebüll –
Das Seesternspiel

Ulrike Busch

Das Buch

Mord in einem Wellness-Hotel! – Vom hektischen Hamburg wechselt Finja Witt zur Küstenkripo ins beschauliche Dagebüll. Für die Hauptkommissarin ist der nordfriesische Hafenort seit ihrer Kindheit der Vorhof zum Paradies. Doch bereits vor Antritt der neuen Stelle wird ihr die erste Leiche präsentiert.

Im ‚Seestern‘, einem Wellness- und Lifestyle-Hotel auf Föhr, findet die Putzfrau frühmorgens einen Gast leblos am Pool. Neben der Liege, die zum Sterbebett wurde, steht ein Drink, den der Mann besser nicht angerührt hätte.

Die Witwe zeigt sich nicht allzu betrübt über den Tod ihres Mannes. Ihre mitgereiste Freundin und ein weiterer Gast bauen eine schützende Mauer um sie. Und die Hotelchefin ist auffällig bemüht, den Mord nicht an die große Glocke zu hängen.

Dann der Schock: Finjas Kollege Eike Boss wird auf ungeahnte Weise in den Fall verwickelt. Eine Bewährungsprobe für das neue Team …

Die Autorin

Drei Herzenswünsche hat die gute Fee der gebürtigen Ruhrpottpflanze Ulrike Busch erfüllt: Erstens, in Norddeutschland zu leben, und zweitens, als Autorin von Büchern tätig zu sein, die drittens an Nord- oder Ostsee spielen.

Seit 1986 wohnt die ehemalige selbstständige Texterin in Hamburg. „Dreimal hinfallen, und ich bin an meinen Sehnsuchtsorten: Amrum, Sylt, St. Peter-Ording, Travemünde, Niendorf, Timmendorfer Strand. Überall da, wo es viel Meer, Wind und Wetter und eine salzige Brise gibt.“

Bereits ihr erster Krimi, der 2015 erschienene Bestseller „Der Pfauenfedernmord“, etablierte sich als Longseller. Seitdem arbeitet die hauptberufliche Autorin ständig an neuen Bänden ihrer erfolgreichen Krimi-Reihen.

Küstenkripo Dagebüll –
Das Seesternspiel

Ulrike Busch

© 2024 Ulrike Busch
Georg-Clasen-Weg 56
D-22415 Hamburg

post@ulrike-busch.de

https://ulrike-busch.de/

Alle Rechte vorbehalten.

Umschlaggestaltung:
Jan Klaas Mahler
Mahler Kommunikationsdesign
www.mahler-design.de

Umschlagmotiv:
iStockphoto # 1461579488
© Wirestock

Verlag:
BoD · Books on Demand GmbH,
In de Tarpen 42, 22848 Norderstedt
Druck:
Libri Plureos GmbH,
Friedensallee 273, 22763 Hamburg

ISBN: 978-3-7597-8802-3

Das Stammpersonal

Finja Witt

47 Jahre alt, in Dagebüll geboren. Dort verbrachte sie auch ihre ersten Lebensjahre zusammen mit ihren Großeltern, ihrer früh verwitweten Mutter und ihrer Schwester Lenja. Zu ihrer Einschulung zog die Mutter mit den Töchtern nach Hamburg.

Nach dem Abitur absolvierte Finja eine Ausbildung zur Kriminalpolizistin. Wegen ihrer Ermittlungserfolge wurde sie früh zur Hauptkommissarin befördert. Privat hatte sie mehrere kurze Beziehungen, sah sich jedoch immer als zufriedene Single-Frau.

Doch dann verliebte sie sich auf einer Vernissage in Hamburg, die sie mit einer Freundin besuchte, Hals über Kopf in den Künstler Valentino Svensson, der zwölf Jahre jünger ist als sie selbst. »Das kann nicht lange gutgehen«, wurde Finja von Freunden gewarnt, was sie allerdings unbeeindruckt ließ. Ihre Devise lautet: Wenn dein Traum dir begegnet, greif einfach zu!

Eike Boss

45 Jahre alt, Nordfriese, in Husum geboren. Er wollte schon als kleiner Junge entweder Polizist oder Feuerwehrmann werden. Mit Ende zwanzig hat er seine ehemalige Mitschülerin und Jugendliebe Nina geheiratet, weil Freunde und Familie ihn dazu drängten. Mit dreißig wurde er Vater eines Sohnes, anderthalb Jahre später wurde seine Tochter geboren.

Nach seiner Ausbildung war er bei der Kripo in Husum im Einsatz. Im Zuge seiner Beförderung zum Kriminalhauptkommissar wechselte er nach Flensburg. Zwei Jahre später ging seine Ehe in die Brüche. Als er sich nach Dagebüll versetzen ließ, folgte seine Frau ihm zwar. Das Paar lebt dort aber getrennt. Die Kinder beschlossen, bei ihrem Vater zu wohnen.

Valentino Svensson
35 Jahre alt, Sohn einer italienischen Mutter und eines schwedischen Vaters. Die Eltern sind Diplomaten. Kennengelernt hatten sie sich auf einem Jahresempfang für Botschaftsangehörige in Madrid. Für beide war es Liebe auf den ersten Blick. Valentino kannte die rührende Geschichte der Liebe seiner Eltern. Seit er Teenager war, hoffte er darauf, dass ihm ähnlich Romantisches widerfahren würde. Und er hoffte nicht vergebens.
Es passierte in einer Galerie in Hamburg, in der seine farbintensiven 3D-Pop-Art-Papierkonstruktionen einem breiten, fachkundigen Publikum vorgestellt wurden. Finja prallte versehentlich mit ihm zusammen, ein Glas Prosecco in der Hand. Das Glas zerbrach. Die Scherben brachten den beiden ihr Liebesglück.

Lenja Witt
43 Jahre alt. Die Schwester von Finja Witt lebt seit Jahren in Niebüll. Anders als Finja hat Lenja ihre Richtung im Leben noch nicht gefunden. Sie absolvierte ein Volontariat als Journalistin in der Redaktion

eines nordfriesischen Lokalblattes. Die Arbeit weckte ihren Sinn für Recherchen und brachte sie auf die Idee, die Branche zu wechseln.

In einer großen Wirtschaftsdetektei ließ sie sich zur Detektivin ausbilden. Doch die Beschäftigung mit Anlagebetrug und Korruption überforderte sie. Sich mit Arbeitszeitdiebstahl und vorgetäuschten Krankheiten zu befassen, langweilte sie unendlich. Und für Computerkriminalität und Patentrechtsverletzungen fehlte ihr das Know-how.

Viel spannender fand sie die Arbeit ihrer Schwester. Da ihre eigene Bewerbung bei der Polizei jedoch im Papierkorb landete, widmet sie sich heute einem teils abenteuerlichen Mix aus freiem Journalismus für lokale Zeitungen und detektivischen Recherchen. Detektivjournalismus nennt sie das. Immer wieder leistet sie sich auch Schnüffeleien auf eigene Faust, mit denen sie in die Mordfälle ihrer Schwester stolpert.

Nina Boss

Ex-Frau von Eike Boss. Als Schülerin hatte sie sich in den Kopf gesetzt, Eike zu heiraten und zum Vater ihrer Kinder zu machen. Sie erreichte ihr Ziel.

Im Laufe der Ehe verfiel sie dem Alkohol. Als Eike sie vor die Wahl stellte: »Entweder die Kinder und ich oder der Alkohol«, entschied sie sich für Letzteren.

Urte Witt

77 Jahre alt, Mutter von Finja und Lenja. Ihr Mann, ein Kapitän auf großer Fahrt, kam vor vierzig Jahren

im Hafen von Buenos Aires ums Leben, als er zufällig in eine Schießerei geriet. Nicht zuletzt aufgrund dieses Verbrechens entstand Finjas Wunsch, Kriminalität zu bekämpfen, während ihre Schwester Lenja das erlittene Trauma bis heute nicht verwunden hat.

Seit drei Jahren lebt Urte in einer Seniorenresidenz im Hamburger Norden. Dort hat sie sich in ihren Mitbewohner Harald Schmieder verliebt, der sie bei Freizeitaktivitäten und auf Urlaubsreisen begleitet.

Harald Schmieder

81 Jahre alt, seit fünf Jahren verwitwet, kinderlos. Lebenslustiger Begleiter von Urte Witt. Fühlt sich rundum wohl in der Rolle des Ersatzvaters.

Jona Boss

Sohn von Eike und Nina Boss. 15 Jahre alt, Gymnasiast. Fühlt sich ziemlich erwachsen. Langweilt sich an der Küste. Träumt von einem Leben in New York.

Jule Boss

Tochter von Eike und Nina Boss. 13 Jahre alt, Gymnasiastin. Findet die Schule vollkommen überflüssig. Möchte Model werden und die Welt bereisen.

Jan Olsen

Chef der Kriminaltechniker. Mitte 50, Nordfriese, immer ruhig, gelassen und gut gelaunt.

1

»Überwiegend freundlich, dass ich nicht lache«, ertönte der whiskygeschwängerte Bass von Ole Brand. Der korpulente Mittfünfziger deutete auf die bodentiefen Fenster im SPA-Bereich des Seestern Wellness & Lifestyle Resorts. Einen freien Blick aufs Meer hatte der Prospekt des Hauses den Gästen versprochen.

Widerwillig folgte Marlene dem Fingerzeig. Sie war es leid, hinauszusehen.

In einem dichten Schleier aus dünnen, silbrigen Fäden ergoss sich der Regen über den Strand. Die See war nur als milchiggraue Fläche zu erahnen, die in sanften Wellen vor sich hin schwappte. Es herrschte Windstärke 0 – und das an der Nordsee! Die Wolken klebten über Föhr fest, als wäre die Insel ein Achttausender, vor dem sie sich abregnen mussten, um darüber hinwegklettern und der Sonne den Weg zur Erde frei machen zu können.

Ein Trost: Auch auf Mallorca war es zurzeit nass und kalt. Marlenes Freundin Gaby hatte ihr das am Morgen per WhatsApp mitgeteilt und zum Beweis ein Foto mitgeschickt. ›Ich beneide dich um die schöne Zeit in der friesischen Karibik‹, hatte sie geschrieben. Zu allem Überfluss hatte sie um ein Foto gebeten, das Sonne, Sand und gute Laune zeigte.

Nun, der Sand war Matsch, die Sonne futsch. Und die gute Laune? Die hatten sie einzupacken vergessen.

Marlene zog ihren flauschigen Bademantel an und verknotete den Gürtel. Lustlos nahm sie ein Handtuch auf und rubbelte sich die Haare trocken.

Ole langte nach dem Drink, der auf dem Rattantisch neben seinem Korbsessel stand. Er bewegte das Glas in kleinen, hektischen Kreisen. Die Eiswürfel klirrten wie zum Protest. »Ich würde wirklich gerne wissen, wie die Wetterfrösche es nennen, wenn ab und zu mal die Sonne scheint.«

»Frag sie doch einfach. Ruf beim Rundfunk an oder schick der Redaktion eine Mail. Und wenn du die Antwort hast, gib endlich Ruhe. Ändern kann sowieso keiner was. Wir nicht, die Meteorologen nicht und das Personal vom Seestern schon mal gar nicht.«

»Für Unterhaltung sorgen könnten sie hier aber wenigstens in der freien Zeit. Man langweilt sich ja zu Tode in diesem Haus. Wenn das so weitergeht ...«

»Was dann?«

Marlene stockte der Atem. Wollte Ole etwa vorzeitig nach Hause fahren? Gerade jetzt, wo sich der kleine, harmlose Flirt mit Martin aus Düsseldorf, den sie am Begrüßungsabend begonnen hatte, zu einer interessanten Geschichte zu entwickeln begann?

Nur über ihre Leiche!

Nach achtundzwanzig Jahren Ehe kam endlich mal wieder Schwung in Marlenes Leben. Es brauchte nur etwas Zeit, dann würde mehr daraus werden. Viel mehr! Martin hatte gestern gewisse Andeutungen gemacht. Sie selbst hatte sich nicht uninteressiert gezeigt. Ihre Reaktion hatte er schmunzelnd registriert.

Da war noch jede Menge Luft nach oben. Ole war sowieso ein Auslaufmodell.

Ihr Mann stellte das Glas ab und verschränkte bockig die Arme. Er sah hinaus. »Es ist zu ruhig hier«, maulte er. »Mir fehlt der Thrill. Der Kick. Es müsste mal was passieren. Etwas, was so richtig reinzieht und mich raushaut aus dem beschaulichen Trott.«

Ja, es müsste was passieren. Das war auch Marlenes Ansicht. Sie tupfte sich das Gesicht mit dem Handtuch ab. Vorhin hatte sie zwei Saunagänge absolviert. Trotz der ausgiebigen Abkühlung unter der Eisdusche und im Pool schwitzte sie noch immer nach.

Hinter dem Tuch lugte sie zu ihrem Gatten rüber.

Ole hing in dem Korbsessel wie ein erlegter Wal, der darauf wartete, abtransportiert und gehäutet, in Stücke geschnitten und zu Katzenfutter verarbeitet zu werden.

Martin dagegen ... Beschwingt drapierte Marlene ihren knackigen kurvenreichen Körper auf eine der Liegen am Pool. Auf dem Tischchen neben ihr stapelten sich Modezeitschriften, Boulevardblätter, ein Kreuzworträtselheft und ein angefangener Kriminalroman. Sie entschied sich für das Buch, schlug es auf, las aber nicht darin. Ihre Gedanken schweiften ab.

Ole hatte vollkommen recht. Dieser Wellness-Urlaub war so verdammt verschnarcht, dass man kribbelig wurde. Das Programm, das sie absolvierten, war ganz auf Ruhe ausgerichtet. Auf Selbstfindung, innere

Einkehr, Entspannung und Gelassenheit. Das hatten sie gebucht. Sie wollten sich befreien vom durchgetakteten Alltag, vom Stress im Job, von der ständigen Erreichbarkeit. Vom virtuellen Leben wollten sie zurückkehren ins reale Hier und Jetzt.

Tschüs Cloud, hallo Erde, so hieß die Devise.

Aber was, wenn es auf der Erde grenzenlos langweilig war? Wenn es nichts mehr zu sehen und zu erleben gab? Wenn es nichts mehr zu sagen gab und wenn die innere Ruhe sich als völlige Leere erwies?

Dann half auch ein Hotel wie dieses nicht.

Nach sieben Tagen im Seestern erschien selbst der Tod mitreißender als das Hier und Jetzt und aufregender als zwei weitere Wochen in diesem Resort.

Der Tod, das unbekannte Wesen ...

Marlene kam ein Gedanke.

»Hi, ihr beiden«, rief eine helle Stimme hinter ihr.

Marlene richtete sich auf und wandte sich um.

Doris, ihre beste Freundin, die seit Jahren in Hannover lebte, betrat den SPA-Bereich. Sie trug dieses extravagante türkisfarbene Strandkleid mit dem Paisley-Muster, das Ole gleich am ersten Abend ins Auge gefallen war und von dem er seitdem schwärmte.

Marlene war klar, dass Oles Bewunderung weniger auf das Kleid abzielte als auf dessen Trägerin. Doch das war ihr nur recht. Sollte er sich ruhig auf Doris fokussieren. Das hielt ihn im Seestern, und dann fiel ihm nicht auf, dass sie mit Martin flirtete.

»Hi, Doris«, sagte sie. »Wo kommst du denn her?«

»Bestimmt nicht von einem Strandspaziergang.«

Geschmeidig ließ Doris sich auf der benachbarten Liege nieder und wandte sich Marlene zu. »Nachher gibt's Matetee und Sesamgebäck im Kaminzimmer. Hast du Lust auf eine Runde Schwitzen vorweg?«

Ole stierte Doris ungeniert an.

Marlene klappte das Buch zu und legte es auf den Tisch. »Lieber nicht. Ich hab schon zwei Saunagänge hinter mir. Das reicht für heute.«

Doris schmollte. »Einen kurzen Gang wirst du wohl noch überstehen. Wir haben die Biosauna gerade ganz für uns allein. Das bedeutet: Niemand beschwert sich, wenn wir quatschen.« Sie stand auf. Aus dem Augenwinkel bedachte sie Ole mit einem Blick, der Bände sprach. Dann wandte sie sich ab und zwinkerte Marlene zu. »Komm, lass mich nicht allein.«

Doris' Mimik konnte nur eines bedeuten: Sie hatte Marlene etwas zu erzählen. Etwas, das nur für ihre Ohren bestimmt war und keinesfalls für die von Ole.

Diese Erkenntnis ließ Marlene schwungvoller von der Liege aufstehen, als sie es beabsichtigt hatte. Sie nahm sich frische Saunatücher, die in einem hohen Regal an einer Wand gestapelt waren.

»Wartet, ich komme mit.« Ole fuchtelte mit den Armen herum und machte Anstalten, aufzustehen.

»Bleib sitzen«, rief Doris ihm zu. »Heute Nachmittag ist Damensauna. Erst wenn wir durch sind, darfst du da rein.« Sie drehte ihm die Schulter zu und schob ihre Freundin vor sich her.

Im Vorraum der Sauna warf Marlene den Bademantel ab und hängte ihn an einen Haken.

»Warte mal eben.« Doris zog einen kleinen, zusammengefalteten Briefumschlag hervor. Er trug das Wappen des Resorts. »Für dich«, flüsterte sie Marlene zu. »Den hat Martin mir vorhin im Vertrauen mitgegeben. Willst du ihn gleich lesen oder später?«

»Nach der Sauna? Bis dahin halte ich es nicht aus.« Marlene schlang ein Saunatuch um ihren Körper und knotete es fest. Mit zittrigen Fingern öffnete sie das zugeklebte Couvert und holte ein Briefchen heraus.

Sie überflog die Zeilen, die Martin an sie gerichtet hatte. Es war ein kleines Liebesgedicht. Die Worte hatte er fein säuberlich niedergeschrieben, als wollte er eine Bestnote in Schönschrift erzielen.

Marlene errötete unter Doris' Augen.

Mit einem Mal wurde die Tür zum Saunavorraum einen Spalt breit aufgerissen. Ole der Allgegenwärtige steckte den Kopf hindurch.

Doris stand mit dem Gesicht zur Tür. Sie schob sich näher an Marlene heran und tat, als flüstere sie ihr etwas ins Ohr. Dabei nahm sie ihr das Papier ab, knüllte es zusammen und verbarg es in einer Hand.

Ole trat ein und stellte sich zu den Frauen. »Was tuschelt ihr da? Was habt ihr für Geheimnisse?«

»Geht dich nix an«, sagte Doris mit sanfter Stimme. »Ist was von Frau zu Frau. Und nun darf ich dich bitten?«

Scheinbar versöhnlich legte sie ihm die freie Hand auf den Rücken, bugsierte ihn hinaus und schloss die Tür. Schnell schob sie den Brief in die Tasche von Marlenes Bademantel. Sie deutete mit dem Kopf zur

Tür. »Pass auf, dass Ole nichts davon mitbekommt. Ich glaube nicht, dass er in dieser Angelegenheit Spaß versteht.«

Marlene verdrehte die Augen. »Ich bring ihn um, wenn er in meinen Sachen rumschnüffelt.«

»Kein Mord bitte«, warnte Doris im Scherz. »Oder ist dein Mann dir eine Haftstrafe wert?« Sie legte ihren Bademantel ab, öffnete die Tür zur Biosauna und ließ Marlene den Vortritt.

Eine milde, feuchte Wärme schlug den Frauen entgegen. Sie breiteten die Saunatücher aus und setzten sich nebeneinander auf die obere Bank.

Marlene zog die Beine an. »Ein Mord käme natürlich nicht infrage«, spann sie den Gedanken weiter, als handelte es sich um eine ernst zu nehmende Überlegung. »Aber wie wär's mit einem hübschen kleinen Herzanfall? Einem, der ihn dahinrafft?«

»Willst du den bewusst provozieren?«, fragte Doris. »Hat Ole denn Herzprobleme, dass das funktioniert?«

»Nicht, dass ich wüsste. Aber man kann es ja mal versuchen.« Marlene lächelte geheimnisvoll. »Ole nörgelt den ganzen Tag. Es ist ihm zu langweilig im Seestern. Er sehnt sich nach Action. Kurz bevor du kamst, ist mir dazu was Nettes eingefallen.«

»Was denn? Da bin ich aber gespannt.«

Wieder öffnete sich die Tür zum Saunaraum.

Marlene zuckte zusammen. »Mein werter Göttergatte kann es wohl nicht lassen«, zischelte sie Doris zu. Sie beugte sich vor und guckte durch das kleine Fenster in der Saunatür.

Auch Doris lugte. »Das ist Martin«, stellte sie fest.

»Dann bin ich hier wohl überflüssig.« Sie erhob sich.

»Nein, bitte bleib.« Marlene zog die Freundin zurück auf die Bank. »Wenn Ole kommt und mich alleine mit Martin in der Sauna sieht ...«

»Stimmt, das gäbe ein dickes Problem.«

Martin trat ein und zog die Tür hinter sich zu. Er kniff die Augen zusammen. Im spärlichen Licht des aufgeheizten Raumes nahm er die Frauen nur langsam wahr. »Oh, moin«, sagte er schüchtern und nickte ihnen zu. »Ähm, hast du schon ...«, fragte er Doris mit unsicherer Stimme und deutete zaghaft mit dem Kopf auf Marlene.

»Ich hab ihr deine Nachricht gerade gegeben.«

Erneut errötete Marlene. Nur gut, dass es bei dieser Düsternis niemand erkennen konnte. Und wenn Martin es doch registrierte – dass einem heiß wurde, war in einer Sauna nicht ungewöhnlich.

»Na denn.« Unentschlossen blieb Martin vor den Frauen stehen. Er hielt sich schamhaft das Tuch vor den Körper und schien nicht zu wissen, ob er bleiben oder gehen sollte.

»Setz dich doch zu uns«, sagte Marlene aufgeräumt.

»Denk an Ole«, raunte Doris ihr zu. »Wenn er ...«

»Ist jetzt auch egal«, wiegelte Marlene ab. »Hast du Ole am Pool gesehen?«, fragte sie Martin, um das Risiko, das sie einging, besser einschätzen zu können. »Hat er gesehen, dass du hier rein marschiert bist?«

»Am Pool? Nein, da war niemand.« Martin hob die Hände. »Ist er vielleicht ins Wasser gegangen und ertrunken? Kann er überhaupt schwimmen, der kleine Fisch?« Er kicherte über seinen eigenen Scherz.

Marlene und Doris lachten anstandshalber mit.

Durch das Fenster in der Saunatür bemerkte Marlene einen Schatten. Jemand hatte die Tür zum Vorraum während des Gesprächs mit Martin geöffnet und war hindurchgehuscht.

Plötzlich flog die Tür zur Sauna auf.

Ole stand an der Schwelle mit hochrotem Kopf. Er ließ den Blick über die Holzbänke schweifen und schnaufte verächtlich. »Das nennt man also Damensauna!«

2

Dagebüll! Hier war die eine Welt zu Ende und die andere begann.

Böen pfiffen Finja um die Ohren. Ihre Augen tränten. Nicht vom Wind, sie tränten vor Glück. Sie hatte aufgehört, sich deswegen zu schämen. Warum sollte man im Leben nicht grenzenlos glücklich sein dürfen, so wie sie in diesem Moment?

Sie hatte sich einen Traum erfüllt. Hatte den ewig gleichen Trott hinter sich gelassen. Die quälend langen, täglichen Fahrten durch die verstopften Straßen Hamburgs. Die Hektik der Großstadt. Die vom Alltag gestressten Gesichter der Menschen.

Jetzt war sie hier. In Dagebüll. Dem Wohnort ihrer Großeltern. Dem Bullerbü ihrer Kindheit. Und dem Lieblingsort des Mannes, der in ihr Leben gestürmt war wie ein Tornado bei Nacht: Valentino Svensson.

Ein Name wie reife Kirschen auf Eis. Ein Mensch, der galant war wie ein König und heißblütig wie ein Rennpferd. Innerlich frei und dennoch treu. Einer, der sich in keine Schublade pressen ließ.

Die Hände in den Taschen ging Finja die letzten Meter auf das Hafen-Bistro zu. Bevor sie sich die steilen stählernen Treppen hinauf wagte, blieb sie an der Wasserkante stehen.

Sie warf einen Blick hinüber nach Föhr.

Ja, für manch einen war die Welt hier zu Ende. Doch für Menschen, die Föhr und Amrum liebten, fing sie an dieser Stelle erst an.

Sie sah sich um. Dagebüll war ihr altes und ihr neues Zuhause. Ihr Glücksort. Das Dorf ihrer Sehnsucht. Die Heimat ihrer Träume. Und niemand würde es fertigbringen, sie jemals wieder von hier wegzulocken.

Sie war angekommen.

Was man von ihrer Schwester Lenja, die im Nachbarort Niebüll wohnte, nicht sagen konnte. Doch das war ein anderes Kapitel, und sie musste sich davon freimachen. Lenja war erwachsen und musste ihren Weg finden, so wie sie ihren eigenen gefunden hatte.

Vorsichtig stieg Finja die Treppen zum Hafen-Bistro empor. Wie jedes Mal, wenn sie hinaufkletterte, wunderte sie sich darüber, dass sich nicht dreimal täglich jemand an den Kanten der hohen Stufen verfing, nach vorne kippte und sich das Schienbein brach.

Sie betrat den Gastraum und studierte die Karte, die an der Wand hinter der Theke hing. »Ein Brötchen mit Räucherlachs bitte und eine Cola light.«

»Null Komma drei oder null Komma fünf?«, fragte der Mann hinter dem Tresen, vermutlich ein neuer Mitarbeiter. Sie hatte ihn hier noch nie gesehen.

»Null drei bitte.«

Finja fischte ihr Portemonnaie aus der kleinen Umhängetasche, zog einen Zehn-Euro-Schein heraus und reichte ihn dem Mann. »Stimmt so, danke.« Sie nahm das Bestellte entgegen und wandte sich ab.

Im Moment war im Bistro wenig Betrieb. Die letzte Fähre hatte vor zehn Minuten abgelegt. Die nächste ging um sechzehn Uhr dreißig. Ihr blieb eine Zeit der Stille, bis wieder ein Schwarm Urlauber ankam und sich mit Snacks und Getränken versorgte.

Nach sieben Regentagen schien heute endlich wieder die Sonne. Finja suchte sich einen Tisch am Fenster und setzte sich auf einen Platz mit Blick auf die See. Sie beobachtete die Uthlande, die auf Föhr zusteuerte. Wie oft hatte sie als Kind diese Strecke zurückgelegt? So, wie andere Kinder mit der S-Bahn von Hamburg-Poppenbüttel nach Harburg fuhren oder mit der U-Bahn vom Hauptbahnhof nach Langenhorn, war sie mit den Fähren nach Föhr und Amrum geschippert. Tagesausflüge ins Paradies.

Finja versank in Erinnerungen an ihre Kindheit, die geprägt war von Nordseeluft, dem Wechsel der Gezeiten und dem Urvertrauen in die Natur. Das war ihr Fundament fürs Leben gewesen. Warum hatte es bei ihr funktioniert und bei Lenja nicht?

Der Mitarbeiter des Bistros kam hinter dem Tresen hervor. Er trat auf sie zu, ein feuchtes Tuch in der einen, ein trockenes in der anderen Hand. »Darf ich mal eben?« Er fing an, über den Tisch zu wischen.

Finja hob die Cola und das Brötchen hoch. »Freie Bahn zum Saubermachen«, sagte sie freundlich.

»Urlauberin?«, fragte der Mann mit steinerner Miene, während er eifrig weiterwischte.

Finja verstand. Er war nicht gekommen, um den Tisch zu reinigen. Er war aus purer Neugier hier.

»Neuzugang«, erwiderte sie ebenso knapp.

»Wie Neuzugang?«

»Ich wohne hier. Seit heute. Für immer«, schob sie freudig hinterher.

Der Mann hörte auf zu wischen. Er guckte sie an. Blickte ihr ins Gesicht. Taxierte ihren Körper, so weit er ihn in ihrer sitzenden Position begutachten konnte. Sah ihr wieder ins Gesicht und nickte verständig.

»Gut überlegt?«, fragte er.

»Sehr gut überlegt.«

Er hob einen Finger. »Also, eins sach ich dir gleich: Hier kannste vieles, nur eins kannste nich: Tot überm Zaun hängen. Bei dem Wind geiht dat nämlich nich.«

Finja stellte die Cola und das Brötchen wieder auf den Tisch. »Ich bin nicht gekommen, um totzugehen. Ich bin hier, um die Toten zu rächen.«

Sie kannte die Wirkung solcher Worte. Daher lächelte sie, während sie sprach.

»Pastorin?«, fragte der Mitarbeiter.

»Knapp daneben.«

Abwartend hob sie die Augenbrauen. Doch der Mann rätselte nicht weiter.

»Kriminalkommissarin«, klärte sie ihn auf. »Hauptkommissarin, um genau zu sein.«

Der Mann trat einen Schritt zurück. »Echt jetzt?«

Finja öffnete ihre Umhängetasche, zog eine ihrer neuen Visitenkarten hervor und gab sie dem Mann.

»Küstenkripo Dagebüll«, las er halblaut. »KHKin Finja Witt. Donnerwetter.« Er hob den Kopf und gaffte die Kommissarin bewundernd an.

»Wenn du mal Bedarf hast«, sagte sie und verfiel dabei ins küstenübliche Du, »oder einen heißen Tipp für die Kripo: Über die Nummer bin ich erreichbar.«

Noch einmal lächelte sie ihm zu.

Finjas Handy klingelte. Das konnte nur ihre Mutter oder Lenja sein. Doch ein Blick auf das Display verriet ihr, dass der Anrufer jemand war, dessen Nummer sie nicht unter ihren Kontakten gespeichert hatte.

»Witt«, meldete sie sich und lauschte neugierig.

»Hier ist der Boss«, sagte eine ungewöhnlich sanfte, sonore Stimme. Gleich darauf verstummte der Anrufer. Er wartete seinerseits auf ihre Reaktion.

Finja stutzte einen Moment, dann schlug sie sich mit der Hand vor die Stirn. »Eike! Entschuldigung, ich war gerade auf dem falschen Dampfer.«

»Dampfer ist das passende Stichwort«, setzte ihr neuer Kollege fort. »Sorry, dass ich anrufe. Aber wir haben 'ne ganz frische Sache, und da dachte ich, ich probiere es einfach mal. Ich weiß natürlich, dein Dienst bei uns fängt eigentlich erst morgen an.«

Finja lachte. »Wie gut, dass es das Wort ›eigentlich‹ gibt.« Ihr kam eine Vorahnung. »Um was für eine Sache geht es denn? Einen Kriminalfall?«

»Hervorragend kombiniert.«

Aus seinem warmherzigen Tonfall hörte Finja das Augenzwinkern heraus.

»Also, wenn ich störe ...«, redete Eike weiter.

»Nein, tust du nicht. Worum geht es denn genau?«

»Das würde ich dir gerne in Ruhe erklären. Können wir uns treffen? Hast du Zeit?«

»Könnte ich Nein sagen?«, fragte Finja zurück.

»In fünfzehn Minuten auf dem Kommissariat?«

Finja guckte auf die Uhr. »Das passt. Bis gleich.«

Sie hängte ihre Tasche um, nahm das Brötchen in die eine, die Cola in die andere Hand und stand auf. »Ich muss leider gehen«, rief sie dem Bistro-Mann zu, der sich an den Nachbartischen zu schaffen machte. »Aber ich komme wieder, ganz bestimmt.«

Der Mitarbeiter unterbrach seine Arbeit kurz. »Die Nummer auf der Visitenkarte, gilt die nur dienstlich?«

»Nur dienstlich, versteht sich.«

»Schade, wärst echt mein Typ. Nicht zu groß, nicht zu schlank, weizenblond und grüne Augen.«

»Pech gehabt.« Finja hob die Hand mit der Cola, winkte ihm damit zu und verließ das Lokal.

Das Kommissariat lag in einem kleinen reetgedeckten Haus an der Nordseestraße, unweit der Zufahrt zum Wartebereich des Hafens. Auf dem Weg dorthin kam Finja an den Fahrzeugen vorbei, die sich nach und nach in die Wartespuren einreihten.

Aus den vorderen Wagen stiegen die ersten Ankömmlinge aus. Finja beobachtete sie schmunzelnd. Es war immer dasselbe Bild: Nach einer langen Fahrt führte die Urlauber der dringendste Weg zur Toilette, der nächste in den Gastraum des Bistros.

Eike hatte im richtigen Moment angerufen. Mit der beschaulichen Ruhe im Hafenrestaurant wäre es nun schlagartig vorbei gewesen.

Eine Gruppe Jugendlicher näherte sich dem letzten Wagen in der Spur ganz links. Sie stellten sich um das verlassene Fahrzeug herum. Finja fragte sich, was sie da Interessantes entdeckt hatten.

Einer von ihnen ging in die Hocke. Die anderen stellten sich im Halbkreis hinter ihm auf, wie um ihn zu verdecken.

Was ging da vor sich?

Finja lief auf die Gruppe zu. »Hey, ihr da. Was macht ihr an dem Wagen?«

Erschrocken wandten sie ihr die Köpfe zu. Dann rannten sie davon, als wäre jemand mit einer Schusswaffe hinter ihnen her.

War das ein Fall, den man im Auge behalten sollte? Sie beschloss, Eike gleich darauf anzusprechen.

3

Einen Moment lang blieb Finja vor dem weißen Reet-
dachhaus stehen, das ab jetzt ihr Dienstsitz war. Es
wirkte nicht wie ein Gebäude, in dem Menschen saßen, deren Beruf es war, Morde aufzuklären. Es wirkte überhaupt nicht so, als wäre es der Sitz einer Be-
hörde. Wenn man davorstand und es betrachtete, erwartete man eher, dass gleich einer der sieben Zwerge
heraustreten, den Finger an die Lippen legen und sagen würde: »Pssst, leise. Schneewittchen schläft!«

Die massive, blau gestrichene Holztür stand offen.
Finja trat ein. In dem kleinen Empfangsbereich war
es angenehm kühl. Der Wind wehte von der See he-
rein, und Finja meinte, das Salz zu riechen, das sich
mit der Zeit in den Mauern eingelagert hatte.

Die Tür zu den Büroräumen war angelehnt. Aus
Höflichkeit klopfte Finja an, bevor sie sie aufstieß.

Eike saß hinter seinem Schreibtisch und stierte auf
den Monitor. Er war in eine Akte oder eine Mail vertieft. Als er sie aus dem Augenwinkel bemerkte, unterbrach er seine Arbeit sofort und stand auf.

»Finja, willkommen in Dagebüll!« Er breitete die
Arme aus, blieb jedoch vor ihr stehen, ohne sie zu be-
rühren. Verlegen ließ er die Arme sinken und reichte
ihr die Hand. »Toll, dass du es einrichten konntest.«

»Kein Problem. Sind ja keine Entfernungen, die man in Dagebüll zurücklegen muss, um von A nach B zu kommen.« Finja nahm ihre Umhängetasche ab, hielt sie in der Hand und lugte zu ihrem Schreibtisch hinüber. Ein Strauß frisch gepflückter Wiesenblumen stand vor dem Bildschirm. Sie ging darauf zu und legte die Tasche ab. »Das ist ja lieb. Vielen Dank! Sind die von dir?«

Der hochgewachsene Eike mit den braunen Augen, den dunklen Haaren und der Bodybuilder-Figur hüstelte und druckste herum. »Hm, na ja, ist ja sonst keiner da, der dir was zur Begrüßung hätte hinstellen können.« Er rang die Hände.

Seine latente Schüchternheit war Finja schon beim ersten Gespräch aufgefallen, bei dem sie ihm als zukünftige Kollegin vorgestellt wurde. Sie fragte sich, wie dieser Mann sich gegenüber Zeugen und Verdächtigen verhielt. Die Antwort darauf würde sie bald bekommen.

Eines war jedoch klar: So, wie Eike mit Nachnamen hieß, führte er sich nicht auf. Für Finja, die es gewohnt war, schnell zu denken und Entscheidungen spontan aus dem Bauch heraus zu treffen, war sein vorsichtiges, bedachtes Auftreten die ideale Ergänzung ihrer eigenen Person in diesem kleinen Team.

»Wo setzen wir uns hin?«, fragte sie und sah sich um.

»Ich dachte, am besten gehen wir in den Besprechungsraum.« Eike ging voran und stieß die Tür zu einem kleinen Nebenraum auf.

Auf dem Tisch standen Tassen und Teller, eine Teekanne und eine Käsetorte mit essbaren Blüten darauf. »Selbstgebacken«, erklärte Eike stolz. Er zog einen Stuhl vom Tisch und bot ihn ihr an.

Ein Kollege mit Manieren – wie oft hatte sie das in letzter Zeit im hektischen Hamburg vermisst!

Finja überlegte, wie sie Eikes fürsorgliches Verhalten zu verstehen hatte. Sie kam zu dem Schluss, dass sie nicht zu viel hineininterpretieren durfte. Sie war von Hamburg nach Dagebüll gezogen, aus der Weltstadt in ein Kaff am Ende der Welt. Den umgekehrten Weg hätte jeder verstanden. Doch die Richtung, die sie eingeschlagen hatte, rief bei jedem, dem sie davon erzählte, Mitleid hervor. Das war mit Eike nicht anders. Er versuchte, ihr den vermeintlich schweren Wechsel durch einen besonders freundlichen Empfang zu versüßen.

Wer außer ihrer Mutter konnte den Tausch, den sie gemacht hatte, schon verstehen?!

Sie setzte sich hin. »Den Tee hast du sicher auch selbst gekocht.«

»Ohne dass mir das Wasser angebrannt wäre«, bestätigte Eike mit einem Schmunzeln, das das Herz jeder Schwiegermutter zum Erweichen gebracht hätte.

Aber Finja war keine Schwiegermutter, und sie war vergeben – an den Mann mit dem wohl klangvollsten Namen der Welt. Der Gedanke an Valentino änderte sprungartig den Rhythmus ihres Herzschlags.

Sie rief sich zur Ordnung. Sie war im Dienst. »Fangen wir an«, sagte sie energisch. »Was ist passiert?«

Auch Eikes Gesicht wurde ernst. Wortlos schenkte er ihnen beiden Tee ein und schnitt die Torte an. Auf jeden Teller legte er ein Stück.

»Es gibt einen ungeklärten Todesfall auf Föhr«, begann er. »Das Opfer ist ein Mann, Mitte fünfzig.«

»Einer der Insulaner?«

»Nein, ein Feriengast. Der Mann hatte mit seiner Frau einen Seminarurlaub gebucht. Im Seestern Wellness und Lifestyle Resort, einem Hotel in Strandnähe. Schon mal davon gehört?«

Finja stützte einen Ellenbogen auf den Tisch und legte das Kinn in die Hand. »Nein, noch nie. Aber Unternehmen mit derart nichtssagend-wohlklingenden Namen machen mich von vornherein skeptisch. Was bietet das Haus seinen Gästen an?«

»Laut Website ist es ein Institut, in dem man lernt, sich von den stresserzeugenden Faktoren des heutigen Lebens zu befreien und mehr in sich selbst hinein zu spüren.« Wie zur Entschuldigung hob Eike die Schultern und ließ sie wieder sinken.

»Klingt irgendwie ...« Finja überlegte, wie sie es formulieren sollte. »Nach heiler Welt mit fernöstlichen Weisheiten. Ganzheitlichkeit, Achtsamkeit und so.«

Eike wiegte den Kopf hin und her. »Möglicherweise trifft das zu. So genau weiß ich das auch nicht. Ich denke, wer dahin fährt, sucht ungefähr das, was du in Dagebüll zu finden glaubst.«

Finja protestierte. »Ich glaube nicht, meine innere Ruhe in Dagebüll zu finden. Ich habe sie hier längst gefunden. Definitiv. Auch ohne Besuch so eines Instituts.« Sie nahm die Kuchengabel in die Hand und teilte ein Stück der Torte ab. »Also, wenn ich das schon höre – Wellness und Lifestyle Resort. Das ist bestimmt nur was für betuchte Leute.«

»Anzunehmen.«

»Wo sitzen die genau?«

»In Wyk auf Föhr. In exponierter Lage, direkt am Strand.«

»Der Tote wurde in dem Haus gefunden?«

»Mittendrin. Das heißt im Souterrain. Ausgerechnet im marmorgetäfelten SPA-Bereich, der den Kern des Ganzen bildet. Er lag auf einer Liege am Pool, eine Zeitschrift in der Hand und einen Drink auf dem Beistelltisch.«

»Hm, eine Zeitschrift und ein Drink als Begleiter ins Jenseits. Woraus bestand der Drink?«

»Das wird noch untersucht. Von dem Mann war keine besondere Erkrankung bekannt. Er war übergewichtig, aber gesund. Daher nimmt der Rechtsmediziner an, dass er ohne sein Wissen eine Substanz zu sich genommen hat, die den Tod herbeigeführt hat.«

»Und die Zeitschrift?«, fragte Finja routinemäßig, »was für eine war das? Ein Fußballheft? Kicker oder Sport Bild oder so? Hat ihm ein Bericht, in dem sein Lieblingsverein verrissen wurde, womöglich einen Herzinfarkt verursacht?«

Eike schüttelte den Kopf. »Nach ersten Einschätzungen des Leichenbeschauers starb er nicht an einem Infarkt. Die Zeitschrift – ich mag es kaum aussprechen ... Das war ein Pornoheft.«

»So was lesen auch Männer Mitte fünfzig. Gerade die.« Finja aß weiter von ihrem Kuchen. »Wer ist der Tote? Sag jetzt bitte nicht, es ist ein Promi.«

»Aus unserer Sicht ist er nicht prominent, aus der Sicht anderer Menschen aber schon. Es handelt sich um einen Textilunternehmer aus dem Münsterland. Sehr wohlhabend und in vielen Vereinen aktiv.«

»Aus dem Münsterland? Das ist doch überwiegend katholisch«, gab Finja zu bedenken.

»Auch Katholiken tragen Textilien«, meinte Eike. »Guck dir nur den Papst an. In was der sich immer einwickelt, wenn er vor die Kameras tritt!«

»Ja, aber sie sind nicht unbedingt die Stammleser von Pornoheften. Behaupte ich mal.«

»Der Nachsatz zeigt mir, dass du dir selbst nicht so sicher bist mit deiner Vermutung. Allerdings gibt es keine Anzeichen dafür, dass das Heft den Tod herbeigeführt oder beschleunigt haben könnte.«

»Beruhigend für den Verleger und die Zeitschriftenredaktion.« Finja trank von ihrem Tee. »Das kann noch heiter werden. Abgespielt hat sich das Ganze auf Föhr, sagst du?«

Eike nickte.

»Dass wir jetzt hier zusammensitzen, bedeutet, wir fahren heute noch rüber?« Sie sah auf die Uhr. »Die Fähre um sechzehn Uhr dreißig schaffen wir nicht mehr. Die legt gleich ab. Aber es gibt noch drei Fähren heute, um achtzehn, neunzehn und zwanzig Uhr.«

»Langsam, liebe Kollegin. So eilig haben wir es nun auch wieder nicht. Die Leiche wurde heute Morgen gefunden. Sie liegt gerade in der Rechtsmedizin. Morgen früh erfahren wir hoffentlich, woran der Mann gestorben ist. Und da du ohnehin morgen erst offiziell deinen Dienst antrittst ...«

»Warum erfahre ich erst jetzt von dem Fall, wenn die Tat sich schon gestern ereignet hat?«

Eike sah sie verwundert an. »Weil du morgen erst bei uns anfängst?«

»Ach, guck an«, spöttelte Finja. »Und warum sitze ich dann heute hier bei dir auf dem Kommissariat?«

Eike suchte nach Worten.

»Egal«, sagte Finja. »Wir fahren also morgen im Laufe des Tages rüber nach Föhr.«

»Das machen wir. Wenn du morgen früh mit einer gepackten Reisetasche herkommen könntest, das wäre toll. Tut mir leid für dich, dass die Aktion gleich Unruhe in deinen Alltag bringt.«

Finja hob die Hände. »Ich habe kein Problem damit. Ich wusste, worauf ich mich einlasse, wenn ich den Job bei der Küstenkripo Dagebüll annehme. Für mich gibt es nichts Schöneres, als von einer Insel zur anderen zu hüpfen.«

»Und dabei Mörder aus unseren kleinen Paradiesen zu fischen«, ergänzte Eike ihren Satz. »Trotzdem, es ist viel verlangt. Du bist gerade erst hierher gezogen und hast sicherlich zu Hause noch einiges zu tun. Bis die Wohnung fertig eingerichtet ist und jedes Bild da hängt, wo es hingehört ... Wenn wir wieder zurück in Dagebüll sind, helfe ich gerne, falls Not am Mann ist. Handwerklich bin ich gar nicht so unbegabt.«

Finja hielt ihm ihre Teetasse hin, damit er noch mal nachschenkte. »Danke, fürs Handwerkliche habe ich meinen Lebensgefährten. Auch wenn wir in getrennten Wohnungen leben, ist er immer für mich da.«

Eike hielt sich die Faust vor den Mund und räusperte sich. »Er ist doch Künstler, soweit ich weiß. Ein Maler mit einer ganz speziellen Technik. Kann der überhaupt mit Hammer und Nagel umgehen?«

»Wer hat dir denn gesteckt, mit wem ich zusammen bin?«

Verlegen senkte Eike den Blick. »Och, das hab ich irgendwo aufgeschnappt.«

»Guck an, es ist also bekannt, mit wem aus eurem Dorf eine Frau liiert ist, die noch gar nicht richtig hier wohnt. Dann sollte sich doch auch herumgesprochen haben, dass der Mann an ihrer Seite ein begnadeter Handwerker ist.« Finja blinzelte Eike verschmitzt zu. »Aber kommen wir noch mal zurück zu unserem Toten. Er wurde also heute Morgen gefunden.«

»Ja, vom Reinigungspersonal.«

»Und wann ist er gestorben?«

»Gestern Abend, vermutlich zwischen zwanzig Uhr und Mitternacht.«

»Er war mit seiner Frau verreist, sagtest du?«

»Richtig. Und um die Antwort auf die nächste Frage gleich vorwegzunehmen: Die liebe Frau Gemahlin hat nicht bemerkt, dass er in der Nacht nicht im gemeinsamen Zimmer geschlafen hat.«

»Oh.« Finja lehnte sich zurück. »Hat sie es wirklich nicht bemerkt oder wollte sie es nicht bemerken?«

»Das ist ein Punkt, bei dem wir nachhaken sollten.«
Eike bot ihr noch ein Stück von der Torte an.

»Gerne, danke. Die ist wirklich gelungen.« Finja
schob ihm ihren Teller hin. »Gibt es Zeugen, die etwas Verdächtiges bemerkt haben?«

Eike lächelte milde. »Ich war noch nicht da, Finja.
All das sind Dinge, die wir morgen erfragen, sofern es
sich tatsächlich um Mord handeln sollte. Wenn sich
wider Erwarten erweisen sollte, dass der Mann eines
natürlichen Todes gestorben ist, kann uns egal sein,
wo und mit wem seine Frau die Nacht verbracht hat.«

»Auch wieder wahr.« Finja befasste sich mit dem
zweiten Stück Torte und überlegte, was sie in der Reisetasche mitnehmen sollte. Am besten wäre, sie hätte
in Zukunft immer eine fertig gepackte Tasche parat.

Draußen vor dem Kommissariat ertönten Stimmen. Ein Fußball flog gegen die Tür des Gebäudes.
Ihr fiel die Begebenheit vorhin am Fährhafen ein.

»Sag mal«, begann sie mit halbvollem Mund. Sie
schluckte hinunter und fuhr fort. »Kurz bevor ich
hierherkam, hab ich im Wartebereich der Autos am
Fährhafen eine Horde Jugendlicher gesehen, die sich
auffällig benahmen. Sie stellten sich um einen Wagen,
der verlassen war, und hatten offenbar vor, an den
Reifen herumzuhantieren. Als ich sie ansprach, haben
sie die Beine in die Hand genommen und gemacht,
dass sie wegkamen.«

Bildete sie es sich ein, oder wurde Eike blass? Das
Leuchten in seinen Augen erlosch, und er sah sie mit
todernster Miene an.

»Das hast du gut beobachtet, Finja, und du hast genau richtig agiert. Das ist kein Spaß, was die sich erlauben.«

»Ist das eine Gang, eine jugendliche Bande?«

Eike zuckte mit den Schultern. »Kann man so sagen. Leider.«

»Sind die polizeibekannt?«

Eike stand auf und schob seinen Stuhl sorgfältig an den Tisch. »Lass uns demnächst weiter darüber reden. Zum Glück fallen die nicht in unser Ressort. Die machen nur Unsinn. Die Jugendlichen langweilen sich fürchterlich bei uns an der Küste. Hier ist ja nix los außer Wind und Wetter. Aber wenn du sie noch mal in einer verdächtigen Situation sehen solltest, ruf mich am besten sofort an.«

Auch Finja erhob sich von ihrem Stuhl. »Okay. Dann also bis morgen. Um acht bin ich hier, mit Reisegepäck, das ich im Optimalfall gar nicht brauche.«

Eike zuckte grinsend mit den Schultern. »Kommt drauf an, was du als Optimalfall betrachtest: das Aufklären eines Tötungsdelikts in einem schnieken Hotel auf Föhr oder das Herumsitzen und Teetrinken mit mir unter dem Dach dieses Hauses in Dagebüll.«

4

Valentino war schon früh am Morgen in seinem Atelier. Er stand da mit diesen tiefschwarzen Haaren, den eisblauen Augen und der Aura eines Vulkans, die ihn selbst im Winter bei Minusgraden umgab.

»Du wohnst noch nicht richtig in Dagebüll, da verlässt du mich schon wieder.« Er ging auf Finja zu und drückte sie an sich.

Sie schlang die Arme um seinen Hals. »Bin ja bald wieder zurück«, flüsterte sie ihm ins Ohr. Dann ließ sie ihn los.

Valentinos Wohnhaus, in dem auch sein Atelier untergebracht war, befand sich am Halligweg, einen Steinwurf von ihrer eigenen Wohnung entfernt, die sie in einem anderen Teil derselben Straße gemietet hatte. Es lag auf dem Weg zwischen ihrem neuen Zuhause und dem Kommissariat.

Noch gestern Abend hatte sie Valentino erklärt, dass ihr erster Tag im neuen Job sie bereits von Dagebüll wegführen sollte.

Finja ging zur Haustür und nahm ihre Reisetasche auf, die sie vorhin dort abgestellt hatte. Sie warf Valentino einen letzten Blick voller Liebe zu. Es war ein schönes Gefühl, ohne Drama gehen zu dürfen und zu wissen, dass sie bald wieder bei ihm war.

»Ist gar nicht so schlimm, dass du ein paar Tage weg bist«, sagte er in gespielter Nüchternheit. »Dann habe ich genug Ruhe, um mein neues Werk zu vollenden. Die Galerie macht schon Druck. Sie haben einen Käufer für ›Sylt bei Nacht‹. Der Kunde gibt bald eine große Party und will sein Wohnzimmer bis dahin mit meiner 3D-Konstruktion geschmückt sehen.«

Finja ahnte, dass er ihr mit seinen Worten nur den Abschied erleichtern wollte. Bei jeder ihrer unzähligen kurzzeitigen Trennungen hatten sie sich gegenseitig versichert, wie gut es war, dass der eine den anderen nun eine Weile alleine ließ. Doch die Sehnsucht nach dem Wiedersehen schwappte bei beiden über.

Was für eine verrückte Beziehung! Das hatte auch Lenja immer wieder gesagt. Aber was wusste sie schon von Beziehungen? Was wusste sie von Liebe? Sie liebte ja nicht einmal sich selbst.

Valentino beugte sich zu Finja hinab und gab ihr einen Abschiedskuss. Dann öffnete er die Tür. »Jetzt aber los. Eike wartet auf dich.«

Finja wünschte ihm gutes Gelingen bei der Fertigstellung seines neuen Kunstwerks.

Valentino sah ihr hinterher. Sie spürte seine Blicke im Rücken. Ein paar Meter weiter, an der Straßenecke, drehte sie sich nochmals um und winkte ihm zu.

»Pass auf dich auf«, gab er ihr mit auf den Weg.

Sie bog in die Nordseestraße ein und erkannte Eike schon auf einige Entfernung. Er stand in der Tür der ›Hütte‹, wie er das Kommissariat wegen seiner geringen Größe nannte, und sah dem Spiel der Wolken zu.

Unzählige Schäfchenwolken segelten in mehreren Schichten von Westen her über die See. Einige der kleineren himmlischen Wattebäusche überholten die größeren, die über ihnen schwebten. Andere wurden von der Sonne angeknabbert, wenn sie nicht schnell genug weiterzogen.

Schönwetterwolken! Der richtige Himmel für eine Fahrt auf dem Sonnendeck. Nach dem vielen Regen in der letzten Zeit hatten sie sich das verdient. Und was für ein Traum, ab sofort bei Dienstfahrten mit der Fähre über die See zu gleiten und nicht mehr mit dem Wagen vor tausend Baustellen im Stau zu stehen!

»Da bist du ja schon«, empfing Eike sie. »Drei Minuten vor Dienstbeginn!«

»Ich wollte einen guten Eindruck machen, wenigstens zum Start.« Sie zwinkerte ihm zu.

Eike wollte ihr die Reisetasche abnehmen.

»Danke, die ist nicht so schwer, wie sie aussieht.«

Er zuckte mit den Schultern. »Dann nicht. Ich kehre nur gerne den Gentleman raus«, erwiderte er lachend und hielt ihr die Tür auf. »Komm rein.«

Finja betrat das Büro. »Hast du schon was vom Rechtsmediziner gehört?«

»Gehört nicht, aber gelesen. Einen Bericht mit ersten Erkenntnissen der Obduktion hat er gestern am späten Abend geliefert. Willst du's lesen? Ich hab dir den Link auf die Datei in unserem System geschickt.«

Finja setzte sich und überlegte, ob noch genug Zeit blieb, den Computer einzuschalten. »Danke, das ist lieb. Aber schneller geht es, wenn du mir kurz erzählst, was Sache ist. Unsere Fähre nach Wyk geht in wenigen Minuten.«

Auch Eike nahm Platz. Er grinste. »Du kannst es wohl kaum erwarten, loszulegen. Also gut, eine Kurzinfo von mir. Der Tote hat inzwischen einen Namen. Ole Brand. Sechsundfünfzig Jahre alt und doch nicht ganz so gesund, wie es gestern noch hieß. Er war Diabetiker, allerdings nicht sonderlich schwer erkrankt.«

Finja beobachtete den Zeiger an der Wanduhr, der Minute für Minute weiterrückte und sich der Abfahrtszeit der Fähre näherte.

»Und?«, drängelte sie. »War es nun Mord?«

Eike folgte ihren Blicken. »Keine Angst, wir schaffen das. Die Fähre wartet den Regionalzug aus Husum ab. Der verspätet sich um zwanzig Minuten.«

Dieser Antwort entnahm Finja zwei Informationen: Erstens standen sie nicht unter dem Zeitdruck, den sie bis gerade angenommen hatte. Und zweitens: Der Tod des Mannes ging nicht auf eine natürliche oder krankheitsbedingte Ursache zurück. Es handelte sich tatsächlich um ein Verbrechen. Sonst hätte Eike sich nicht nach der Abfahrt der Fähre erkundigt.

Finja lehnte sich zurück. »Es geht also um ein Tötungsdelikt.«

Ihr Kollege beugte sich über den Schreibtisch und senkte die Stimme. »Sieht so aus. Ob es aber ein Mord war, lässt sich noch nicht sagen. Nur eins ist sicher: Eine äußere Gewalteinwirkung gab es nicht.«

Finja wurde nervös. »Eike, bitte. Wenn wir so weitermachen, sitzen wir Weihnachten noch hier und haben noch keinen Fuß in dieses Wellness-Resort gesetzt. Woran ist der Mann gestorben?«

Der geduldige Eike verzog keine Miene. Ihm lagen die Ruhe und Gelassenheit des Nordfriesen in den Genen, der jedes Jahr heftige Stürme und Fluten erlebte und dabei eins nie durfte, wenn er die Situationen gut überstehen wollte: die Nerven verlieren.

Finja seufzte innerlich. Ihren familiären Wurzeln nach müsste sie ähnliche Gene haben wie er. Doch sie waren in ihrer Hamburger Zeit verkümmert. Ob sie sich an der Nordsee wiederbeleben ließen?

Eike drehte den Monitor seines Computers ein paar Grad weiter zu sich herum und griff nach der Maus. Er klickte auf dem Bildschirm herum. »Gestorben ist der Mann an einer Überdosis GBL.«

»Liquid Ecstasy«, rief Finja aus.

Eike sah zu ihr hinüber und nickte. Dann las er weiter vom Bildschirm ab. »In dem Drink, den er sich an dem Abend genehmigt hatte, hat die KTU eine tödliche Dosis nachgewiesen. Der Stoff war mit Gin und einem Softdrink vermischt, on the rocks.«

»Im Körper waren nach so vielen Stunden sicher keine Rückstände mehr zu erkennen«, folgerte Finja.

»So ist es nicht ganz. Im Blut lassen sich eventuelle Rückstände bekanntlich rund sechs Stunden nachweisen, im Urin rund zwölf Stunden. Der Rechtsmediziner konnte im Urin noch schwache Spuren von GBL feststellen. Es war ein Test auf die letzte Sekunde.«

Finja runzelte die Stirn. »Um wie viel Uhr genau ist der Mann gefunden worden?«

»Ein externer Reinigungsdienst fängt um sieben an, in dem Haus zu arbeiten. Um acht hat eine Mitarbeiterin der Firma ihn am Pool entdeckt und den Notarzt gerufen. Der Urin wurde dem Leichnam rund zwei Stunden später entnommen, in einer Blitzaktion. Der Doc hatte wohl gleich so eine Vermutung.«

»Wegen der Location, in der die Leiche lag?«, fragte Finja. »Wie gesagt, wenn ein Hotel sich so benennt wie dieses, stelle ich mir automatisch vor, wie die Gäste abends ihre Kokain-Partys feiern. Und dann ist da auch gerne mal Liquid Ecstasy im Spiel.«

»Es lebe das Vorurteil.« Eike schmunzelte.

Finja sah ihm an, dass er ihre Meinung teilte.

»So was vermutet man ja normalerweise eher in einschlägigen Häusern auf Sylt«, fuhr er fort. »Aber aus deiner Hamburger Zeit kennst du solche Fälle sicher auch. Nimmt in so einer Stadt mit Kiez und Kriminalität nicht jedes Schulkind schon Ecstasy?«

Finja neigte den Kopf zur Seite. »Wie war das noch mit den Vorurteilen? Und was für ein Bild hast du von Hamburg?«

»Okay, okay, ich nehm's zurück.«

Finja wurde wieder ernst. Sie richtete sich auf und verschränkte die Hände. »Was schließen wir aus der Todesursache? Mir fallen verschiedene Szenarien ein.«

»Dann zähl mal auf. Zeig, was du kannst.« Wieder lächelte er sie an.

»Szenario eins: Ole Brand wurde ermordet. Jemand hat ihm heimtückisch das GBL in den Drink gemixt, um ihn aus dem Weg zu räumen.«

Eike zeigte mit dem Finger auf sie. »Das klassische Motiv der verwöhnten, aber genervten Ehefrau, die die Bahn für ihren Liebhaber freimachen will.«

»Oder das Motiv eines Liebhabers, der die scheidungsunwillige Geliebte endlich für sich haben will.«

»Oder so«, meinte Eike. »Kommt beides irgendwie aufs Gleiche raus.«

»Könnte auch eine gemeinschaftliche Tat von Ehefrau und Geliebtem gewesen sein, sofern überhaupt einer vorhanden ist«, kombinierte Finja. »Szenario zwei: Die Gäste haben eine wilde Party gefeiert. Einer hat eine Runde GBL spendiert und auf den Tisch gestellt, ohne die anderen genügend zu warnen. Ole Brand hat sich zu viel davon eingeschenkt. Daran ist er gestorben. Und die anderen haben zugesehen, oder sie haben es nicht bemerken wollen.«

»Dann ginge das in Richtung fahrlässige Tötung oder Unterlassung mit Todesfolge.«

»Ich sehe noch eine Möglichkeit«, sagte Finja. »Der Mann hat sich aus Leichtsinn oder Unerfahrenheit nicht den goldenen Schuss, sondern den goldenen Drink gegeben. Wegen des Kicks, den er brauchte.«

Eike machte ein nachdenkliches Gesicht. »Das halte ich für eher unwahrscheinlich.«

»Ich auch. Trotzdem müssen wir das in Erwägung ziehen. Wir müssen auch überlegen: War Ole Brand des Lebens überdrüssig? Steckte er in einer schweren Midlife-Krise? Hat er seine Frau Gemahlin mit einem Lover entdeckt, und das hat ihm den Rest gegeben? Klären möchte ich diese Fragen auf jeden Fall.«

Eike sah auf die Uhr. »Nun bin ich derjenige von uns beiden, der Druck macht. Viel Zeit bleibt uns nicht mehr, bis die Fähre ablegt.« Er suchte zwischen Stapeln von Papier auf seinem Schreibtisch, zog zwei Blätter hervor und hielt sie Finja hin. »Dein Ticket für die jetzige Fahrt hab ich schon besorgt. Den Antrag für die Monatskarte der Reederei müsstest du später bitte noch unterschreiben.«

»Okay. Auf geht's.«

5

Der Zug aus Husum traf ein, als Finja und Eike den
Hafen erreichten. Sie beeilten sich und betraten die
Fähre, bevor die Gäste der Bahn sie stürmten.

»Aufs Sonnendeck?«, fragte Finja mit einem Blick,
der kein Nein zuließ.

Sie stiegen die steilen Treppen hinauf und suchten
sich eine Bank am hinteren Ende des Decks. Es dauerte noch einige Minuten, bis das Signal zum Ablegen
ertönte. Eine gewisse Verlegenheit machte sich zwischen den Ermittlern breit. Die Fahrt war dienstlich,
fühlte sich aber wie ein privater Ausflug an.

Eike nutzte die Gelegenheit, um seine Neugier zu
stillen. »Wie hat Valentino reagiert, als du ihm eröffnet hast, dass du ihn gleich wieder verlassen musst?
War er nicht sauer? Oder vielleicht sogar eifersüchtig
auf mich?«

Finja guckte ihn von der Seite an. »Denkst du, als
feuriger Italiener bringt er dich aus Eifersucht um?«

Eike guckte erschrocken. »So hab ich das nicht gemeint.«

Sie stieß ihm den Ellenbogen gegen den Arm. »Ich
doch auch nicht. Nein, Valentino war nicht sauer.
Und eifersüchtig ist er schon gar nicht, von Natur aus
nicht. Als ich überlegte, mich auf den Posten bei der

Küstenkripo zu bewerben, habe ich ihm gesagt, wenn ich den Job bekommen sollte, würde ich mich dienstlich mehr auf den Inseln und Halligen aufhalten als in Dagebüll. Das hat er bedenkenlos akzeptiert. Er hat mich sogar ermutigt, mich zu bewerben, und findet es toll, dass ich die Stelle bekommen habe.«

»Na ja«, sinnierte Eike, »immerhin bist du ihm auf den Inseln näher, als wenn du in Hamburg wärst, und er könnte dich da sogar besuchen. Das war sicher auch nicht einfach für euch, so eine Fernbeziehung.«

»Stimmt. Ein Jahr lang haben wir das durchgezogen. Sind ständig zwischen Dagebüll und Hamburg gependelt. Auch wenn die Ermittlungen mich durchs Wattenmeer führen, werden wir uns nun viel häufiger sehen. Und da wir beide auch gerne allein ...« Finja verstummte. Was redete sie da? Sie hatte Eike schon viel zu viel offenbart.

Valentino und sie waren nicht fürs Leben zu zweit unter einem Dach gemacht. Sie genossen es, einen Menschen zu haben, mit dem sie ihr Leben teilten. Mit dem sie über alles reden, dem sie vertrauen und auf den sie sich verlassen konnten. Sie verbrachten gerne viel Zeit miteinander, gingen an den Strand oder kochten zusammen. Mal übernachtete Valentino bei ihr, mal sie bei ihm. Aber sie brauchten auch das Alleinsein, die Sehnsucht, das Warten und die Vorfreude auf den anderen.

Doch all das war privat. Es ging Eike nichts an.

»Und du so?«, fragte sie, um von ihrem eigenen Privatleben abzulenken. »Bist du verheiratet?«

Eike hob die Achseln und ließ sie wieder fallen. »Geschieden, zwei Kinder. Ein Sohn, eine Tochter. Beide gerade mitten in der Pubertät. Ich kann dir was erzählen!« Auch er verstummte schnell wieder und streckte die Hand nach Westen aus. »Oland, dahinter Langeneß. Bei dem Licht heute sieht es aus, als wären die Halligen zum Greifen nah. Bist du schon mal dagewesen?«

»Nicht nur einmal. – Jetzt lenkst du aber ab.«

Eike grinste verlegen.

Schweigend schipperten sie weiter. In Höhe von Langeneß nahm Eike erneut Anlauf. »Dein Valentino, also, er ist ja nicht ganz unbekannt.«

»Stimmt. Er hatte schon Ausstellungen in New York, Paris, Madrid und Rom. Nächstes Jahr steht London an. Du interessierst dich für Kunst?«

»Na ja, ich hab was über ihn gelesen. Einen Artikel anlässlich einer Ausstellung in Hamburg. Er ist ...«

»Was ist er? Raus mit der Sprache!«

»Fünfunddreißig. Er ist erst fünfunddreißig Jahre alt. Stimmt das?«

Finja warf den Kopf in den Nacken. Daher wehte der Wind! Eike wusste, dass sie siebenundvierzig war.

»Ja«, sagte sie und tat bewusst so, als hätte sie nicht verstanden, worauf er hinauswollte. »Und er ist ein echtes Wunderkind. Er hat mit Buntstiften Bilder gezaubert, bevor er laufen oder sprechen konnte. Die Lehrer haben seinen Eltern empfohlen, ihm privaten Unterricht erteilen zu lassen. Schon in den ersten Semestern auf der Kunstakademie hat er internationale

Auszeichnungen erhalten. Die Galerien reißen sich um ihn. Und ich persönlich finde ihn genial.«

»Das ist er sicher. Hab einiges von ihm gesehen.«

»Und deine Ex«, fragte Finja, »wie viel ist sie jünger als du? Wart ihr ein konventionelles Paar?«

Eike schluckte. Dann stand er auf. »Ich geh runter ins Restaurant und hol mir Proviant. Darf ich dir was mitbringen?«

Finja überlegte kurz. »Wasser hab ich dabei, aber nichts zu essen.«

»Krabbenbrötchen?«

Sie lachte. »Gäbe es eine Alternative dazu?«

Eike verschwand.

Finja genoss die Zeit, die sie für sich allein mit der See hatte. Um sie herum war es still. Die meisten Urlauber hatten sich Plätze im Restaurant oder weiter vorne auf dem Sonnendeck gesucht.

Nur die Schreie der Möwen waren zu hören. Sie kreisten über der vorderen Hälfte der Fähre, wo Gäste sie unvorsichtigerweise mit Broten und Pommes fütterten, und stritten sich über die Beute. Finja scherte sich nicht darum. Sie genoss den Augenblick. Niemand stand an der Reling, der ihr die Sicht auf die See verstellt hätte, um Handy-Fotos von den Halligen zu machen oder nach Seehunden Ausschau zu halten.

Sie erreichten die Stelle der Fahrrinne, an der die Fähre einen Schlenker machte. Finja hatte auf diesen Moment gewartet. Sie beugte sich ein wenig über die Reling. Ganz weit hinten konnte sie die Südspitze ihrer Sehnsuchtsinsel Amrum erahnen.

Eike kehrte zurück. Er hatte Papiertüten mit Brötchen in den Händen und eine Flasche Wasser unter dem Arm. Er gab ihr eine der Tüten.

»Danke dir.« Finja nahm ihre Handtasche und holte das Portemonnaie heraus. »Was bekommst du?«

»Lass stecken«, sagte Eike. »Ich spendier das heute. Als Entschuldigung für meine dumme Frage vorhin wegen Valentinos Alter.«

Finja lachte. »Du bist nicht der Einzige, der darüber stolpert. Du glaubst nicht, wie oft ich in den vergangenen zwölf Monaten auf unseren Altersunterschied angesprochen wurde. Frauen dürfen in Partnerschaften deutlich jünger sein als Männer, aber umgekehrt? Wehe! Wenn mir jeder von denen, die sich daran stören, ein Brötchen ausgegeben hätte, wäre ich heute so dick, dass die Fähre Schlagseite bekäme.«

6

Die Uthlande fuhr nur bis nach Wyk auf Föhr, nicht weiter nach Amrum, wie einige der späteren Fähren. Umso größer war das Gedränge auf den Treppen hinab zum Autodeck, als der Hafen angesteuert wurde.

»Lass die Urlauber vor«, sagte Eike. »Die haben es viel eiliger als wir.«

»Den Eindruck habe ich auch.« Finja schmunzelte beim Anblick der leidgeprüften Eltern, deren Kinder ihnen um die Beine herumwuselten und quengelten, weil ihnen das Anlegemanöver zu lang dauerte und sie nicht schnell genug auf die Insel kamen.

Sie fühlte sich an ihre eigene Kindheit erinnert. Jedes Mal, wenn das Schiff anlegte, ergriff sie die Hand ihrer Großmutter und zog sie ungeduldig hinter sich her, um so schnell wie möglich am Strand zu sein.

Mit den letzten Passagieren, alleinstehenden Reisenden und älteren Paaren, teils mit Rucksack und Rollator, verließen auch Finja und Eike die Fähre.

Der erste Weg führte sie zur Polizeistation am Hafendeich. Das nüchterne zweieinhalbstöckige Backsteingebäude hatte Finja bisher noch nie bewusst wahrgenommen. Es lag nördlich des Fähranlegers an einer Stelle am Hafen, die bei ihren früheren Abstechern zu der Insel nicht auf ihrem Weg gelegen hatte.

Eike stellte Finja den Kollegen vor. Sie führten ein kurzes Gespräch über verschiedene urlaubstypische Vorfälle, die sich in letzter Zeit auf Föhr ereignet hatten: Gestohlen geglaubte Hotelzimmerschlüssel, die sich in den Abfalleimern von Eisbuden wiederfanden. Mitgeschnackte Hunde, die sich in Wahrheit in fremde Gärten geflüchtet hatten, um dort unbeaufsichtigte Grillwürstchen zu erbeuten. Entführte Jugendliche, die lediglich nachts ausgebüxt waren, um eine Strandparty zu feiern.

Als alles durchgesprochen war, übergab einer der Polizisten den Gästen aus Dagebüll den Schlüssel für einen Dienstwagen und nannte ihnen die Adresse des Seestern Wellness und Lifestyle Resorts.

»Den Weg findet ihr wohl alleine«, meinte er.

»Der Straßenname sagt mir was«, erwiderte Eike. »Das Resort kenne ich nicht. Aber das Navi wird uns zur richtigen Hausnummer führen.«

Er richtete den Funkschlüssel auf das einzige zivile Fahrzeug, das auf dem Parkplatz der Polizeistation wartete. Die Türverriegelung löste sich, Finja und er stiegen ein. Eike checkte kurz das Armaturenbrett.

»Bin gespannt, was uns gleich erwartet.« Er gab die Anschrift des Resorts ins Navigationssystem ein, das ihn kurz darauf informierte, wie er fahren sollte.

»Wir haben uns überhaupt nicht angemeldet«, bemerkte Finja und fragte sich im Stillen, wie sie das hatte vergessen können.

»War in diesem Fall auch nicht nötig«, meinte Eike. »Die Leute, die wir brauchen, werden wir schon vorfinden. Die verwitwete Ehefrau, den Chef des Hauses, die Dozenten, das weitere Personal, die anderen Teilnehmer der Seminare. Von einer Insel entkommt man nicht so schnell.«

»Mag sein. Aber ob sie gerade dann Zeit für uns haben, wenn wir sie sprechen wollen?«

Eike warf ihr einen kurzen, erstaunten Blick zu. »Fragen wir danach? War das bei deinen hartgesottenen Kriminellen in Hamburg so üblich?«

»Wenn wir höflich sein wollen, tun wir wenigstens so, als ließen wir den Leuten die Wahl.«

»Wollen wir höflich sein?«

Eike bog in eine Straße ein, an deren Ende man aufs Meer sehen konnte. Sie befanden sich am südöstlichen Ende von Föhr, in der Nähe des DLRG-Turms 4 und des Leuchtturms Olhörn.

»Ist das nicht ein Traum?«, fragte Finja. »Du gehst aus dem Haus, spazierst die Straße runter, gehst übern Deich, und vor dir liegen Strand und See.«

»Und wenn du Pech hast, stolperst du auf dem Weg dahin über eine Leiche. Alles schon vorgekommen.« Eike fuhr auf einen Parkplatz und stellte den Wagen ab. »So, wir sind da. Dann lassen wir uns mal überraschen, wie die Leute reagieren, wenn plötzlich Kriminalpolizei vor ihnen steht.«

»War es dir deshalb so wichtig, dass wir unangemeldet kommen? Hoffst du darauf, den Täter daran zu erkennen, dass er kreidebleich wird, wenn es auf einmal heißt: Guten Morgen allerseits, hier ist die Küstenkripo Dagebüll?«

»Einen kleinen Hinweis kann der Überraschungseffekt schon geben. Ist dir das noch nie aufgefallen?«

»Nicht unbedingt.« Finja löste den Sicherheitsgurt. »Die Kunden, die ich in Hamburg bedient habe, waren von der Marke ›Abgebrüht & Pokerface‹. Die haben sich nicht beeindrucken lassen, wenn meine Kollegen und ich antanzten, um mit ihnen einen Kaffee zu trinken. Erst haben sie uns ganz cool erzählt, dass wir nicht das Recht hätten, ihr Haus zu betreten. Dann haben sie ihre Anwälte gerufen. Ohne die ging gar nichts. War manchmal ganz schön zäh.«

»Demnach bedeutet dein Wechsel nach Dagebüll einen Tausch Vorhölle gegen Vorraum zum Paradies. Bei den Fällen, die auf unserem Schreibtisch landen, musst du dir nicht mit der Maschinenpistole den Weg ins Wohnzimmer bahnen, und an Rechtsanwälte denken die Leute hier vor Schreck meistens gar nicht.«

Sie stiegen aus und bestaunten das Gebäude, das vor ihnen lag. Das Resort war ein zweieinhalbstöckiger, weiß verputzter Hotelkomplex mit blauen Fensterrahmen. Den Abschluss bildete ein Walmdach mit glasierten Ziegeln im Farbton der Rahmen.

»Diese Farbkonstellation aus blendendem Weiß und strahlendem Blau«, sagte Finja, »die erinnert mich ein bisschen an Häuser in Griechenland.«

»Du befindest dich in der friesischen Karibik, wenn ich dich daran erinnern darf. Die Farben dieses Hauses geben den Gästen eine Illusion von Sonnenschein und Schutz vor Hitze. Das Blau symbolisiert natürlich wie überall auf der Welt Himmel und See.«

Die Flügel der gläsernen Schiebetür öffneten sich automatisch. Im ersten Moment glaubte Finja, sie stünde vor dem Tor zum Garten Eden, das sie einlud, hineinzuspazieren. Dann trat eine Person heraus, die man nur als feine Dame bezeichnen konnte. Sie trug ein weißes Kleid mit kurzen Ärmeln. Die Säume waren weinrot abgesteppt, und eine Kordel im gleichen Rot fungierte als Gürtel. Auch die Pumps waren farblich darauf abgestimmt. Vermutlich hatte die Trägerin Kleid und Schuhe als Ensemble erstanden. Finja war sicher, dass auch eine rote Handtasche dazu gehörte.

Die Frau war hochgewachsen und schmal gebaut. Ihre braungebrannte Haut bildete einen beneidenswerten Kontrast zu dem Kleid.

»Sie sind die neuen Gäste?« Die Dame trat auf sie zu. Sie hatte die Hände ineinander verschränkt und hielt sie vor dem Bauch. Als sie die Ermittler erreichte, streckte sie Finja die Rechte entgegen. »Willkommen im Seestern Resort! Mein Name ist Inga Brodersen. Ich bin die Leiterin dieses Hauses.« Bevor Finja etwas sagen konnte, gab Inga auch Eike die Hand. »Wo haben Sie denn Ihr Gepäck gelassen? Ah, da sehe ich Ihren Wagen. Ich werde gleich veranlassen, dass man Ihnen hilft, die Koffer aufs Zimmer zu bringen. Folgen Sie mir doch bitte ins Haus.«

Finja wollte etwas sagen, doch Eike drückte seinen Ellenbogen gegen ihren Arm, und sie verstand das Signal.

Inga Brodersen wandte sich ab und ging wieder auf die Glastür zu.

Auf die Scheiben der Eingangstür waren Folien mit den Umrissen fliegender Möwen geklebt. Die Schablonen waren weiß, grau und blau gefärbt.

Finja hielt sich einen Schritt hinter Eike, der an den Fersen der Hotelchefin haftete.

Die Leiterin des Resorts ging auf den Empfangstresen zu. »Eske, die neuen Gäste sind da.«

Die junge Frau, die sie angesprochen hatte, blickte erstaunt auf. »Das Ehepaar Kleinschmidt? Entschuldigung, Sie sind sehr früh. Ihr Zimmer ist leider noch nicht bezugsfertig. Wenn Sie sich vielleicht solange ...«

Eike hob die Hände, um sie zu stoppen. »Ich muss mich entschuldigen«, sagte er mit der freundlichsten Miene, die er zustande brachte. »Wir haben uns noch nicht vorgestellt. Es hatte sich bisher einfach nicht ergeben.« Er drehte sich zu Finja um, die schräg hinter ihm stehen geblieben war. »Die freundliche Dame an meiner Seite ist nicht meine Ehefrau. Sie ist meine Kollegin Finja Witt, Kriminalhauptkommissarin von Beruf. Ich bin Kriminalhauptkommissar Eike Boss. Wir sind von der Küstenkripo Dagebüll.«

»Nein!«, rief Inga Brodersen aus. »Bitte keine weitere Polizei in meinem Haus! Das dulde ich nicht. Wir sind ein Wellness-Resort.«

Einen Augenblick lang glaubte Finja, die Chefin des Hauses würde sie gleich hinauskomplimentieren. Eikes Körper spannte sich an, und auch sie selbst merkte, wie sie unwillkürlich die Schultern straffte. Gleichzeitig bemühten sie sich um einen freundlichen, aber bestimmten Gesichtsausdruck.

»Frau Brodersen«, hörte Finja sich sagen, »wir verstehen absolut, dass das eine unangenehme Situation für Sie ist.«

»Unangenehm?«, fauchte Inga sie an. »Was glauben Sie, was gestern hier los war, als Ihre Kollegen im Wellness-Bereich herumgeschnüffelt haben und im Zimmer des Ehepaares Brand? Haben Sie schon mal versucht, Menschen, die einen Urlaub in einem Wellness-Resort gebucht haben, klarzumachen, dass sie den wichtigsten Bereich ihres Aufenthalts auf unbestimmte Zeit nicht nutzen dürfen?«

»Mit den Kollegen meinen Sie sicherlich die Kriminaltechniker«, sagte Eike. »Jeder erwachsene Mensch dürfte Verständnis dafür haben, dass unsere Spurenexperten ihre Arbeit machen müssen, wenn jemand auf unnatürliche Weise ums Leben gekommen ist. Und für Frau Brand hatten Sie doch bestimmt ein anderes Zimmer, in das sie solange umziehen konnte.«

»So viele Zimmer, wie es den Anschein hat, haben wir nicht«, jammerte Inga. »Wir nutzen viele Räume des Hauses für Gespräche zwischen einzelnen Gästen und Therapeuten oder Dozenten. Außerdem brauchen wir unterschiedlich ausgestattete Gruppenräume für die verschiedenen Kurse. Zum Glück hatte ich noch ein Einzelzimmer für Frau Brand frei. Gebucht hatte sie aber ein Doppelzimmer.«

»Das sie nach dem Tod ihres Mannes ja nun nicht mehr benötigte«, erwiderte Finja gelassen. »Und außerdem war das doch nur für eine Nacht. Oder hat die Kriminaltechnik länger gebraucht?«

»Sie haben gut Reden. Den ganzen Tag bis in die Nacht hinein hat die Zimmerdurchsuchung gedauert. Wenn Sie in meiner Lage gewesen wären ... Und heute sind diese Leute immer noch da. Es nimmt kein Ende. Eins sage ich Ihnen: Wenn sich herumspricht, was hier passiert ist, sind wir erledigt. Wenn die Gäste erfahren, dass bei uns am Pool eine ganze Nacht lang ein Toter auf einer Liege lag und die Polizei seitdem bei uns im Haus präsent ist wie der Sonnenschein ...«

»Was dann?«, fragte Eike. »Ich denke, es ist für alle Beteiligten ein gutes Gefühl, dass wir hier sind. Denn irgendwo in diesen Zimmern ...« Eike hob einen Finger und machte eine kreisende Geste mit der Hand. »Irgendwo in diesem Haus wohnt jemand, der ein Menschenleben auf dem Gewissen hat.«

Inga zog empört die Augenbrauen hoch.

Bevor sie ihren Ärger in Worte fassen konnte, fuhr Finja fort. »Es sei denn, der Täter findet sich unter Ihrem Personal. Aber das wollen wir doch nicht hoffen. Sicher sind auch Sie daran interessiert, dass der Todesfall so schnell wie möglich aufgeklärt wird. Stellen Sie sich vor, die Leute würden sagen: Statt regenerieren zu können, muss man im Seestern damit rechnen, ums Leben zu kommen, und niemand fragt, wie das passieren konnte. Was wäre dann?«

»Also wirklich!« Inga Brodersen ließ die Schultern hängen. Die Arme baumelten kraftlos an ihrem Körper herab. Nach einem Moment der Sprachlosigkeit suchte sie Halt am Tresen. »Und wie stellen Sie sich nun vor, wie es weitergeht?«

»Das würden meine Kollegin und ich gerne mit Ihnen unter sechs Augen besprechen.«

Inga stieß die Luft verärgert aus.

Finja tat, als befürchtete sie, die Chefin des Hauses würde gleich in Ohnmacht fallen. »Sie sind ganz blass geworden. Ist Ihnen nicht gut? Ich schlage vor, Sie setzen sich irgendwo hin.«

Eike wandte sich an die Rezeptionistin. »Frau Brodersen muss sich setzen. Wo können meine Kollegin und ich sie hinbringen? Es sollte ein Raum sein, in dem wir ungestört mit ihr reden können, sobald sie sich erholt hat.«

Die junge Frau, die von ihrer Chefin mit Eske angeredet wurde, wies mit dem Finger auf einen Raum, den man vom Bereich der Rezeption aus erreichte. Sie dirigierte die Ermittler und Inga Brodersen hinter den Tresen und öffnete die Tür zu dem Büro.

Bevor Finja die Tür schloss, drängte Inga sich kurz dazwischen. »Kein Wort zu niemandem«, rief sie ihrer Mitarbeiterin zu. »Hast du verstanden? Zu niemandem ein Wort. Und lass uns Getränke bringen, heiß und kalt.«

›Bitte‹, fügte Finja in Gedanken hinzu. ›Lass uns bitte Getränke bringen.‹ Sie nickte Eske freundlich zu und schloss die Tür.

7

Marlene saß beim Frühstück im Restaurant des Seestern, ein Brötchen, einen Klecks Marmelade und einen Kaffee vor sich. Sie hatte sich dafür entschieden,
sich nicht an den Tisch zu setzen, den Ole am ersten
Morgen nach der Ankunft für sie beide erkämpft hatte. Er stand am Fenster zum Innenhof hin mit Blick
auf den hübschen Springbrunnen.

Vor ihrer Ankunft hatte ein anderes Ehepaar dort
gefrühstückt. Der Mann hatte sie dezent darauf hin-
gewiesen, dass es eine ungeschriebene Tischordnung
gab, die besagte, dass man sich am ersten Tag einen
freien Tisch aussuchte und den bis zum Tag der Abfahrt behielt – es sei denn, während der Zeit wurde
ein anderer Tisch frei, an den man wechseln konnte.

Ole hatte die Leute nicht einmal eines Blickes ge-
würdigt. Er hatte Marlene angesehen und ihr gesagt,
wenn es solch eine Regelung gebe, dann sei sie vorübergehend ausgehebelt. Er habe diesen Platz erobert,
und der sei nun für die nächsten drei Wochen ihrer.

Das andere Ehepaar hatte sich kopfschüttelnd ver-
zogen und unter stummem Protest an einem Tisch
am anderen Ende des Restaurants Platz genommen.
So weit weg von Ole und ihr, wie es nur möglich war.
Den Groll des Paares hatte Marlene gut verstanden.

Nun saß sie an einem anderen Tisch und hatte keinen Appetit. Der Wecker hatte sie heute Morgen aus einem kurzen traumlosen Tiefschlaf gerissen, nachdem sie fast die ganze Nacht über wach gelegen hatte. Nur ab und zu war sie für einige Minuten eingeduselt.

Sie hatte Angst davor gehabt, einzuschlafen. Noch größer aber war die Angst davor gewesen, am nächsten Morgen aufzuwachen.

Dieses Wissen, von jetzt an allein zu sein ...

Ihre Gefühle fuhren wechselweise Karussell und Achterbahn. Sie war Witwe. Seit gestern Morgen. Eigentlich seit vorgestern Abend. Es war unbegreiflich.

Ole war tot.

Wie oft hatte sie sich im Stillen gewünscht, wieder frei zu sein? Mit niemandem konnte sie darüber reden. Nur Doris, die sie auch hierhin begleitet hatte, hatte sie eingeweiht in ihre dunkelsten Gedanken.

Wie oft hatte sie an eine Scheidung gedacht? Wie oft hatte sie den Plan mit Doris durchgekaut? Ihre Freundin hatte ihr gut zugeredet. Doch am Ende hatte Marlene die Gedanken jedes Mal wieder verworfen.

Ole hatte eine gewisse Macht innerhalb der Gesellschaft, in der sie sich als Ehepaar bewegten. Sie hatte Angst davor gehabt, ihn zu verlassen. Sie hätte ganz von vorn beginnen müssen, und trotzdem wäre sie die Befürchtung nie losgeworden, dass Ole hinter ihrem Rücken gegen sie agieren würde.

Ole mochte es nicht, wenn man ihn nicht mochte. Er verzieh es nicht, wenn man sich von ihm abwendete. Er hätte sich an ihr gerächt.

Und nun saß sie hier in diesem Haus, und Ole war tot, und sie war frei, und sie wusste nicht, ob sie lachen oder weinen sollte.

Wie versteinert saß sie da und war nicht einmal in der Lage, den Klecks Marmelade aus dem Schälchen auf das Brötchen zu bugsieren.

»Marlene?«

Die Stimme in ihrem Rücken konnte nur Doris gehören. Die Freundin, auf die sie sich so gut verlassen konnte wie auf keinen anderen Menschen der Welt, stand plötzlich neben ihr. Sie legte ihr eine Hand auf die Schulter. »Was machst du an diesem Tisch?«

Marlene schüttelte den Kopf, als wollte sie einen bösen Traum loswerden.

Doris setzte sich auf den Platz ihr gegenüber. »Ich hab schon gefrühstückt. Mit Martin zusammen. Ich hab ihm ein bisschen was erklärt. Wir haben uns abgestimmt. Also, da kann nichts mehr schiefgehen, wenn die Polizei kommt. Unsere Aussagen stehen.«

»Die Polizei?«

»Wirklich, Marlene, du brauchst keine Angst zu haben. Wir stehen beide hinter dir. Du kannst dich auf uns verlassen. Voll und ganz!«

Marlene verstand nicht, worauf Doris hinauswollte.

Doris wies mit dem Kopf auf den Frühstücksteller mit den zwei einsamen Brötchenhälften. »Hast du überhaupt schon was zu dir genommen?«

»Nein. Ich krieg heute einfach nichts runter.«

»Kein Wunder nach dieser Geschichte. Komm, gib mir mal das Messer.«

Doris zog Marlenes Frühstücksteller zu sich heran und nahm das Messer aus deren Hand entgegen. »Wo ist denn die Butter?«

»Hab ich vergessen.«

Doris stöhnte kurz auf. Dann erhob sie sich, ging zum Büfett und kehrte mit zwei kleinen, zu Rollen geformten Portionen Butter zurück. Sie bestrich die Brötchenhälften und gab die Marmelade darauf. Dann schob sie Marlene den Teller wieder hin.

»Nun iss. Du brauchst was, um den Tag zu überstehen. Die Kriminalpolizei ist im Haus.«

»Kriminalpoli...« Wie ein Kloß hing das Wort in Marlenes Kehle fest.

»Eske hat es uns gesteckt. Zwei Beamte, ein Mann und eine Frau. Sie sind heute Morgen vom Festland gekommen und wollen ...« Doris beugte sich weit über den Tisch und senkte die Stimme. »Die wollen Oles Mörder finden.«

Marlene legte die Brötchenhälfte, die sie gerade angebissen hatte, auf den Teller zurück. »Mit wem wollen die reden?«

»Na, mit uns allen natürlich. Deshalb sind sie doch hier. Ohne Gespräche können sie nicht rausfinden, wer Ole auf dem Gewissen hat.«

»Ich bin da raus«, meinte Marlene müde. »Ich bin die Witwe. Ich kann's nicht gewesen sein.«

Doris schlug mit der Hand auf den Tisch. »Hast du 'ne Ahnung! Gerade du bist im Visier der Kripo. Gibt es nicht eine Statistik, nach der die meisten Opfer von ihren eigenen Angehörigen ermordet wurden?«

»Bitte, Doris, hör auf!« Marlene hielt sich die Ohren zu. Sie senkte den Kopf, schloss die Augen und wünschte sich von hier fort. Weit weg. Nach Italien oder noch weiter. Hauptsache weg von hier.

Warum war sie überhaupt hierher gekommen?

»Oh, Gott.« Sie sah wieder auf und stierte Doris an, ohne zu merken, dass ihre Blicke sich in ihre Freundin bohrten. Innerlich war ihr eiskalt geworden bei dem Gedanken, dass die Polizei sie verhören würde.

»Ist doch kein Problem«, sagte Doris. »Wir sagen alle das Gleiche aus. Dann kann keinem von uns was passieren. Auch dir nicht. Dir schon gar nicht.« Sie streckte die Hand aus und strich Marlene über den Arm. »Beruhige dich mal. Trink einen Schluck Kaffee. Oder ist es besser, ich hol dir einen Tee? Tee beruhigt. Der Kaffee macht dich nur nervös.«

Sie stand auf und wollte gerade wieder zum Büfett gehen, als Martin im Restaurant erschien.

Martin! Doris begrüßte ihn kurz, ging dann weiter.

Marlene erschrak. Wer von den anderen Gästen hatte mitbekommen, wie sie mit ihm geflirtet hatte?

Sie sah sich im Restaurant um. Die Leute tuschelten, und ab und zu guckten sie zu ihr hinüber.

Doch wen wunderte es? Oles Tod war das Dauergespräch in diesem Haus.

Gestern waren den ganzen Tag über die Leute von der Spurensicherung durchs Resort gelaufen. Bis in den späten Abend hinein hatten sie mit ihren Schutzanzügen und wichtigen Koffern das Areal rund um den Pool untersucht. Der gesamte Wellness-Bereich war gesperrt gewesen, und auch heute blieb er geschlossen. Auch ihr Zimmer hatten sie durchgeflöht. Das Zimmer, das sie mit Ole bewohnt hatte und in dem sie ab heute wieder schlafen sollte.

Allein.

»Marlene?«

Sie sah auf. Martin stand vor ihrem Tisch.

»Darf ich?« Vorsichtig deutete er auf den Stuhl gegenüber ihrem. Er war so ganz anders als Ole.

Sie liebte seine Unbeholfenheit.

Doris kam mit einer Kanne zurück. Sie legte den Arm um Martins Schultern.

Marlene wollte protestieren. ›Das ist mein Martin‹, wäre ihr fast herausgerutscht. Doch sie wurde sich ihrer Situation rechtzeitig bewusst und schluckte die Worte wie einen dicken Brocken hinunter.

Doris dirigierte Martin auf den Platz neben dem, auf dem sie selbst gesessen hatte, bevor sie den Tee holte. Dann setzte sie sich ebenfalls hin.

»Ein Becher«, sagte Marlene. »Ich brauche noch einen Becher für den Tee. Kannst du ...« Hilflos guckte sie Doris an in dem Vertrauen, dass sie verstand.

Sie selbst fühlte sich nicht in der Lage, aufzustehen und vor den Blicken der Leute, die neugierig zu der kleinen Gruppe hinübersahen, durch das Restaurant zu laufen, um sich vom Geschirrtisch neben dem Büfett einen Becher oder eine Tasse zu holen.

»Aber klar.« Doris stand noch einmal auf.

Martin saß stumm da. Er rang die Hände. Seine Blicke fraßen sich an ihren fest.

Sie hätte etwas darum gegeben, seine Gedanken lesen zu können.

Sie dachte daran, wie sie sich das erste Mal begegnet waren. Wie ein Film lief die Szene vor ihr ab.

Kurz nach ihrer Ankunft wurde für die neuen Gäste ein Cocktail-Abend im Atrium-Garten organisiert. Sie hatte mit Ole dort gestanden. Da trafen sich Martins und ihre Blicke, als hätten sie sich lange gesucht und endlich gefunden.

Martin war am selben Tag angekommen wie Ole und sie. Während Ole sich auf der Party im Garten mit einem anderen Gast über Unternehmensführung unterhielt und mit seinen eigenen Erfolgen als Manager prahlte, hatte Martin sich an sie herangeschlichen.

Er hatte schnell verstanden, dass sie mit ihrem werten Gatten hier war. Hatte sofort erkannt, was für ein Mensch Ole war. Er hatte sich ihr vorgestellt und gleich darauf gestanden, dass er sich genauso verloren fühlte wie sie. Dass dies nicht seine Gesellschaft war.

Den Seminarurlaub hatte er aus Neugier gebucht. Doch als er angekommen war, verließ ihn der Mut. Er sei nicht der Schickimicki-Typ, der hier gefragt war, gab er zu. Marlene fand das wunderbar.

Sie erzählte ihm, dass sie nicht hier wäre, wenn nicht Freunde von Ole den Seestern als das Nonplusultra angepriesen hätten. Sie verriet ihm, dass Ole alles im Sinn hatte, nur nicht die Ziele, die dieses Resort verfolgte. In ihren Kreisen galt es schlicht als schick, drei Wochen in diesem Haus absolviert zu haben. Dann konnte man mitreden, dann war man ›in‹.

Ole war an dem Cocktail-Abend so in seine Prahlerei vertieft gewesen, dass er Marlene vergessen hatte.

Martin dagegen hatte sich den ganzen Abend mit ihr unterhalten und sie von dem Gefühl befreit, eine vernachlässigte, verstoßene junge Robbe zu sein.

Auf einmal war sie für einen Menschen wichtig. Hatte eine Bedeutung für ihn. Martin und sie zogen sich gegenseitig magisch an. Sie hatten sofort auf einer Wellenlänge gelegen und waren gemeinsam durch diesen Abend geschwommen, wenigstens geistig und seelisch. Doch auch das körperliche Verlangen hatten sie beide gespürt, weshalb sich ihre Blicke den ganzen Abend nur schwer voneinander lösen konnten.

Wem außer Ole wäre das nicht aufgefallen?

Nun war Ole tot, Martin saß ihr schräg gegenüber. Seine Hand wollte nach ihrer greifen. Und alle Gäste blickten auf sie.

Doris kam mit dem Becher zurück. Als sie den Tisch erreichte, nickte Martin Marlene zu. Er senkte die Stimme. »Wir stehen das gemeinsam durch.«

»Das tun wir, beinhart«, bekräftigte Doris.

8

Inga Brodersen ließ sich auf einen der ledergepolsterten Stühle mit Armlehnen fallen, die um einen runden, aus edlem Holz gefertigten und auf Hochglanz polierten Besprechungstisch standen. Sie schloss die Augen, hielt sich Zeige- und Mittelfinger an die Schläfen und massierte beide Seiten mit langsam kreisenden Bewegungen.

»Es ist ein Albtraum. Was hier geschehen ist, ist der Tod eines jeden guten Hotels und erst recht der Tod eines Wellness-Resorts. Verstehen Sie, was Sie gerade anrichten?«

»Nein, Frau Brodersen, das verstehen wir nicht«, sagte Finja seelenruhig. »Mein Kollege und ich richten gar nichts an. Es geht um den Tod eines Ihrer Gäste«, erinnerte sie die Hoteldirektorin. »Wir sind hier, um ein Tötungsdelikt aufzuklären.«

Inga ließ die Hände sinken und öffnete die Augen. »Ein Mord in diesem Haus. In meinen eigenen heiligen Hallen! Ich bin nämlich nicht nur die Leiterin dieses Resorts. Ich bin auch die Eigentümerin.«

Eike räusperte sich unerwartet energisch. »Das mag tragisch für Sie sein, aber nun lassen Sie uns bitte zur Sache kommen. Ob es um Mord geht oder um Totschlag, um fahrlässige Tötung oder was auch immer, das wird sich im Laufe der Ermittlungen zeigen. Je schneller wir die Umstände klären, die zum Tod von Herrn Brand geführt haben, desto schneller haben Sie und Ihre Gäste wieder Ihre Ruhe und können ganz nach Belieben wellnessen und lifestylen.«

»Na, Sie machen mir ja richtig Mut.« Inga bedachte ihn mit einem verächtlichen Blick.

»Sehen Sie, Frau Brodersen?«, sagte Eike munter. »Das ist die richtige Tonlage. So kommen wir weiter.« Er schnippte scheinbar zufrieden mit den Fingern, doch Finja konnte ihn trotz der erst kurzen Zusammenarbeit gut genug einschätzen, um den Zynismus zu erkennen, der aus seinen Worten sprach. »Erzählen Sie uns bitte«, fuhr er fort, »was sich in den letzten sechsundzwanzig Stunden in Ihrem Haus ereignet hat. Oder besser noch: Fangen Sie mit dem Tag an, an dem das Ehepaar Brand hier eingetroffen ist.«

»Was soll ich denn darüber erzählen?«, fragte Inga abweisend. »Und überhaupt – fällt das, was Sie wissen wollen, nicht generell unter den Personenschutz?«

»Sie meinen den Datenschutz«, korrigierte Finja sie, »Und nein, was wir wissen möchten, fällt nicht darunter. Es geht um die Klärung eines Tötungsdelikts.«

»Ja, danke, das habe ich inzwischen verstanden.«

Inga rückte sich auf dem Stuhl zurecht. Sie schien sich langsam mit der Situation abzufinden, dass Polizei auf ihrem Anwesen herumschnüffelte. Finja war sich jedenfalls sicher, dass Inga Brodersen die Arbeit der Küstenkripo Dagebüll tief in ihrem Inneren als lästige Schnüffelei in ihrem Paradies betrachtete.

»Also gut«, begann die Frau, deren Miene sich in der Zeit von der ersten Begegnung auf dem Parkplatz bis zu diesem Moment drastisch gewandelt hatte: von der einer guten Fee, die einem Gast jeden Wunsch erfüllte, zu der einer stacheligen Frustbombe, die jeden Moment zu explodieren drohte. »Angekommen sind die Brands vor neun Tagen. Sie kamen mit dem Wagen, wie alle anderen unserer Seminarbesucher.«

»Wo stehen die Wagen Ihrer Gäste?«, fragte Eike. »Der Platz vorm Eingang war leer, als wir ankamen. Gibt es noch eine Parkgelegenheit hinter dem Haus?«

»Die Limousinen stehen natürlich in der Tiefgarage, wo sonst? Der Parkplatz vorm Eingang ist nur zum Aus- und Einladen des Gepäcks gedacht. Wir haben viele prominente Gäste. Wir wollen keine Neugierigen anziehen, die dann an unserem Grundstück stehen und sich die Kennzeichen notieren. Es geht niemanden was an, wer hier wohnt und wie lange er bleibt. Verstehen Sie? Nie-man-den.«

»Niemanden bis auf uns«, stellte Finja entschieden fest und blinzelte Inga freundlich lächelnd zu.

»Die Brands«, fuhr Eike fort, bevor die stolze Besitzerin dieses Hauses Protest dagegen einlegen konnte, »sind das Stammgäste?«

»Nein, sie sind zum ersten Mal hier. Sie kamen auf Empfehlung von Freunden, die letztes Jahr drei Wochen bei uns verbracht haben.«

»Drei Wochen?« Finja biss sich auf die Zunge. Beinahe hätte sie gefragt, wie man es so lange hier aushalten konnte. Die vornehme Atmosphäre des Hauses, die Ausstrahlung der Inhaberin und der Gedanke an Lifestyle-Seminare, was immer man darunter zu verstehen hatte, erzeugten Beklemmungen in ihr.

»Sie haben richtig gehört. Auch die Brands wollen so lange bleiben. Das hatten sie zumindest vor, bis Herr Brand ... Sie wissen schon.«

Sie wischte einen nicht vorhandenen Krümel vom Tisch. Oder sollte die fahrige Geste bedeuten: ›bevor es Herrn Brand dahingerafft hatte‹?

»Was macht man so lange hier?«, fragte Finja. »Ich meine, ich weiß, was man drei Wochen auf einer Insel wie Föhr unternehmen kann. Ich komme aus dieser Gegend. Es wird einem nie langweilig hier. Man kann bei jedem Wetter was unternehmen. Aber Ihre Gäste kommen nicht wegen der Insel, nicht wegen der See, wenn ich richtig verstanden habe. Sie verbringen die meiste Zeit im Haus. Sie belegen Seminare, gehen in die Sauna, oder wie dürfen wir uns das vorstellen?«

Inga hob den Kopf, und ihre Gesichtszüge entspannten sich. Sie schien nun ganz in ihrem Element. »Richtig. Unsere Gäste buchen bei uns nicht wegen der Insel und nicht wegen des Wattenmeeres. Sie kommen unseretwegen hierher. Jeder von ihnen hat ein spezielles, ein persönliches Ziel.«

»Das lautet zum Beispiel wie?«, warf Eike ein.

»Sie wollen die eigene Persönlichkeit entdecken. In sich gehen. Sie wollen erfahren, wer sie eigentlich sind und was sie fühlen, wenn keine Erwartungen von außen an sie herangetragen werden und keine fremden Einflüsse auf sie niederprasseln oder sie von ihrem

Weg abbringen. Sie wollen den inneren Zensor zum Schweigen bringen, der ihre Kreativität ausbremst.«

Finja zog die Nase kraus. »Den inneren Zensor? Wer ist denn das?«

»Das ist die Stimme, die Sie vor allem und jedem warnt und Ihnen einflüstert, dass bei jedem Projekt, das Sie gerade beginnen, Gefahren lauern. Sie kennen das doch sicher auch. Wenn Sie einen neuen Fall angehen, haben Sie bestimmt Angst, dass Sie versagen. Dass sie den Mörder nicht finden. Dass Ihr Chef sich das merkt und die nächste Beförderung folglich noch Jahre auf sich warten lässt.«

»Nö«, meinte Finja. »Die Angst hab ich nicht. Die Liste der Fälle, die ich bisher auf dem Tisch hatte, ist lang. Die nicht geklärten Fälle kann ich an weniger Fingern abzählen, als eine meiner Hände hat.«

»Nun«, sagte Inga zuckersüß. »Dann wird der jetzige Fall die fünf Finger womöglich komplettieren.«

Finja lächelte genauso süß zurück, behielt ihre Gedanken aber für sich: ›Wart's ab, gute Frau, du wirst schon sehen ...‹

Sie ließ ihr Lächeln gefrieren. »Wenn ich das Angebot Ihres Hauses mal in verständliche Alltagssprache übersetzen darf: Kann man sagen, Ihre Gäste wollen Körper, Geist und Seele in Einklang bringen?«

»Das klingt mir zu banal«, näselte Inga. »Es geht darum, das eigene Mindset zu justieren und fortan aktiv zu steuern. Es geht um das Leben im Hier und Jetzt, um Transformation durch Meditation. Darum, den ständigen Motivator auszutricksen, den Ruhepol im eigenen Ich zu entdecken und nicht zuletzt den Verlockungen der virtuellen Welt zu widerstehen.«

Finja pumpte ihre Wangen auf und presste die Luft geräuschvoll heraus. »Oh je, das ist aber heftig. Und das hält man drei Wochen lang durch?«

»Begleitend gibt es Kurse in Yoga und meditativem Tanz«, ergänzte Inga unbeeindruckt. »Und zur Entspannung natürlich Massagen.«

»Na ja«, meinte Eike, »dazu kommt das Schwimmen in Ihrem Pool. Vermutlich hängt da noch eine Sauna dran.«

»Eine? Vier Stück. Finnische, Kräuter- und Biosauna. Dazu ein Dampfbad. Nachher, wenn Sie gehen, gebe ich Ihnen gerne einen Flyer mit.«

»So schnell sind wir nicht weg«, sagte Finja. »Kommen wir noch mal auf die Brands zu sprechen. Sie sind wann genau angekommen? Vor neun Tagen?«

»Genau. Sie sind eine gute Zuhörerin, Frau – äh ...«

»Gehört zu meinem Beruf. Noch mehr gehört aber das Nachhaken dazu. Das Ehepaar ist zum ersten Mal hier, sagten Sie?«

Inga nickte hoheitsvoll.

»Wie ging es nach der Ankunft weiter? Wird für die Gäste ein Programm zusammengestellt? Haben Sie sich mit den beiden unterhalten, um herauszufinden, was sie brauchen?«

»Ich nicht. Das übernimmt unsere hauseigene Psychologin. Sie spricht mit jedem einzelnen Gast.«

»Die Brands wurden also getrennt befragt«, konstatierte Eike.

»Als Befragung würde ich das nun nicht gerade bezeichnen. Wir sind hier nicht bei der Polizei. Unsere Frau Siebenschön ist bekannt für die sehr einfühlsamen Gespräche, die sie führt. Sie unterhält sich mit jedem Gast mindestens eine Stunde lang. Meistens werden es zwei oder drei. Sie versteht es, zu jedem Menschen vom ersten Augenblick des Zusammenseins an eine Vertrauensbasis herzustellen. Nicht selten schütten die Gäste ihr ganzes Herz vor ihr aus.«

»Wunderbar«, sagte Eike. »Frau Siebenschön kann glatt eine Fundgrube für uns sein.«

Inga zog pikiert die Augenbrauen hoch. »Wenn Sie ernsthaft glauben, dass sie Ihnen etwas über das Ehepaar Brand erzählen wird?«

»Das lassen Sie bitte unsere Sorge sein. Als Psychologin wird sie wissen, welche Wichtigkeit ihre Aussagen für uns haben.«

»Wenn das Programm steht«, fragte Finja, »und es kommt im Laufe des Aufenthalts zu Unzufriedenheiten, sind dann Änderungen möglich?«

»Aber selbstverständlich«, rief Inga aus. »Wir sind da sehr flexibel.«

Reingefallen!, freute Finja sich. »Ihrer Antwort entnehme ich, dass so was vorkommt. Es gibt also auch mal Streit zwischen Gästen und Therapeuten?«

Ingas Gesicht versteinerte. »Dazu kann ich Ihnen nichts sagen. Ich belausche meine Gäste nicht.«

»Das ehrt Sie«, meinte Eike. »Werden wir mal konkret. Ist Ihnen im Fall von Ole Brand einmal etwas zu Ohren gekommen, was sich nach einem Streit anhörte? Ist er mit einem seiner Therapeuten oder Dozenten aneinandergeraten?«

»Also, wenn Sie darauf hinauswollen, dass es unter meinen Mitarbeiterinnen und Mitarbeitern einen Mörder gibt, muss ich Sie wirklich enttäuschen.«

Finja reagierte sofort. »Sie denken also, der Täter ist unter den Gästen zu finden?«

Inga Brodersen verstummte einen Moment. Dann sah sie die Ermittler an, als käme ihr mit einem Mal ein ungeheurer Gedanke. »Da war jemand«, sagte sie tonlos, um kurz darauf lebhafter fortzufahren. »Ja, da war jemand, vorgestern Abend gegen sieben. Ich habe eine Wohnung unterm Dach dieses Hotels, und als ich am Abend einmal auf die Loggia ging und runtersah, ist mir jemand aufgefallen, der vor meinem Haus stand. Zuerst stand er mit dem Rücken zum Gebäude. Er guckte nach rechts und links, als ob er sich vergewissern wollte, dass auch niemand mehr den Promenadenweg oder den Strand entlanglief. Dann drehte er sich zum Seestern um.«

»Und dann?«, fragte Finja ungeduldig, als Inga nicht weitersprach. »Was hat er gemacht? Hat er das Foyer betreten?«

»Ich weiß es nicht. Ich ... Er hat auf einmal nach oben geguckt. Da habe ich mich schnell zurückgezogen. Ich habe mich ertappt gefühlt. Es ist nicht meine Art, Leute, die vorm Haus stehen, auszuspionieren oder ihnen hinterherzusehen.«

»Sie wissen nicht, in welche Richtung die Person weitergegangen ist?«

»Nein, das kann ich nicht sagen. Ich bin in die Küche gegangen und habe mir einen Früchtetee gekocht. Als ich mich damit wieder auf die Loggia begeben habe, um den Abend dort ausklingen zu lassen, war dieser Mensch nicht mehr da.«

»Kann es sein, dass er Ihr Haus betreten hat?«, fragte Finja.

»Eigentlich nicht. Die Rezeption ist offiziell von zehn Uhr morgens bis sechs Uhr abends besetzt.«

»Offiziell, soso«, sagte Eike. »Und inoffiziell? Was ist, wenn die Dame am Empfang eine Pause macht? Kommt für die Zeit jemand anderes dahin?«

Inga atmete schwer, und Finja bemerkte den Unmut im Blick der stolzen Eigentümerin. Die Frage schien ihr nicht zu behagen.

»Wenn es nur eine kurze Pause ist, steht ein Schild auf dem Tresen mit der Aufschrift ›Bin gleich zurück‹.«

»Und wenn die Pause länger dauert? Steht das Schild dann auch da?«, hakte Eike nach.

»Meistens ja. Wissen Sie, früher hatte ich mehr Personal. Dann kam eine Vertretung und setzte sich dahin, bis die eigentlich Verantwortliche wieder zurück war. Heute bin ich froh, wenn ich überhaupt noch jemanden finde, der den Job in Teilzeit übernimmt. Da aber zu den späteren Stunden kaum noch jemand die Rezeption in Anspruch nimmt, ist das nicht so ein Problem. Der Empfang muss zwar den Anschein erwecken, überwiegend besetzt zu sein. Es reicht aber aus, wenn Eske täglich ein paar Stunden da ist.«

»Das heißt im Klartext: Das Foyer ist nur theoretisch bis sechs Uhr abends besetzt«, stellte Eike fest.

»So könnte man es ausdrücken. Ohne elektronischen Schlüssel kommt man aber ab achtzehn Uhr sowieso nicht ins Haus.«

»Von wann bis wann ist immer jemand da?«, fragte Finja. »Die Betonung liegt auf ›immer‹.«

Inga druckste herum. »Von zehn bis fünfzehn Uhr. Eske ist meist nur halbtags hier.«

»Die Person, die Sie vorgestern vorm Haus entdeckt haben, können Sie die beschreiben?«

»Es war ein Mann, so viel ist klar. Ich möchte aber niemanden fälschlicherweise beschuldigen.«

»Das ungefähre Alter?«, fragte Eike. »Sie haben den Mann von oben gesehen. So hoch ist Ihr Haus nicht. Ein paar konkrete Eindrücke müssten Sie doch gewonnen haben. Die Frisur, die Kleidung, die Körperhaltung, irgendwas ist Ihnen sicher aufgefallen.«

»Schalten Sie den inneren Zensor aus«, schob Finja mit versteckter Ironie hinterher.

Inga schwieg einen Augenblick und stierte vor sich hin. »Er trug Jeans und einen Pulli. Einen blau-weißen Ringelpulli mit Rippenmuster, aus grobem Faden gestrickt. Und er war jünger. Also nicht ganz alt. Keine sechzig oder so, eher dreißig. Oder zwanzig. Oder jünger? Nein, das glaub ich nicht. Ich würde sagen, er war zwischen Mitte zwanzig und Anfang dreißig. Ach, und eine Tätowierung hatte er im Nacken. Ein blaues Hirschgeweih. Das muss man sich mal vorstellen! Das guckte aus dem Halsausschnitt des Pullis hervor.«

»Haarfarbe?«, fragte Eike unbeeindruckt.

»Brünett mit violetten Strähnen. Die Haare waren an den Seiten raspelkurz, oben deutlich länger.«

Eikes Miene versteinerte plötzlich. »War er allein?«

Inga nickte.

»Sind Sie sicher?«, fragte Finja. Sie zweifelte daran. Wenn der Mann der Täter gewesen sein sollte, und wenn er vor dem Haus gestanden und sich umgeschaut hatte, war er wahrscheinlich nicht allein gewesen. Vermutlich hatte er die Lage ausgekundschaftet, um dann seine Verstärkung herbeizurufen. Vielleicht hatte er es ursprünglich gar nicht auf Ole Brand abgesehen, sondern wollte irgendein anderes Verbrechen begehen, und Brand hatte einfach nur das Pech gehabt, im falschen Moment am falschen Ort zu sein.

»Ich habe nur ihn gesehen, sonst niemanden. Wie ich schon sagte: Als er hochguckte, bin ich wieder in meine Wohnung gegangen.« Inga rutschte auf die Stuhlkante vor. »Es können doch nicht gleich mehrere Leute unbemerkt in mein Haus gelangt sein. Dann auch noch ohne elektronischen Schlüssel.«

»Haben Sie Überwachungskameras?«, fragte Finja. »Vorm Haus, im Foyer oder in den Gängen?«

Inga schüttelte den Kopf. »Wir haben eine Alarmanlage, wie Sie vielleicht gesehen haben. Aber keine Kameras. So was mögen unsere Gäste nicht. Aus Prinzip nicht. Man fühlt sich damit nicht unbedingt sicherer, aber auf jeden Fall ständig beobachtet.«

Die Ermittler nahmen die Äußerung kommentarlos hin. Finja dachte daran, wie viele Fälle sie schnell hätte klären können, wenn in den öffentlich zugänglichen Räumen, in denen jemand zu Tode kam, Überwachungskameras installiert gewesen wären.

»Okay«, sagte Finja. »Wir werden dem Hinweis auf den jungen Mann nachgehen. Damit haben wir einen Ansatz für unsere Ermittlungen. Trotzdem werden wir uns auch im Haus umsehen, und zwar gründlich. Wir brauchen bitte eine Liste der Mitarbeiter.«

»Nur die der fest angestellten, oder auch die der freiberuflich tätigen und der externen Mitarbeiter?«

»Was haben Sie denn da zu bieten?«

»Das Personal im Gastronomiebereich ist angestellt. Die Therapeuten und Dozenten sind Freiberufler. Und dann gibt es noch das externe Reinigungspersonal.«

»Wir brauchen ausnahmslos alle Namen. Außerdem eine Liste der Gäste. Alles bitte mit Handynummern, damit wir die Leute direkt erreichen können.«

»Die Listen brauchen wir bald«, sagte Eike, der genau wie Finja bemerkte, dass der innere Zensor hinter Ingas Stirn hyperaktiv zu werden drohte.

»Dann hätte ich noch eine Bitte«, fuhr Finja fort. »Halten Sie die Augen offen. Vielleicht sehen Sie den Mann noch einmal, der vorgestern Abend vor Ihrem Haus gestanden hat.«

»Meinen Sie, dass er wiederkommt und noch einmal einen meiner Gäste umbringt?«

Eike stand auf und überreichte ihr eine Visitenkarte. »Noch ist nicht klar, ob er überhaupt etwas mit der Tat zu tun hat. Er könnte auch ein Zeuge sein. Er könnte jemand anderen bemerkt haben, der das Resort betreten hat. Wenn Sie ihn sehen oder wenn Ihnen noch etwas einfällt und wir sind gerade nicht in Ihrem Haus, rufen Sie einfach an. Wir übernachten in diesen Tagen ganz in der Nähe in einer Pension.«

Auch Finja erhob sich. »Wann können wir mit den Listen rechnen?«

Inga saß noch immer auf ihrem Stuhl. Sie wirkte wie erschlagen. »Ich sage Eske, sie soll die Gästeliste sofort ausdrucken. Die Liste der Mitarbeiter stelle ich Ihnen selbst zusammen. In einer Stunde können Sie sie haben. Reicht das?«

»Wir begleiten Sie zur Rezeption«, beschloss Finja. »Die Gästeliste nehmen wir sofort mit, die der Mitarbeiter holen wir uns nachher hier ab. Und bevor wir mit der Witwe reden, würden wir uns gerne den SPA-Bereich Ihres Hauses ansehen.«

Notgedrungen stand Inga Brodersen auf. »Den SPA-Bereich? Der ist noch geschlossen.«

Eike verzog die Mundwinkel zu einem sanften Lächeln. »Nicht für uns. Aber danke, wir finden schon alleine hin.«

9

Zwei Mitarbeiter der Spurensicherung waren noch immer dabei, den SPA-Bereich im Souterrain des Hauses zu untersuchen. Sie sahen auf, als die Ermittler den Raum betraten.

Finja und Eike blieben an der Schwelle zu der Halle stehen, in der das Schwimmbad lag.

Der eine der Kriminaltechniker sprang aus der Hocke auf und wollte den beiden den Zugang verwehren. Dann erkannte er seinen Kollegen aus Dagebüll.

»Mensch, Eike, du bist das. Ich dachte schon, da hat mal wieder ein Gästepaar gemeint, ein Absperrband ist dazu da, darunter her zu kriechen.«

Er ging auf die Ermittler zu, und Eike stellte ihn Finja vor.

»Das ist Jan Olsen, ein wichtiges Tier der Kriminaltechniker. Jan, die nette Dame neben mir ist meine Kollegin Finja Witt. Mit ihr zusammen bilde ich seit Neuestem die Küstenkripo Dagebüll. Geht mal gleich zum Du über. Ihr werdet in Zukunft häufiger miteinander zu tun bekommen.«

»Moin, Finja. Freut mich, dich kennenzulernen.« Jan hob die Hände, die in Schutzhandschuhen steckten. »Die Hand geben kann ich dir nicht. Brauche ja nicht zu erklären, warum. Das holen wir später nach.«

»Was meinst du?«, fragte Eike. »Dürfen wir uns ein wenig umsehen?«

»Wenn ihr euch Schutzanzüge anzieht und nicht jeden einzelnen Quadratzentimeter ablauft, gerne. Ich führ euch gleich rum.«

Er ging zu einem Koffer und holte Overalls und Handschuhe für die beiden Ermittler heraus.

Während Eike und Finja sich die Schutzkleidung überzogen, redete Jan weiter.

»Spuren gibt es in so einem Bereich naturgemäß jede Menge. Haare und Hautschuppen auf dem Boden und auf den Liegen. Fingerabdrücke an den Griffen der Klotüren und am Geländer der Treppe zum Pool. Benutzte Papiertaschentücher im Abfalleimer. Gläser, aus denen getrunken wurde. Nassgeschwitzte Saunatücher in den Wäschekörben.«

Eike sah sich nachdenklich um und nickte vor sich hin. »Das heißt, ihr stellt Unmengen an Material zusammen.«

»Klar. Aber was sagt das schon aus? Jeder der Gäste dieses Hauses dürfte an so ziemlich jedem Tag hier gewesen sein, also auch am Tattag. Gereinigt wird immer frühmorgens, um möglichst fertig zu sein, bevor die ersten Gäste kommen. Wir haben also die Ladung eines gesamten Tages zu dokumentieren. Auch wenn die Anzahl der Gäste überschaubar ist, ist das eine Menge Material. Und nichts davon verrät uns, ob es vom Täter stammt. Eigentlich eine sinnlose Arbeit.«

Eike ging weiter in den SPA-Bereich hinein, Finja folgte ihm vorsichtig.

Jan führte sie an die Liege, auf der Ole Brand gefunden worden war. »Eins ist uns aber aufgefallen. Auf dem Beistelltisch des Opfers stand eine kleine Flasche mit Himbeersaft. Das Etikett machte einen handgeschriebenen Eindruck. Sicherlich wurde es auf dem Computer erstellt, aber mit einer dieser Schriften, die aussehen wie von Hand gemalt. Die Flasche stammt von einem Ökohof in Schleswig-Holstein. Die Adresse des Herstellers stand gut lesbar darauf.« Er zeigte Eike und Finja ein Foto der Flasche. »Kein anderes benutztes Glas hier im Raum enthielt einen himbeerfarbenen Rest. Nur das von Ole Brand. Wir lassen gerade untersuchen, ob dem Saft das GBL bereits in der Flasche beigemischt war.«

»Woher konnte das Opfer den Drink bekommen haben?«, fragte Eike. »Im Restaurant bestellt oder irgendwo gekauft und hierhin mitgebracht?«

»Der Restaurantleiter kennt das Produkt nicht. Ob Brand sich das Zeug selbst beschafft hat, kann ich nicht sagen. Aber kommt mal mit ...«

Zielstrebig ging der Kriminaltechniker auf das hintere Ende des rechteckigen Raumes zu. Vor einem rund zwei Meter breiten und anderthalb Meter hohen tresenähnlichen Schrank blieb er stehen. »Guckt euch das mal an.«

Er pochte mit der Faust auf die Theke. »Das ist eine Bar. Sie war voll mit Getränken. Jedes Fläschchen mit zweihundert oder zweihundertfünfzig Milliliter Inhalt. Also keine großen Flaschen, sondern portionierte Getränke für jeweils ein Glas oder zwei.«

Finja bestaunte den nun leeren Schrank. »Habt ihr alles ausgeräumt?«

»Natürlich. Alles mitgenommen.« Jan öffnete eine Tür in der linken Hälfte des Schranks. »Auf dieser Seite ist eine Kühlung. Da standen all die Getränke, die man kalt trinken will. Außerdem gibt es ein Eisfach, dem man Würfel entnehmen kann. Rechts standen die Getränke, die keine Kühlung brauchen.«

»Was für Getränke waren das?«, fragte Finja.

»Rotwein, aber auch harte Sachen wie Gin, Whiskey und Liköre. Also alles, was das Genießerherz begehrt. Ich hab meine Nase zu dem Inhalt in Brands Glas befragt. Sie meint, er hat den Himbeersaft mit Gin gemischt und ein paar Eiswürfel zugegeben.«

»Die Getränke untersucht ihr also jetzt im Labor«, sagte Eike. »Wie lange braucht ihr noch dafür?«

»Wir untersuchen Tropfen für Tropfen. Übrigens auch das Eis. Das alles dauert seine Zeit.«

Eike betrachtete die leeren Einlegeböden. »Bleibt die Frage: Wer füllt den Schrank auf? Es muss ja irgendetwas den Weg in diese Bar gefunden haben, was nicht hineingehörte. Möglicherweise dieser Himbeersaft.«

»Der Herr über die Befüllung ist der Restaurantleiter«, erklärte Jan. »Das läuft so ähnlich wie bei einer Minibar. Die Reinigungskraft, die hier täglich saubermacht, teilt dem Restaurantchef mit, wie viele Getränke von welcher Sorte aus dem Schrank entnommen wurden. Er gibt ihr dann aus seinem Bestand neue Flaschen zum Auffüllen.«

»Zwischengeschaltet ist niemand?«, fragte Finja.

Jan schüttelte den Kopf. »Kein einer. Das sind eindeutig definierte Abläufe. Die Gäste mixen sich die gewünschten Drinks aus den vorhandenen Getränken selbst zusammen, also etwa Gin mit Soda oder Rum mit Cola, und sie geben Eiswürfel dazu.«

»Was ist mit dem Getränkebestand des Restaurants?«, fragte Finja. »Kann es sein, dass da noch eine vergiftete Flasche herumsteht?«

Jan schmunzelte stolz. »Das konnte ich nicht ausschließen. Daher haben meine Leute vorsichtshalber den gesamten Bestand mitgenommen. Der Restaurantchef hat geflucht, aber er hatte ein Einsehen. Zu seinem Glück waren neue Lieferungen schon unterwegs auf der Fähre nach Föhr.«

»Na denn«, sagte Finja.

Eike wirkte unzufrieden. »Dass einer der Verantwortlichen, der Restaurantchef oder die Reinigungskraft, eine Flasche mit GBL dazugestellt hat, halte ich für mehr als unwahrscheinlich. Es wäre zu offensichtlich. Da könnten sie sich gleich ein Schild umhängen mit der Aufschrift: ›Vorsicht, ich bin der Täter‹.«

Jan wiegte den Kopf hin und her. »Im Prinzip geb ich dir recht. Aber ich brauche dir nicht zu sagen, dass GBL ein Lösungs- und Reinigungsmittel ist. Reinigungsfirmen können es beschaffen, und auch wenn das illegal ist: Man kann nicht ausschließen, dass so was auch mal an Privatleute weitergegeben wird.«

»Richtig«, sagte Finja. »Früher war das Zeug sogar in Nagellackentfernern enthalten. Wer noch eine alte

82

Flasche hat ... Und welche Frau, die hier wohnt, lackiert sich nicht die Nägel?«

Jan zog die Augenbrauen hoch. »Dann wünsche ich euch viel Erfolg bei der Suche nach dem Täter.«

Finja und Eike verließen den SPA-Bereich.

»Lass uns doch gleich noch mit dem Restaurantleiter reden«, schlug Finja vor.

»Denselben Gedanken hatte ich auch.«

Sie gingen die Treppe hinauf und nahmen den Weg ins Restaurant.

Eike ging auf einen Herrn von Mitte vierzig zu, der mit einer Liste in der Hand an einem Büfett stand. »Wir würden gerne den Chef sprechen.«

»Den Restaurantchef?« Der Mann reichte ihm lächelnd die Hand. »Das bin ich. Erich Hauser. Lassen Sie mich raten: Sie sind von der Kripo?«

Eike stellte Finja und sich vor. »Es geht um die Flasche Himbeersaft, die unsere Kollegen unten im Wellness-Bereich gefunden haben.«

»Ihre Kollegen haben mich schon danach gefragt. Dazu kann ich Ihnen leider nichts sagen. Dieses Produkt führen wir nicht, und ich kenne es auch nicht.«

»Schade, aber vielen Dank.« Die Ermittler verabschiedeten sich von Erich Hauser.

»Jan hat gesagt, auf dem Etikett der Flasche war der Hersteller angegeben«, erinnerte sich Eike. »Ich veranlasse gleich, dass die Kollegen ihn kontaktieren und die Liste seiner Kunden auf Föhr anfordern.«

10

Eske schlich auf das Restaurant zu.

Marlene hielt den Kopf gesenkt, doch aus dem Augenwinkel sah sie die Rezeptionistin vom Foyer aus kommen. Der schüchternen jungen Frau war es sichtlich unangenehm, den großen Raum betreten zu müssen. Man merkte ihr an, dass sie am liebsten schnell wieder zurückgelaufen wäre, um sich hinter dem Bildschirm zu verkriechen, der auf dem Tresen stand.

Marlene fühlte sich dem armen Mädchen innerlich verbunden.

Eske hatte wohl einen Auftrag zu erfüllen, und Marlene ahnte, welcher das war: Die Kripo hatte sie gebeten, die Frau des Opfers zu holen.

An der Schwelle zum Restaurant blieb Eske stehen. Die Augen der Gäste an den Tischen richteten sich auf sie.

Marlene zog sich ganz in sich zurück und tat, als hätte sie die junge Frau noch nicht wahrgenommen.

Ihr wurde heiß.

Suchend sah Eske sich um. Dann entdeckte sie den Tisch, an dem Marlene saß. Mit leisen Schritten ging sie auf die Witwe zu. Schräg vor ihr blieb sie stehen.

Doris und Martin sahen sie unverwandt an.

»Frau Brand?«, fragte Eske leise.

»Ja?« Marlene sah auf und blinzelte nervös.

»Die Leute von der Kri...« Eske schluckte. »... von der Kriminalpolizei sind da. Die möchten Sie sprechen. Soll ich denen sagen, Sie frühstücken noch?«

Doris übernahm die Antwort. »Richten Sie denen bitte aus, Frau Brand kommt in ein paar Minuten. Sie hat noch kaum etwas zu sich genommen, und mit leerem Magen unterhält es sich schlecht.«

Im ersten Augenblick fühlte Marlene sich wie gelähmt. Sie betrachtete die zweite Brötchenhälfte, die immer noch unangetastet vor ihr lag, nachdem sie die erste hinuntergewürgt hatte. Der Kaffee in der Tasse war kalt, der Tee im Becher lauwarm geworden.

»Ich kann nichts mehr essen«, sagte sie und guckte Doris fragend an. »Brauche ich einen Anwalt?«

»Ach was«, rief ihre Freundin aus. »Die wollen nur kurz mit dir reden. Du warst schließlich Oles Ehefrau. Sie wollen sicher wissen, ob du dir vorstellen kannst, wer ihn umgebracht hat.«

»Aber du hast vorhin selbst gesagt, die engsten Angehörigen werden immer zuerst verdächtigt.«

»Ja, das hab ich gesagt. Aber das war doch nur so ein allgemeiner Spruch. Das betrifft nicht dich.«

Eske stand noch immer neben dem Tisch. Sie trat von einem Fuß auf den anderen. »Was soll ich denen denn nun sagen?«

Marlene schob den Stuhl zurück. »Wohin?«, fragte sie nur. Ihre Stimme zitterte, die Knie waren weich.

»Kommen Sie. Ich bringe Sie hin.« Ohne ihr in die Augen zu blicken, wandte Eske sich ab und ging.

Marlene folgte ihr. Die plötzliche angespannte Ruhe im Restaurant empfand sie als unerträglich. Vermutlich glaubte jeder im Raum, sie sei auf dem Weg zu ihrer Verhaftung.

Und – war sie das nicht? Würde die Polizei sie nach dem Gespräch wieder gehen lassen?

Inga Brodersen stand im Foyer, nahe der Rezeption. Neben ihr stand eine Frau, die auf den ersten Blick freundlich wirkte, und ein Mann, den sie nicht einschätzen konnte.

»Guten Tag, Frau Brand«, sagte die Frau. Sie kam auf sie zu und streckte ihr die Hand entgegen. »Ich bin Hauptkommissarin Finja Witt. Mein Kollege Eike Boss und ich möchten Ihnen unser Beileid zum Tod Ihres Mannes aussprechen. Wir wissen, es ist für Sie eine wahnsinnig schwierige Situation. Aber wir würden uns gerne kurz mit Ihnen unterhalten. Fühlen Sie sich in der Lage, mit uns zu reden?«

Marlene war irritiert. Die Frau redete so einfühlsam daher. War das eine Falle?

Sie nahm alle Kraft zusammen. »Brauche ich nicht einen Anwalt für das Verhör?«

Finja Witt lächelte und legte ihr eine Hand an den Ellenbogen. »Um Himmels willen, Frau Brand, wir verhören Sie nicht. Wir haben nur ein paar Fragen zum Verlauf der letzten Stunden im Leben Ihres Mannes. Sie als seine Frau sind die Person, die uns wahrscheinlich am ehesten etwas dazu sagen kann.«

»Wir sprechen immer zuerst mit den engsten Angehörigen«, versicherte der Kommissar.

Wie hieß er noch? Marlene hatte seinen Namen gehört, doch vor lauter Aufregung hatte sie ihn schon wieder vergessen. Wie sollte man sich in dieser Situation Namen merken?

»Ja, dann ...«

Sie stand da wie zu einer Säule erstarrt, und wartete ab, was die Ermittler als Nächstes sagen würden.

Eske, dieses liebe schüchterne Mädchen, war an ihren Platz hinter dem Tresen getrottet. Sie hatte sich hinter dem Bildschirm versteckt und tat, als wäre dies eine völlig normale Situation. Marlene war ihr so dankbar dafür.

Aber Inga, Inga Brodersen, die feine Dame dieses Hauses. Sie stand da, aufrecht, mit strenger Miene, und sah auf Marlene hinab.

Sie verurteilt mich, dachte Marlene. Sie hält mich für die Mörderin meines Mannes. Wenn die Polizisten mich gleich mitnehmen, ist sie mich los. Dann wird sie froh sein. Einen Schandfleck wie mich duldet sie nicht in ihrem Haus.

11

Wie aus weiter Ferne hörte Nina Boss eine vertraute Melodie. Langsam verstand sie: Es war das Klingeln ihres Handys. Sie gab alles, um das Signal zu ignorieren. Mühsam wälzte sie sich im Bett auf die andere Seite und zog die Decke weit über den Kopf.

Der Anrufer gab nicht auf.

Wer konnte das sein um diese Stunde? Die Kinder waren in der Schule. Eike war – irgendwo. Um diese Zeit war er im Dienst, und wenn er im Dienst war, rief er nicht an. Weder das Radio noch der Fernseher liefen auf voller Lautstärke. Daher konnte es nicht die empfindliche Nachbarin sein, die sich dann üblicherweise beschwerte. Den Zahnarzttermin hatte sie erst nächste Woche. Oder übernächste? Also war es auch keine Praxismitarbeiterin, die sie zu einem verdaddelten Termin beordern wollte.

Es konnte höchstens die Fallmanagerin der Arbeitsagentur sein. Und für die war eine Nina Boss nicht zu sprechen. Nicht an diesem Morgen.

Das Klingeln erstarb nach einer Weile. Nina atmete erleichtert auf. Sie schob die Decke beiseite und blinzelte zum Fenster.

Sonnenstrahlen fielen durch die Ritzen der Jalousie. Es schien ein schöner Tag zu sein.

Aber welcher Tag war wirklich schön?

Nina richtete sich auf. Sie griff zur Flasche. Der Rotwein war seit Jahren ihr ständiger, seit der Scheidung von Eike ihr einziger Begleiter. Ein Schluck vor dem Frühstück machte das Leben erträglicher.

Eike hatte das nie verstanden. Und Jona und Jule waren noch nicht so weit, dass sie die Wirkung des Rebensaftes zu schätzen verstanden.

Wieder klingelte das Handy.

Nina nahm noch einen Schluck. Der Alkohol tat seine Wirkung. Nun war sie bereit.

Sie wischte über das rote Hörersymbol. »Hallo?«, nuschelte sie. Ihre Stimme war noch nicht klar. Dazu fehlten noch ein paar weitere Schlucke.

»Frau Boss?«

Nina stöhnte auf und fiel aufs Kissen zurück.

Ein fremder Mann in der Leitung. Was wollte er von ihr?

»Frau Boss? Hören Sie mich? Hanno Jansen hier, der Schulleiter. Sie erinnern sich?«

Was für ein Schulleiter, zum Teufel?

Nina richtete sich halb auf und stützte sich auf einen Ellenbogen. »Hanno wie? Kennen wir uns?«

Der Mann räusperte sich. Es war ein unangenehmes Geräusch. Nina verzog das Gesicht und nahm das Mobiltelefon vom Ohr. Sie stellte den Lautsprecher an, legte das Handy auf die Matratze und ließ den Kopf wieder sinken.

»Ja, wir kennen uns. Ich bin der Direktor des Gymnasiums, das Jona und Jule besuchen.«

Der Mann sprach so langsam und deutlich mit ihr, als würde sie kein Deutsch verstehen.

Besuchen! Nina lächelte spöttisch. Das Gymnasium, das ihre Kinder besuchten. Der Typ redete, als würde es Spaß machen, zur Schule zu gehen. Sie legte sich die Hand auf die Stirn, als schmerzte sie.

»Hören Sie mich, Frau Boss? Sind Sie noch in der Leitung?«

»Ja«, krächzte sie. »Ja, ja, ja. Was wollen Sie? Es ist noch fast mitten in der Nacht.«

»Ihr Sohn, Frau Boss. Verstehen Sie mich?«

Sie hob den Kopf und glotzte das Telefon an. »Was ist mit meinem Sohn? Er ist nicht hier. Er ist in der Schule. Er ist bei IHNEN.«

»Da ist er eben nicht«, sprach der Mann, und seine Stimme klang nun wirklich energisch. Energischer, als es sich um diese Zeit ertragen ließ.

»Na und? Dann ist er woanders.«

»Ich erreiche Ihren Mann nicht, Frau Boss. Richten Sie ihm bitte aus, er möge sich bei mir melden, und zwar bald. So schnell es geht. Wir müssen eine Regelung finden. Hören Sie? Sie und Ihr Mann als Erziehungsberechtigte müssen etwas tun. Haben Sie verstanden, Frau Boss? Dann antworten Sie bitte.«

»Wie?« Sie seufzte. Er wollte eine Antwort. Die sollte er haben. »Ja. Das ist die Antwort. Ja, ja, ja.«

»Rufen Sie Ihren Mann an. Bitte. Ich muss ihn sprechen. Auf Wiederhören, Frau Boss.«

Das Gespräch war zu Ende. Das war gut. Wer hatte das Recht, eine Frau zu belästigen, die es schwerer im Leben hatte als andere? Warum ließ man sie nicht einfach in Ruhe?

Sie trank noch einen Schluck aus der Flasche. Sie brauchte kein Glas. Die Flasche am Bett, das war ihr Freund. Seit Eike sie verlassen hatte, hatte sie nur noch diesen einen guten Freund im Leben. Wenigstens der blieb ihr treu.

Das Handy klingelte wieder. Diesmal war es Jule!

Mit zittrigen Händen nahm Nina das Telefon auf. »Jule, wo bist du? Was ist los?«

Keine Antwort, stattdessen ein weiteres Klingeln. Fragend guckte Nina das Display an. Sie hatte vergessen, das Telefonat anzunehmen. Sie fluchte und zog den Finger über das grüne Hörersymbol.

»Jule, was ist mit dir? Bist du nicht in der Schule?«

»Ich schon, Mama, aber Jona ist weg.«

»Weg«, wiederholte Nina und ließ das Wort nachhallen. Es war, als echote es von den Wänden ihres Schlafzimmers zurück, das so klein war wie eine Besenkammer. »Wie weg? Warum ist er weg?«

»Er ist nicht in der Schule. Heute Morgen haben wir erst kurz bei dir vorbeigesehen, aber du hast noch ganz fest geschlafen. Dann ist er mit mir nach Niebüll gefahren. Wir sind zusammen hier angekommen. Und jetzt ist er weg, und seine Freunde auch. Ich glaub, die stellen wieder irgendwas an.«

»Irgendwas an«, grummelte Nina. »Die stellen wieder irgendwas an. Irgendwas an. Irgendwas an.« Mit einem Mal war sie wach. »Was denn? Was stellen die schon wieder an?«

»Ich weiß es nicht, Mama. Die haben doch immer Langeweile, und wenn es zu viel wird, hecken die irgendwas aus. Kann sein, dass sie wieder im Wartebereich beim Fährhafen sind. Reifen aufstechen, wenn die Leute im Bistro sind, oder Autos aufbrechen und das Gepäck der Urlauber klauen. Ich weiß nicht, was sie gerade machen, Mama. Du musst was tun.«

»Was denn? Was soll ich denn tun?«

»Ruf Papa an!« Jule stöhnte laut. »Lass stecken, Mama, es hat keinen Sinn. Ich mach das schon. Tschüs. Schlaf weiter. Schlaf deinen Rausch aus.«

Plötzlich Stille. Jule hatte aufgelegt.

Was hatte sie gesagt? Sie solle ihren Rausch ausschlafen? Eine Nina Boss hatte keinen Rausch. Sie war ein bisschen angeheitert. Das brauchte sie, um den Tag zu überstehen. Aber nie im Leben hatte sie einen Rausch.

Sie ließ den Kopf fallen. Dann wandte sie den Blick zur Seite.

Zwölf Uhr, sagte der Radiowecker. Zwölf Uhr am Mittag. Wenn ein Tag so hektisch begann, konnte er nicht gut enden.

Besser war es, sie schaltete Eike ein.

Vielleicht sollte sie erst einen Kaffee trinken und unter die Dusche gehen?

Sie rollte sich auf die Seite, fiel fast aus dem Bett, fing sich aber noch, bevor die Schwerkraft sie zu Boden zog. Einen Moment lang blieb sie sitzen, sammelte ihren Kreislauf ein, der irgendwo auf dem Weg von der Horizontalen in die Vertikale verloren gegangen war. Behäbig stemmte sie sich auf die Beine und schwankte an der Wand entlang in die Küche.

Ein Kaffeebecher stand noch von gestern Morgen da. Sie nahm ihn, spülte ihn aus und stellte ihn unter den Auslauf der Kaffeemaschine. Mit zittrigen Händen füllte sie Wasser in den Tank, legte einen Kaffeetab ein und drückte auf die Starttaste. Es regte sich nichts. Sie drückte noch mal und noch mal. Dann endlich fing die Maschine an, zu gurgeln.

Nina beobachtete, wie die duftende Flüssigkeit herausträufelte. Sie nahm den Becher auf und ließ sich auf den Stuhl an dem kleinen Esstisch fallen. Schlürfend trank sie Schluck für Schluck.

Der Kaffee tat gut, aber ihr fehlte die Kraft, unter die Dusche zu gehen. Besser, sie ging gleich noch mal ins Bett. Doch vorher musste sie Eike anrufen.

Musste sie das?

Ja, doch, sagte ihre innere Stimme. Tu es für Jule.

Sie schlurfte zurück ins Schlafzimmer, nahm das Handy vom Bett und wankte an den Tisch zurück. In der Liste der Kontakte tastete sich ihr Finger von Eintrag zu Eintrag. Dann fand sie Eikes Namen. Sie tippte darauf, und die Verbindung baute sich auf.

»Eike hier. Nina, was gibt's?«

Er klang so geschäftlich. Als wären sie nie miteinander verheiratet gewesen. Als hätten sie nicht zwei Kinder zusammen. Als hätte er sie nie geliebt.

»Jona«, sagte sie. »Er ist nicht in der Schule. Behauptet der Direktor. Nur um mir das zu sagen, hat er mich gerade aus dem Schlaf gerissen.«

»Hast du eine Ahnung, wo er sich aufhält?«

»Würde ich anrufen, wenn ich das wüsste?«

»Nina, was hat der Direktor gesagt? War Jona heute überhaupt nicht in der Schule?«

»Jule sagt, sie sind zusammen hingefahren. Aber jetzt ist er weg.«

»Hat Herr Jansen noch irgendwas dazu gesagt?«

»Wer ist Herr Jansen?«

»Hanno Jansen, der Direktor. Hat er Jona weggehen sehen? Weißt du, seit wann er verschwunden ist?«

Nina wurde das Gespräch zu viel. Sie legte das Handy auf den Tisch und stellte den Lautsprecher an. »Du sollst ihn anrufen, hat er gesagt.«

»Ich bin gerade auf dem Weg zu einer Befragung. Ich versuche erst mal, Jule zu erreichen. Mit dem Direktor rede ich später, wenn ich mehr Ruhe hab.« Eike legte auf.

Typisch. Jedes Mal, wenn es schwierig wurde, war er weg. Einfach weg.

12

Die Ermittler führten Marlene in den kleinen Besprechungsraum neben der Rezeption. Wortlos nahmen sie Platz. Obwohl es ein runder Tisch war oder gerade deshalb, fühlte Marlene sich in die Zange genommen.

Die Kommissarin wies mit der Hand auf die Getränke, die Eske oder Frau Brodersen zwischenzeitlich dort abgestellt hatten. »Was darf es für Sie sein?«

Marlene konnte sich nicht entscheiden. »Wie war noch mal Ihr Name?«, fragte sie den Kommissar.

»Boss. Eike Boss.« Er lächelte sie jungenhaft an. »Keine Angst, ich heiße nur so. Der eigentliche Boss in unserem Team ist meine Kollegin, Frau Witt. Also, O-Saft? Oder lieber eine Cola? Ein Wasser, still?«

»Gar nichts bitte. Danke.«

»Wo waren Sie in der Nacht, als Ihr Mann starb?«, fing Finja Witt unvermittelt die Befragung an. Dabei deutete sie auf eine kleine Flasche Orangensaft. Eike Boss öffnete sie und stellte sie vor seine Kollegin hin.

Es gab auch nette Männer, durchfuhr es Marlene. Den Kommissar. Martin. Den Masseur im SPA. Warum war sie vor Jahren an den Falschen geraten?

Warum hatte sie sich das so lange bieten lassen?

»Frau Brand, bitte, wo waren Sie in der fraglichen Nacht?«, fragte Eike Boss.

»Hier. Im Seestern.«

»Wo genau? Waren Sie im SPA-Bereich?«

Marlene zog die Stirn in Falten. Wäre sie doch nur bei Doris und Martin geblieben! Die beiden wussten, was sie sagen wollten. Sie wusste es nicht.

»Bei Ihrem Mann?«, fragte die Kommissarin.

»Wie?«

»Ihr Mann starb auf einer Liege am Pool. Waren Sie zur selben Zeit dort unten wie er?«

Marlene nickte. »Ja, zur selben Zeit.«

Eike Boss rutschte auf dem Stuhl herum. Er wirkte auf einmal wie elektrisiert. »Demnach sind Sie Zeugin geworden, wie Ihr Mann vergiftet wurde?«

Erschrocken fuhr Marlene hoch. »Wie?«, fragte sie wieder. »Nein, natürlich nicht. Um die Zeit war ich nicht mehr da.«

Der Kommissar sah Marlene an, als hätte sie nicht alle Tassen im Schrank. Er schwieg.

Seine Kollegin notierte sich etwas. Als sie aufhörte, zu schreiben, hob sie langsam den Kopf. »Von wann bis wann waren Sie im Wellness-Bereich?«

»Das weiß ich nicht mehr genau. So gegen halb sieben sind wir runtergegangen. Wir hatten ein leichtes Abendessen zu uns genommen.«

»Hier im Hotel?«

»Ja, hier. Dann sind wir nach unten gefahren. Ole hat sich gleich auf die Liege gelegt. Ich bin ein bisschen geschwommen und in die Kräutersauna gegangen. Die hat nur dreiundvierzig Grad, das ist gut zu ertragen. Da habe ich einige Zeit verbracht.«

»Wie lange waren Sie da?«, fragte Eike Boss.

Marlene zuckte mit den Schultern. »Bestimmt eine halbe Stunde. Es dauert dort ziemlich lange, bis man ins Schwitzen gerät.«

»Wie viel Uhr war es, als Sie da rauskamen?« Es war die Kommissarin, die diese Frage stellte.

Es machte Marlene nervös, dass die beiden ständig im Wechsel fragten, sich aber nicht von einer Frage zur anderen abwechselten. Mal stellte der eine zwei Fragen, darauf der andere eine, mal war es umgekehrt.

Was sollte das? Wollten sie sie durcheinanderbringen? Nervöser machen, als sie ohnehin schon war?

»Ich weiß es nicht. Ich habe nicht auf die Uhr gesehen.« Marlene hatte das Gefühl, die Luft ging ihr aus. Sie keuchte wie nach einem Dauerlauf.

Finja Witt guckte auf ihre Aufzeichnungen. »Wenn Sie um kurz nach halb sieben im Wasser waren, ein paar Runden geschwommen sind ... Sie haben sich abgetrocknet, nehme ich an. Dann sind Sie in die Kräutersauna gegangen. Sie sagten, eine halbe Stunde haben Sie da verbracht. Dann dürften Sie gegen halb acht rausgegangen sein. Kommt das hin?«

»Möglich. Ja. Das kommt hin.«

»Was haben Sie anschließend gemacht?«, fragte Eike Boss. »Lag Ihr Mann noch auf der Liege?«

Marlene schloss die Augen. Eine Frage nach der anderen, nicht alle auf einmal, bat ihre innere Stimme.

Sie suchte nach der Antwort auf die erste Frage. »Ich bin ...« Sie stockte. Was hatte sie gemacht? »Raufgegangen auf mein Zimmer, das bin ich. Ja.«

»Und Ihr Mann? War der noch im SPA-Bereich auf der Liege?« Finja klang auf einmal unerbittlich.

Marlene nickte müde. »Ja, ich glaube, da lag er.«

»Entschuldigung, wenn ich da nachhake«, sagte die Kommissarin mit leichter Ungeduld in der Stimme. »Sie hatten den Tag und den Abend mit Ihrem Mann verbracht. Richtig?«

»Ja.«

»Sie haben mit Ihrem Mann zu Abend gegessen.«

Marlene nickte.

»Dann sind Sie zusammen in den Wellness-Bereich gegangen.«

Es war keine Frage, es war eine Feststellung. Dennoch gab Marlene ein »Ja« zur Antwort.

»Eine ungewöhnliche Zeit übrigens, finden Sie nicht? Wer geht nach dem Essen noch mal schwimmen? Wer legt sich mit vollem Magen in die Sauna?«

Leichter Protest regte sich in Marlene. Obwohl sie die Kommissarin nett fand, fing sie an, sich innerlich gegen die Befragung aufzubäumen. »Ich sagte ja: Es war nur ein leichtes Abendessen. Fragen Sie mal hier im Restaurant nach, was es abends gibt. Die sind darauf ausgerichtet, ihren Gästen den Magen nicht so zu füllen, dass man sich nicht mehr rühren mag.«

»Okay. Sie und Ihr Mann waren also nach dem Essen zusammen im Wellness-Bereich. Sind Sie in Begleitung von Freunden dahin gegangen, oder haben Sie sich unten mit jemandem getroffen?«

Nachdem die Kommissarin all die letzten Fragen übernommen hatte, schaltete sich auf einmal auch ihr

Kollege wieder ein. »Ich vermute, der Bereich ist so eine Art Kommunikationszentrum in diesem Haus.«

»Kann man so sagen. Es ist ein bisschen schwierig. Die einen Gäste suchen Ruhe, die anderen möchten sich unterhalten.«

Boss verzog das Gesicht und kratzte sich hinterm Ohr. »Das kollidiert natürlich. Gibt's da mal Ärger?«

Marlene zuckte mit den Schultern. »Manchmal ja. Kommt drauf an.«

»Worauf?«

»Wer gerade unten ist.«

Marlene wurde unruhig. Warum ging es in diesem Gespräch nicht um Ole und seinen Tod? Warum redeten die Ermittler so intensiv über die Geselligkeit im SPA-Bereich?

»Gab es einen Streit vorgestern Abend mit Ihrem Mann?«, fuhr die Kommissarin fort, und Marlene verstand auf einmal die intensiven Fragen nach dem Miteinander am Pool.

»N-nein«, sagte sie. »Nicht, dass ich wüsste. Jedenfalls nicht, solange ich unten war.«

»Wann haben Sie den Bereich verlassen?«

»Ich war nicht lange da. So gegen sieben, Viertel nach sieben vielleicht?«

»Zu der Zeit haben Sie doch noch in der Kräutersauna gesessen«, wandte der Kommissar ein.

»Ach ja, stimmt. Dann muss es wohl eine halbe Stunde später gewesen sein.«

»Wann denn nun? Haben Sie nicht auf die Uhr gesehen?«

»Nein. Wozu? Wir sind hier, um uns aus allem auszuklinken. Auch aus dem Stress mit der Zeit.«

»Haben Sie auch nicht nach der Uhrzeit geguckt, als Sie auf Ihrem Zimmer waren? Haben Sie nicht den Fernseher eingeschaltet, um die Nachrichten zu sehen oder einen Film?«

Trotzig kniff Marlene die Lippen zusammen und schüttelte den Kopf. Sie wurde das Gefühl nicht los, dass die beiden sie reinlegen wollten.

Sie galt als verdächtig, das war's! Hatte Doris sie nicht gewarnt?

Doris! Sie war die Rettung. »Ich war noch mal in der Sauna«, sagte Marlene. »In der Biosauna, mit meiner Freundin Doris.«

Eike Boss schien genervt. Er zog die Augenbrauen hoch und sog die Luft scharf durch die Nase ein. Die Kommissarin dagegen blieb gelassen. Zumindest hatte es den Anschein. Man wusste ja nie …

»In der Biosauna also«, sagte Finja Witt. »Da waren Sie nach der Kräutersauna?«

»Nach einer weiteren kleinen Runde im Pool, ja.«

»Wie lange waren Sie da?«

»Es dürfte gegen acht gewesen sein, als wir da rausgingen. Nach einer kurzen Erholungsphase bin ich …« Marlene überlegte. »Ich bin ins Bett gegangen. Ich hatte Kopfschmerzen und wollte meine Ruhe haben.«

Finja Witt seufzte. Auch sie schien das Gespräch anstrengend zu finden. »Demnach dürften Sie frühestens um kurz nach acht auf Ihr Zimmer gegangen sein. Hat Ihr Mann Sie dahin begleitet?«

»Nein. Dann wäre er ja nicht da unten gestorben.«

»Er könnte später noch mal runtergegangen sein. War er vielleicht mit jemandem verabredet?«

Marlenes Seele brannte. Es war zu viel! Auf einmal kam ihr ein Gedanke. »Ich bin alleine hochgegangen, habe eine Schlaftablette genommen und mich ins Bett gelegt. Ich habe nichts mehr mitbekommen, bis ich am nächsten Morgen aufgewacht bin.«

»Was für Tabletten nehmen Sie?«, fragte Finja. »Darf ich die Packung mal sehen?«

»Ich hab sie nicht mehr«, sagte Marlene schnell. »Es war die letzte Tablette. Die Packung hab ich weggeworfen.«

»Wie heißt das Medikament?«, hakte die Kommissarin nach.

»Irgendwas mit ›Dorm‹.« Marlene rieb sich das Gesicht. »Dorma... Dormo... Dormi... Ich weiß es nicht. Ich kann mir solche Namen nicht merken.«

»Hat Ihr Arzt Ihnen die verschrieben?«.

Marlene nickte.

»Wo haben Sie die Packung weggeworfen? Unsere Spurensicherung hat im Papierkorb Ihres Zimmers nichts dergleichen gefunden.«

»Im SPA-Bereich habe ich die entsorgt.«

Finja Witt schloss für einen Moment die Augen. Es schien, als machte sie eine von diesen Atemübungen, wie man sie auch hier im Resort trainierte.

»Sie haben die Schlaftablette auf Ihrem Zimmer genommen. Anschließend sind Sie noch einmal runter in den Wellness-Bereich, haben die Packung dort weggeworfen und sind wieder hinauf auf Ihr Zimmer. Da sind Sie dann eingeschlafen. Okay.«

»Kann man so machen«, warf Eike Boss ein. »Muss man aber nicht. Und auch da unten hat unsere Spurensicherung keine leere Packung Schlaftabletten gefunden. Wer kann die bloß gestohlen haben?«

Mühsam drängte Marlene die Tränen der Verzweiflung zurück, die in ihr aufstiegen und herauswollten.

Doch die Kommissarin ließ ihr keine Ruhe. »Wer war denn zu der Zeit bei Ihrem Mann?«, fragte sie. »Sie haben ihn doch sicher noch einmal gesehen.«

Marlene zog die Nase hoch. »Er lag auf der knallblauen Liege am Rand des Pools. Er war allein.«

»Haben Sie ihn angesprochen oder er Sie?«

»Nein. Ich bin gleich wieder hoch. Ich weiß nicht, ob er mich überhaupt gesehen hat.«

»Nach unseren Informationen war Ihr Mann Diabetiker. Hatten Sie keine Befürchtung, dass er sich vielleicht nicht wohlfühlen würde nach dem Essen? Man muss die Werte doch ständig überprüfen.«

»Mein Mann ist erwachsen. In dieser Angelegenheit sorgt er für sich selbst.«

»Auch in puncto Sexualität?«, fragte Eike Boss.

»Was?« Marlenes Stimme krächzte. Sie hätte gerne gefragt, wie er das meinte. Doch sie traute sich nicht. Dieses Thema war ein heißes Eisen. Das wollte sie schon gar nicht mit einem Mann besprechen.

Finja Witt schien ihre Gedanken lesen zu können. Sie übernahm die nächste Frage. »Frau Brand, Ihr Mann wurde tot auf der Liege am Pool gefunden. Neben ihm stand ein alkoholischer Drink. Und gelesen hat er ein Pornoheft.«

Marlene wurde heiß und gleichzeitig eiskalt. Sie zog sich in ihr Innerstes zurück.

»Haben Sie meine Bemerkung verstanden?«

Sie nickte.

»Wussten Sie davon? Gehörten solche Hefte zur üblichen Abendlektüre Ihres Gatten?«

»Das weiß ich nicht«, hauchte Marlene. »Ole und ich, wir hatten getrennte Schlafzimmer.«

»Seit wann?«, hakte der Kommissar nach.

»Schon länger. Mein Mann schnarcht. Er war zur Untersuchung in einem Schlaflabor. Die anschließende Therapie hat nichts gebracht. Seitdem übernachte ich in einem der Gästezimmer unseres Hauses, während mein Mann im Schlafzimmer schläft.«

»Damit ist ja nun Schluss«, murmelte der Kommissar, woraufhin seine Kollegin ihn missbilligend ansah.

Marlene spürte den Druck, den Ermittlern eine Erklärung abgeben zu müssen. Nicht, dass sie dachten, zwischen ihr und Ole wäre nichts mehr gelaufen. »Manchmal haben wir auch zusammen im Schlafzimmer übernachtet.«

»Manchmal?« Eike beugte sich weit über den Tisch.

Marlene glaubte, er wäre am liebsten in ihr Hirn gekrochen.

»Warum?«, fragte er scharf. »Warum sind Sie noch mal in den Wellness-Bereich gegangen? Wollten Sie sehen, mit wem Ihr Mann sich da vergnügte? Hatte er einen Flirt hier im Haus? Gab es Grund zur Eifersucht?«

»Nein«, schrie Marlene. »Nein, nein, nein.«

Die Kommissarin legte eine Hand auf den Arm ihres Kollegen und zog ihn wieder auf den Stuhl zurück. Er ließ sich gegen die Rückenlehne fallen.

»Wer war im SPA-Bereich, als Sie und Ihr Mann sich gemeinsam da aufhielten?«, fragte sie.

»Sie meinen, an dem Abend, als er ...«

Die Kommissarin nickte.

»Meine Freundin Doris, die auch hier wohnt, und ein anderer Gast. Martin. Den Nachnamen weiß ich nicht. Wir sind erst so kurz hier, ich kenne nicht alle.«

»Gut, wir fragen uns durch. Haben Sie sich mit Ihrem Mann am Abend seines Todes gestritten?«

»Nein, hab ich nicht.«

»War Ihr Mann des Lebens überdrüssig? Ist Ihnen in letzter Zeit etwas in der Richtung aufgefallen? Hatte er möglicherweise Depressionen, etwa, weil Sie einen anderen Partner gefunden hatten und Ihre Ehe in die Brüche ging?«

Entgeistert sah Marlene die Kommissarin an. »Wie kommen Sie denn jetzt darauf? Wie kommen Sie darauf, dass ich ... Dass mein Mann ...«

Die Frau lächelte weise. »Es gibt Herren im Alter Ihres Mannes, die stecken auf einmal in einer Midlife-Krise. Weil es beruflich nicht mehr läuft ...«

Marlene unterbrach sie. »Mein Mann war bis zum letzten Atemzug sehr erfolgreich.«

»Weil Sohn oder Tochter auf die schiefe Bahn geraten sind«, fuhr die Ermittlerin unbeirrt fort.

»Kinder haben wir keine.«

Eike Boss bog die Schultern zurück und sah Marlene von oben herab an. »Es gibt auch Männer, die erwischen ihre Frau Gemahlin völlig unvorbereitet mit einem Lover, den sie bis dahin für ihren besten Kumpel gehalten haben. Könnte so eine Geschichte Ihrem Mann den Rest gegeben haben?«

»Auf gar keinen Fall! Was unterstellen Sie mir?«

»Nichts. Wir arbeiten unseren Fragenkatalog ab.«

Finja Witt hob die Hand. Wollte sie ihren Kollegen, der nun doch den Boss rauskehrte, zum Schweigen bringen?

»Während Ihres Aufenthalts hier hatten Sie und Ihr Mann ein gemeinsames Doppelzimmer. Ist Ihnen nicht aufgefallen, dass Ihr Mann in der Nacht, in der er ums Leben kam, nicht bei Ihnen war?«

Marlene schluckte. »Nein. Ich hatte doch die Tablette genommen. Damit schlafe ich bis zum nächsten Morgen durch.«

Die Kommissarin sah sie durchdringend an.

Marlene riss sich zusammen. »Woran ist mein Mann eigentlich gestorben?«

Der Kommissar übernahm die Antwort. »Das wird die Obduktion ergeben.«

Finja Witt ließ ihr keine Atempause. »Wer erbt im Falle des Ablebens Ihres Mannes? In erster Linie Sie, das ist klar. Aber gibt es ein Testament, das außer Ihnen noch jemanden bedenkt?«

Marlene fand die Frage befremdlich. »Nein?«

Der Kommissar beugte sich wieder unangenehm weit zu ihr vor. »›Nein?‹ oder ›Nein!‹«

Marlene seufzte schwer. »Hören Sie, wenn es ein Testament geben sollte, dann weiß ich nichts davon.«

»Letzte Frage für heute«, sagte Finja Witt. »Gibt es einen Ehevertrag?«

»Ja, natürlich«, erwiderte Marlene pampig. »Aber der besagt nur, dass ich nichts bekomme, wenn ich meinen Mann verlasse. Und verlassen habe ich Ole nicht.« Sie schlug mit der Hand auf den Tisch.

Die Ermittler lächelten sie zufrieden an.

Das war der Moment, in dem Marlene begriff, dass sie einen Fehler begangen hatte.

13

Finja und Eike saßen stumm da, bis Marlene den Raum verlassen und die Tür hinter sich geschlossen hatte. Gespannt warteten sie, ob etwas von einem Gespräch aus dem Foyer zu ihnen dringen würde.

»Wie war's?«, fragte eine weibliche Stimme. Es war die von Eske, der Rezeptionistin. Finja erkannte sie sofort an ihrem weichen, zaghaften Klang.

Marlene gab eine ausweichende Antwort, die nicht weniger zart und verhalten wirkte.

Eike verdrehte die Augen. Finja verstand ihn ohne Worte. Die Tür des Besprechungsraums war alles andere als schalldicht. Wenn sie nun miteinander sprachen, würden die zwei Frauen da draußen verstummen und lauschen. Und auch wenn Marlene gegangen war und Eske allein am Empfangstresen saß, würden sie nicht in normaler Lautstärke reden können.

Finja stand auf und verzog sich in eine Ecke des Raums, die am Fenster lag. Eike folgte ihr. Sie hatten nun den größtmöglichen Abstand zur Tür.

»Die Frau ist völlig durch den Wind«, raunte Finja. »Und das nicht nur, weil sie Witwe ist. Sie ist nervös, sie hat Angst, sie verheddert sich in ihren Aussagen.«

»Sehe ich genauso.« Eike stützte sich auf die hüfthohe Fensterbank und sah hinaus.

Finja tat es ihm gleich.

Vor ihnen lag der Innenhof des Resorts mit seinem gepflegten, sattgrünen Rasen. Bistrotische, die in lockeren Abständen darauf verteilt waren, luden zum Klönen bei Prosecco und Lachshäppchen ein. Das Zentrum des Atriums bildete ein runder Springbrunnen. In dessen Mitte schwebten auf einer Säule drei metallene Fische, die Wasser in den Brunnen spien.

»Das scheint eine Art Open-Air-Gesellschaftsraum zu sein«, überlegte Finja.

»In diesem Resort scheint mir alles Gesellschaftsraum zu sein. Und vermutlich ist auch alles ›open‹.«

»Du meinst, hier geht es munter zu?«

Eike zuckte mit den Schultern. »Ist nur mein Eindruck. Ich mag mich täuschen. Wir haben bisher nur einen Menschen gesprochen, der seinen Urlaub hier verbringt. Warten wir ab, was die anderen erzählen.«

»Die anderen Gäste und das Personal«, überlegte Finja. »Wen wir vorrangig befragen müssten, das wäre die Frau von der Reinigungsfirma, die den Toten gefunden hat. Aber auch die Freundin, von der Frau Brand gerade gesprochen hat, diese Doris. Hoffentlich ist sie etwas aussagewilliger als die Witwe. Die Brand hat ja die ganze Zeit nur geschwankt.«

»Ich glaube, sie hat ein schlechtes Gewissen. So schlecht, dass sie am liebsten gleich ein Geständnis abgelegt hätte, um die Sache hinter sich zu bringen.«

»Meinst du wirklich?« Seinem Lächeln sah Finja an, das Eike die Äußerung nicht ernst gemeint hatte. »Die Frau hat überhaupt nicht geweint«, fuhr sie fort. »Nur einmal sind ihr fast die Tränen gekommen, aber nicht aus Trauer um ihren Mann. Ich glaube, sie ist entweder von Natur aus nur auf sich bezogen oder ...«

Eike fiel ihr ins Wort. »Oder sie ist froh, dass der Mann aus ihrem Leben verschwunden ist. Deshalb hat sie so ein schlechtes Gewissen: Sie ist nicht fähig, um ihn zu trauern, weil sie nur Erleichterung verspürt. Dabei gucken sie alle hier im Haus an und erwarten, dass sie untröstlich ist.«

»Wenn du mich fragst: Über ein Motiv brauchen wir in ihrem Fall nicht lange nachzudenken. Und die Gelegenheit, ihrem Mann was in den Drink zu mischen, hat sie sicher gehabt. Sie brauchte nur zu warten, bis er mal einen Moment eingenickt war.«

»Oder sie hat ihm den frisch gemixten Drink sogar selbst serviert. Ganz die treusorgende Ehefrau.«

»Oder das. Fragt sich nur, woher sie das Zeug hat.«

»Vom Reinigungspersonal«, entfuhr es Eike. »Diese Leute sitzen direkt an der Quelle. Unsere Witwe muss sie nur bestochen haben.«

»Womöglich sind nicht mal Beziehungen zu einer Reinigungsfirma nötig, um an den Stoff zu kommen«, überlegte Finja. »Über ausländische Online-Shops kann sich jeder Mordlüsterne die Substanz bestellen. Wir müssten Frau Brand lediglich nachweisen, dass und auf welchem Weg sie daran gekommen ist.«

»Ich habe die Handynummer der Mitarbeiterin des Reinigungstrupps. Unsere uniformierten Kollegen haben gleich nach dem Leichenfund mit ihr gesprochen. Ich rufe sie an und mache einen Termin mit ihr.«

Eike richtete sich auf und zog sein Telefon aus der Jacke. Als er den Finger über das Display hielt, um die Finderin der Leiche anzurufen, klingelte es.

Er schmunzelte. »Das nenne ich Telepathie.« Im selben Moment verging ihm das Lächeln. »Oh, das ist noch mal privat. Entschuldige bitte.« Er nahm das Gespräch an. »Jule, lieb, dass du zurückrufst. Du hast meinen Spruch auf dem AB gehört?«

Finja vernahm die Stimme eines Mädchens. Sie stand noch immer dicht neben Eike.

Er trat zwei Schritte zurück und wandte sich ab.

Finja bemerkte, wie er den Rücken anspannte. Er sprach kaum ein Wort, hob die freie Hand und massierte sich mit den Fingerkuppen die Stirn. Die Anruferin schien ihm eine ernste Nachricht zu überbringen. Finja dachte an das Telefonat von Eike mit seiner Ex-Frau vorhin nach dem Gespräch mit dem Restaurantchef und an die Sorge um seinen Sohn.

»Verstehe«, sagte Eike ab und zu. Schließlich nahm seine Stimme einen besorgten Tonfall an. »Und du hast wirklich keine Ahnung, wo er sich aufhält?«

Er drehte sich halb zu Finja um und zuckte ratlos mit den Schultern.

Kurz darauf verabschiedete er sich von der Anruferin und legte auf. Er stieß einen heftigen Seufzer aus. »Kinder!«

Finja hob fragend die Augenbrauen.

»Das war meine Tochter«, erklärte Eike ihr. »Bald kennst du meine ganze Familie. Ich ruf mal eben die uniformierten Kollegen in Niebüll an.«

Er wählte einen seiner Kontakte aus. Während er darauf wartete, dass sich jemand meldete, trommelte er mit den Fingern der freien Hand auf der Fensterbank herum. Es schien, als hämmerte er den Rhythmus einer bestimmten Melodie auf das Holz.

Finja dachte sich, dass ihr Kollege wohl nicht zum ersten Mal in dieser Angelegenheit telefonierte. Es schien sich um ein Dauerproblem zu handeln.

Plötzlich ging ein Ruck durch seinen Körper. »Ja, Eike hier. Moin, Jörg. Schön, dass ich dich erwische. Ich hätte eine große Bitte.« Er räusperte sich, als sein verlegener Blick Finja streifte. Dann erklärte er dem Kollegen, der auf der Polizeistation im Nachbarort von Dagebüll saß, sein Anliegen.

»Wäre toll, wenn ihr mal zum Fähranleger fahren und die Lage checken könntet«, schloss er. »Ist möglich, dass die Jungs sich wieder da rumtreiben. Einer von denen ist ein Kumpel von Jona. Ich hab Angst, dass mein Sohn in so eine Sache reingezogen wird.«

Er verstummte und nickte mehrmals, während sein Gesprächspartner etwas erwiderte.

»Danke dir, Jörg«, sagte er, als er wieder an der Reihe war. »Und, Jörg? Wenn's irgendwie möglich ist, macht bitte kein allzu großes Drama draus. Falls Jona da mitmischt, werde ich mit ihm Klartext reden, sobald ich wieder in Dagebüll bin.«

Wieder schwieg er und hörte dem Kollegen mit gerunzelter Stirn zu.

»Nein, Jörg. Nina kann heute leider nicht. Sie … Ich erklär's dir später. Danke dir. Bis bald.«

Er kappte die Verbindung und atmete durch. »So schön es ist, Nachwuchs zu haben ...« Er führte den Satz nicht zu Ende.

»Probleme?«, fragte Finja. »Sorry, ich will nicht indiskret sein. Aber das, was ich mitbekommen habe, klang nicht sehr beruhigend. Es hörte sich an, als wäre dein Sohn in eine unschöne Sache verwickelt. Wenn ich irgendwie helfen kann?« Sie lachte genauso verlegen, wie Eike sie bei dem Telefonat angesehen hatte. »Du weißt ja, Leute, die keine Kinder haben, haben immer die besten Erziehungsratschläge parat.«

»Das ist lieb von dir, danke. Aber ich glaube, da muss ich alleine durch. Meine Frau ist im Moment nicht in der Lage, irgendwas zu unternehmen, und die Kinder sind in einem schwierigen Alter.«

Er steckte sein Smartphone weg, hob die Schultern und ließ sie wieder sinken.

Finja hatte den Eindruck, er hätte gerne geredet, wusste aber nicht, wie er es anfangen sollte. Schließlich waren sie gerade im Dienst und hatten einen Todesfall aufzuklären.

»Die Frau vom Reinigungstrupp«, sagte sie, um Eike zu helfen. »Du wolltest sie anrufen.«

»Ach, stimmt. Hatte ich schon wieder vergessen. Echt zum Heulen mit mir. Ich muss zusehen, dass ich meine privaten Angelegenheiten aus dem Dienst raushalte. Kostet nur Konzentration.«

»Wer schafft es schon, abzuschalten, wenn es etwas wirklich Belastendes gibt?«, tröstete Finja ihn. »Würde mir nicht anders gehen als dir.«

»Danke für dein Verständnis.« Eike rief die Zentrale des Gebäudereinigers an und fragte nach der Mitarbeiterin, die den toten Ole Brand gefunden hatte. Er zog seinen Block und einen Kuli aus der Tasche und notierte sich eine Telefonnummer, die der Angerufene ihm nannte. Schließlich verabschiedete er sich. »Sie ist zu Hause«, erklärte er Finja. »Sie hat heute frei.«

»Soll ich den Anruf übernehmen?«

»Gern, wenn du magst.« Eike schob Finja den Zettel mit der Nummer hin. »Helga Hus ist ihr Name.«

Die Mitarbeiterin der Firma ging so schnell ans Telefon, dass Finja vermutete, sie hatte diesen Anruf bereits erwartet.

»Die Polizei hat mir vorgestern schon gesagt, dass die Kripo mich bestimmt bald anrufen wird«, erklärte Helga Hus atemlos. »Also, eigentlich habe ich ja schon gesagt, was ich weiß. Ihre Kollegen haben alles zu Protokoll genommen. Ich muss nur noch zur Polizeistation gehen und das unterschreiben.«

»Wir wissen, dass Sie bereits eine Aussage gemacht haben. Die Unterlagen werden uns bald weitergeleitet. Trotzdem würden wir Sie gerne auch einmal sprechen. Unsere uniformierten Kollegen nehmen in solchen Fällen die ersten wichtigen Fakten auf. Ihren Namen, wann Sie den Toten entdeckt haben und wann Sie sich üblicherweise in dem Bereich aufhalten, in dem die Leiche gelegen hat. Wir Kriminalpolizisten betrachten die Dinge immer noch mal aus einer etwas anderen Perspektive. Deshalb wäre es wichtig, dass Sie auch für uns etwas Zeit erübrigen könnten.«

»Ja, wenn das so ist ... Ich bin morgen wieder im Seestern. Wenn es Zeit hätte bis dahin, das wäre toll. Heute habe ich nämlich meine kleine Enkelin bei mir. Meine Tochter ist zu einem Vorstellungsgespräch in Leck. Sie möchte da in einem Hotel ...«

Finja unterbrach sie. »Das mit morgen geht in Ordnung. Bis dahin hat das Zeit. Ab wann sind Sie hier?«

»Um sieben fange ich an. Wenn Sie mich am Pool sehen wollen, wäre ich um acht Uhr da. Zuerst bin ich immer in einem anderen Flügel des Resorts.«

»Um acht am Pool, das ist eine gute Zeit.« Finja sprach mit Blick auf Eike, der ihr zunickte.

Helga Hus fuhr fort. »Dann kann ich Ihnen genau zeigen, wo ich den Herrn Brand gefunden habe. Also ich sag Ihnen, das war vielleicht ein Schreck, ihn da so liegen zu sehen. Man erkannte ja sofort, dass er tot war. Wenn ich im Seestern anfange, ist normalerweise noch niemand am Pool. Schon gar keine Leiche.«

»Wann wird der Bereich geöffnet?«, fragte Finja.

»Er ist immer offen.«

»Ist das nicht ungewöhnlich für so ein Haus?«

»Mag sein, dass es allgemein für Hotels ungewöhnlich ist. Aber im Seestern ist vieles anders als üblich.«

»Okay. Vielen Dank, Frau Hus. Lassen Sie uns alles Weitere morgen besprechen.«

»Gut, dann bis morgen.«

»Viel Glück für die Bewerbung Ihrer Tochter«, rief Finja ihr noch zu und beendete das Gespräch. »Du hast es gehört«, sagte sie zu Eike. »Morgen um acht am Pool. Aber ohne Badehose.«

Eike verzog das Gesicht. »Das Baden wäre mir in diesem Hotel sowieso zu gefährlich.« Er sah auf die Uhr. »Was hältst du von einem kleinen Imbiss, bevor wir uns der Freundin von Frau Brand zuwenden? Es ist schon fast Nachmittag, und wir haben noch nichts gegessen. Du musst doch auch halb verhungert sein. Ich lade dich gerne zu einem Begrüßungsessen ein.«

Finja überlegte kurz. Jetzt, nachdem Eike sie darauf angesprochen hatte, merkte auch sie, dass sie ein großes Loch im Magen hatte, das gefüllt werden wollte. Doch die Neugier auf das Gespräch mit der Freundin von Marlene Brand ließ ihr keine Ruhe.

»Die Einladung zum Begrüßungsessen nehme ich gerne an. Ich schlage aber vor, das auf heute Abend zu verschieben und erst noch mit dieser Frau namens Doris zu reden. Vielleicht können wir vorab hier im Haus eine Kleinigkeit bekommen, damit der Magen nicht zu laut knurrt. Wir müssen die gute Doris sowieso erst kontaktieren und sehen, ob sie jetzt überhaupt Zeit für uns hat. Sie braucht sicher ein paar Minuten, um sich auf uns vorzubereiten.«

»Abgemacht«, erwiderte Eike, dem die Aussicht auf einen abendlichen Klönschnack mit Finja zu gefallen schien. »Frau Brodersen wird uns hier schon nicht verhungern und verdursten lassen. Das wäre nicht gut für den Ruf eines Wellness-Resorts.«

»Dann lass uns im Restaurant einen Tee oder Kaffee trinken. Ich hoffe, wir bekommen ein Stück Kuchen dazu. Mit Glück sogar auf Kosten des Hauses«, schob Finja grinsend hinterher.

Sie öffneten die Tür des Besprechungsraums.

Eske stolperte hastig auf ihren Platz und machte sich an der Tastatur zu schaffen. Mit zusammengekniffenen Augen stierte sie auf den Bildschirm. Energisch griff sie zur Maus, schüttelte den Kopf und gab sich alle Mühe, zu ignorieren, dass die Ermittler direkt vor ihr standen.

Finja nahm ihr die Konzentration auf die Arbeit nicht ab. Ohne Zweifel hatte Eske nach Marlenes Verschwinden an der Tür zum Besprechungsraum gelauscht.

Sie drückte den Rücken durch. »Was meinen Sie«, fragte sie geradeheraus, ohne abzuwarten, dass Eske ihr einen Fingerhut voll Aufmerksamkeit schenkte. »Können wir wohl im Restaurant Tee und Gebäck bekommen? Und könnten Sie die Freundin von Frau Brand zu uns bitten, eine Frau namens Doris?«

Eske zögerte einen Moment. »Das mit dem Tee geht wohl in Ordnung. Ein Kuchenbüfett haben wir auch im Restaurant. Aber ob Frau Flothmann ...«

Eike ließ sie den Satz nicht zu Ende sprechen. Er beugte sich über den Tresen und sah Eske tief in die Augen. »Sie schaffen das«, sagte er mit verschwörerischer Miene. »Ganz bestimmt. Sonst säßen Sie nicht hier.«

Er klopfte auf das Holz, wandte sich ab und geleitete Finja zum Restaurant.

14

Finja hatte das Gefühl, alle Gäste des Seestern-Resorts hatten sich an diesem Nachmittag im Restaurant des Hauses verabredet. Der nette, adrette Kellner mit dem gezwirbelten Schnurrbart empfahl den Ermittlern die original Seestern Lifestyle-Torte, eine Komposition aus Vollkornweizenmehl, Quark, Honig, Sesam, Früchten und einigen geheimen Zutaten, die in geringerer Dosis beigemischt waren. Dazu servierte er grünen Tee nach Art des Hauses. Das Gebräu schmeckte fruchtig nach Pfirsich und Ananas.

Die Kommissare hatten sich Mühe gegeben, einen gewissen Abstand zwischen sich und die Gäste zu bringen. Doch es hatte nicht lange gedauert, da waren alle Tische in ihrer Nähe voll besetzt. Es wurden sogar noch Stühle herangezogen, damit sich weitere Gäste dazwischen quetschen konnten.

Dieser Nachmittag hatte Finja einen Eindruck davon vermittelt, wie es Weltstars und Königen erging, wenn sie sich trauten, sich unters Volk zu mischen.

Finja warf einen Blick auf die Armbanduhr. »Bald dürfte Freundin Doris hier aufkreuzen«, raunte sie Eike zu. Im selben Moment sah sie sich unsicher um. »Oder sitzt sie vielleicht schon längst an einem Nachbartisch und beobachtet uns?«

»Kannste haben.« Eike spießte den letzten Rest des Stücks Torte von seinem Teller auf die Kuchengabel. Mit gesenktem Kopf sah auch er sich um.

Auf einmal erhob sich eine Frau von einem Tisch in direkter Sichtweite zu ihnen. Sie fixierte die Ermittler mit Blicken aus katzengrünen Augen und blieb noch einen Augenblick stehen, um sich zu sammeln. Dann marschierte sie auf die beiden los.

»Mein Name ist Flothmann. Doris Flothmann. Sie möchten mich sprechen, hat man mir gesagt. Ich gehe doch recht in der Annahme, dass Sie die Herrschaften von der Kriminalpolizei sind?«

Eike sah gespielt erstaunt zu ihr auf. »Ist mein Dienstausweis auf die Stirn tätowiert?«

»Das nicht«, erwiderte die Dame mit spitzer Zunge »Aber niemand anders als Sie hat hier im Haus diesen durchdringenden Blick. Man ahnt geradezu, dass Sie jeden einzelnen der Anwesenden durchleuchten, um den schwarzen Fleck auf einer Seele zu erkennen. Und der, der ihn hat, ist dann wohl der Mörder.«

Finja erhob sich und hielt der Frau ihre Hand hin. »Finja Witt, Kriminalhauptkommissarin. Der Herr an meiner Seite ist Kriminalhauptkommissar Eike Boss. Boss wie man's spricht, aber netter, als er heißt. Ich schlage vor, wir ziehen uns in den Raum neben der Rezeption zurück.«

»Wenn er denn frei ist?«

Auch Eike stand auf. »Wenn nicht, wird sich sicher was anderes finden.«

Er ging voran.

Die beiden Frauen folgten ihm, wobei Finja darauf achtete, mit Doris gleichauf zu bleiben. Die hochgewachsene Frau legte ein Tempo vor, als wollte sie einen Wettlauf gewinnen. Hatte sie es so eilig, mit den Kripo-Beamten ins Gespräch zu kommen?

Eske beobachtete die kleine Gruppe mit erschrockener Miene, als sie auf den Tresen zuliefen.

Finja bemühte sich, möglichst unbefangen aufzutreten. »Dürfen wir den Raum noch mal nutzen?«

Eske nickte stumm. »Ja, sicher«, hauchte sie, als sie bereits dabei waren, hinter der Tür zu verschwinden.

Doris setzte sich an den Tisch und ordnete den Rock ihres Plisseekleides. Sie trug eine farbenfrohe Robe. Verschiedene Pink- und Rottöne wechselten sich in schmalen Streifen ab. Es hatte den Anschein, als legte sie Wert darauf, dass die Farben der Falten in einer bestimmten Reihenfolge sichtbar wurden.

Finja empfand Doris als eine aparte Frau. Ein fein geschnittenes Gesicht, hohe Wangenknochen, volle Lippen und eine leicht gebogene Nase, der schlanke Körper und die braungebrannte Haut – das alles passte perfekt in dieses noble Ambiente.

Finja begann das Gespräch. »Frau Flothmann, was machen Sie von Beruf, wenn ich fragen darf?«

»Ich bin Chefeinkäuferin.«

»In einer Modefirma vermutlich«, versuchte Eike sich mit bewundernder Miene an einem Kompliment.

»In einem Maschinenbauunternehmen«, korrigierte Doris ihn. »Ich kaufe die Komponenten ein, aus denen mein Arbeitgeber die Maschinen zusammenstellt.

Unsere Produkte werden weltweit vertrieben. Entsprechend hoch sind die Ansprüche an die Qualität. Daher bin ich häufig im Ausland unterwegs und suche die besten Zulieferer aus.«

»Oh«, sagte Finja. »Das ist sicher ein besonders anspruchsvoller Job.«

»Kann man wohl sagen. Umso wichtiger ist es für mich, Auszeiten wie diese im Seestern zu genießen.«

»Sind Sie öfter hier?«

»Nicht hier, aber in ähnlichen Häusern an Nord- oder Ostsee.« Doris setzte sich aufrecht hin und sah die Ermittler beinahe unterwürfig an. »Ich möchte mich entschuldigen. Vorhin im Restaurant war ich ein bisschen patzig. Das tut mir leid. Normalerweise bin ich nicht so. Aber zurzeit ist leider nichts normal.«

»Entschuldigung angenommen«, sagte Finja spontan, ohne sich durch Blicke mit Eike verständigt zu haben. »Wir können gut nachvollziehen, dass sie sich in einer Ausnahmesituation befinden. Das führt naturgemäß zu ungewohnten Verhaltensweisen.«

»So furchtbar schlimm waren Sie vorhin auch wieder nicht«, wandte Eike ein und lächelte Doris versöhnlich an. »Wir sind ganz anderes gewohnt.«

»Danke, wir sind aber auch alle keine Mörder.« Doris strich über den Stoff ihres Kleides. »Oles Tod hat Marlene umgehauen. Sie hat mir von ihrem Gespräch mit Ihnen beiden erzählt. Sie hat sich furchtbar ungerecht behandelt gefühlt. Ihr Eindruck war, dass Sie sie verdächtigen. Ausgerechnet Marlene! Unter allen Schafen dieser Welt ist sie das sanfteste, das Sie sich vorstellen könnten. Sonst hätte sie es mit Ole nie so lange ausgehalten. Er war nicht ganz ohne.«

»Sie kannten ihn gut?«, fragte Finja. »Wie würden Sie ihn charakterisieren?«

»Ach, gut ... Wer kennt einen Menschen schon gut? Marlene kannte ihn natürlich viel besser als ich. Aber ja, wenn Sie so wollen, habe auch ich ihn ganz gut gekannt. Er war allerdings ein Mensch, der sich ständig im Wandel befand. Für Außenstehende war es manchmal schwierig, ihm zu folgen. Marlene hat das aber immer ganz wunderbar hinbekommen. Ich an ihrer Stelle hätte das nicht geschafft.«

Finja staunte über die offene Art, in der Doris mit ihnen redete. Sie musste ein denkbar reines Gewissen haben, denn so, wie sie argumentierte, verpasste sie sich selbst ein Täterprofil: das der mitfühlenden besten Freundin und Vertrauten einer hilflosen Frau, die seit Jahren mit einem Ekelpaket verbandelt war und dabei fast vor die Hunde ging.

Im Moment war Finja nicht sicher, ob Doris' Verhalten echt war oder ob Methode dahintersteckte.

Sie legte die Arme auf den Tisch und schob sie der Frau entgegen, als wollte sie nach ihren Händen greifen. »Ich bin sicher, Sie stehen Frau Brand in dieser schweren Zeit nach besten Kräften bei.«

Doris erwiderte ihren Blick, und einen Moment lang hatte Finja den Eindruck, sie versuchte, mit ihr zu flirten. Sie schob den Gedanken rigoros beiseite.

»Selbstverständlich«, sagte Doris. »Ich stütze sie, so gut ich das kann. Marlene geht es zurzeit gar nicht gut. So schwer das Leben mit Ole war, er bildete doch das Fundament, auf dem sie stand. Sie wird es nicht leicht haben, zu sich zu finden. Wer sich so viele Jahre lang selbst verleugnet hat, steht nicht von einem Tag auf den anderen als eigenständiges, unabhängiges Individuum da. Marlene muss nun erst einmal herausfinden, wer sie ist.«

»Dafür ist dieses Haus sicher bestens geeignet«, meinte Eike.

Wieder vernahm Finja die sanfte Bissigkeit in seiner Stimme. Sie fragte sich: War es etwa kein Zufall, dass Ole Brand ausgerechnet hier ums Leben kam? Und war es kein Zufall, dass Marlenes Freundin Doris das Ehepaar Brand auf dieser Reise begleitete?

»Haben Sie sich selbst immer gut mit ihm verstanden?«, fragte sie. »Oder gab es auch mal Reibereien zwischen Ihnen und Herrn Brand?«

»Wie kommen Sie darauf?«, fragte Doris in leicht schnippischem Tonfall zurück.

»Ihren Worten habe ich entnommen, dass Herr Brand ein dominanter Mensch war. Seine Frau war weniger durchsetzungsfähig als er. Sie scheint alles dazu getan zu haben, eine harmonische Beziehung zu führen. Und Sie als gestandene Frau und beste Freundin von Marlene Brand dürften einen gewissen Einfluss auf die Ehefrau ausgeübt haben.«

»Das riecht förmlich nach Ärger«, meinte Eike mit seinem charmanten Jungenlächeln.

Doris legte die Hand ans Kinn und zog die Stirn in Falten. »Entschuldigen Sie bitte, wenn ich so direkt danach frage, aber versuchen Sie jetzt, mir die Tat unterzuschieben?«

»Wir versuchen, uns ein Bild von der Situation zu machen«, entgegnete Finja. Dabei blieb sie freundlich-sachlich. Doris Flothmann war eine intelligente Frau, die ein gewisses Misstrauen hegte. Es wäre ein Fehler, sie aufgrund ihrer Offenheit für arglos zu halten.

»Wechseln wir mal den Themenbereich«, lenkte Eike ab. »Ole Brand war Unternehmer. Wie beliebt war er bei seinen Angestellten?«

Doris lachte angestrengt. »Oh, das ist eine gemeine Frage. Welcher Chef könnte behaupten, bei seinen Mitarbeitern beliebt zu sein?«

»Sie sprechen aus eigener Erfahrung?«

Sofort gefror das Lächeln der Dame. »Nein, nein, natürlich nicht. Ich habe aber auch eine besondere Stellung im Hause meines Arbeitgebers. Na gut, bleiben wir bei der Wahrheit. Ole Brand war nicht sonderlich beliebt. Seine Mitarbeiter mochten Marlene. Sie ließ sich ab und zu im Unternehmen sehen und war immer eine Art Mutter für die Belegschaft, zu jedermann freundlich und entgegenkommend. Von Ole kann man das nicht behaupten. Er wurde respektiert, zum Teil gefürchtet. Aber eins dürfte klar sein: Keiner seiner Mitarbeiter hat ihn umgebracht. Keiner von ihnen residiert zurzeit in diesem Haus.«

»Und wie steht es mit einem Urlaub eines Mitarbeiters irgendwo anders auf Föhr?«, hakte Eike nach. »Könnte einer seiner Leute ihm auf die Insel nachgereist sein und ihn am Pool überrascht haben?«

»Das glaube ich nicht. Ich kenne natürlich die Pläne der Mitarbeiter der Brands nicht. Aber es ist sicher nachprüfbar, wer gerade Urlaub hat und wohin die Reise gegangen ist. In das Seestern-Resort kommt man jedenfalls nicht einfach so rein, wenn man kein Gast ist. Die Rezeptionistin passt auf, wer tagsüber kommt. Und abends braucht man einen elektronischen Schlüssel, um ins Haus zu gelangen.«

Das entsprach der Information, die sie auch von Inga Brodersen erhalten hatten.

Finja lenkte das Gespräch auf den Abend, an dem das Opfer starb. »Berichten Sie uns doch bitte aus Ihrer Sicht, wie die letzten Stunden im Leben von Ole Brand verlaufen sind.«

»Aus meiner Sicht? Die kann sich nicht wesentlich von der meiner Freundin unterscheiden.«

»Trotzdem möchten wir Sie bitten, uns davon zu berichten. Frau Brand steht in gewisser Weise unter Schock. Zu dem, was sie uns erzählt hat, können Sie vielleicht noch das eine oder andere Detail beitragen, an das sie sich im Moment nicht erinnert. Alles, was wir erfahren, kann für den Erfolg unserer Ermittlungen ausschlaggebend sein.«

Die sonst so selbstsicher auftretende Doris Flothmann zögerte mit einem Mal. »Wo soll ich denn anfangen?«

»Mit der Zeit nach dem Abendessen«, schlug Eike vor.

»Okay. Also, wir hatten wie üblich nur eine Kleinigkeit zu uns genommen. Gedünsteten Fisch und

Gemüse. Dann sind wir auf unsere Zimmer gegangen, haben uns die Bademäntel angezogen und sind mit dem Aufzug in den SPA-Bereich im Basement gefahren. Das muss gegen achtzehn Uhr dreißig gewesen sein. Ole hat die Finnische Sauna aufgesucht. Marlene und ich waren in der Kräuter- und dann in der Biosauna. Ole hat sich später am Pool auf die Liege gelegt. Marlene und ich dagegen sind auf unsere Zimmer gegangen. Das ist alles, was ich sagen kann.«

Eike gab sich unwissend. »Sie sagten, Herr Brand hat sich auf die Liege gelegt. Woher hatte er denn seinen Drink?«

Doris stutzte einen Moment. »Da unten steht eine Bar. Wussten Sie das nicht? Es gibt gekühlte und ungekühlte Getränke, Softdrinks und Alkoholisches. Jeder kann sich selbst bedienen.«

»Hat Herr Brand sich seinen Drink selbst gemixt, oder hat das ein anderer Gast übernommen?«

»Sie meinen, ob Frau Brand ihrem Mann den tödlichen Drink zusammengestellt hat? Nein, das hat sie ganz sicher nicht.«

Finja wurde hellhörig, und auch Eike schnellte auf seinem Stuhl nach vorn.

»Entschuldigung, Frau Flothmann«, sagte Finja. »Wie kommen Sie darauf, dass Herr Brand an einem Drink gestorben ist? Wir haben nichts davon gesagt.«

Ein Schatten lief über das Gesicht der Befragten. Sie knabberte kurz an ihrer Unterlippe. »Hier im Haus heißt es, er sei an einer tödlichen Mischung gestorben, die Sie in seinem Glas nachgewiesen haben.«

»Nachgewiesen ist offiziell noch gar nichts«, behauptete Eike. »Fest steht allerdings, dass Herr Brand sich den Abend mit einem Drink und einem Pornoheft versüßen wollte.«

Doris schnaubte verächtlich. »Bei der Konstellation ist dann wohl was schiefgelaufen. Geschieht ihm ganz recht, dem feinen Herrn.«

Finja tat, als hätte sie die hämische Bemerkung nicht gehört. »Haben Sie selbst auch etwas von den Getränken genommen?«

»Nein. Weder Marlene noch ich haben uns an der Bar bedient. Marlene ging es nicht gut an dem Abend. Wie gesagt: Nach der Sauna sind wir beide in unsere Zimmer gegangen. Der Abend war damit für uns beendet. Herr Ritter kann das bestätigen.«

»Wer, bitteschön, ist Herr Ritter?«, fragte Eike.

»Martin Ritter ist ein Gast, der sich uns gleich am ersten Abend bei der Begrüßungsfeier angeschlossen hat. Er ist alleine hier und war dankbar, in Marlene und mir ein wenig Gesellschaft gefunden zu haben. Wir hatten uns für den Abend mit ihm verabredet.«

»Er war mit Ihnen in der Sauna?«, fragte Finja.

Doris bejahte ihre Frage. »Wir waren zu dritt in der Sauna. Mit Herrn Ritter und mir gibt es zwei Zeugen, die Ihnen versichern können, dass Marlene anschließend auf ihr Zimmer gegangen ist. Ohne ihren Ole.«

»Halten Sie es für möglich, dass sie danach noch einmal den SPA-Bereich aufgesucht hat?«

»Warum hätte sie das tun sollen? Um ihren Mann zu suchen? So laut, wie der schnarcht? Nein, ganz sicher nicht. Sie wird froh gewesen sein, dass sie in Ruhe einschlafen konnte. Sie ahnte ja nicht, dass sie von da an jede Nacht ihre Ruhe haben sollte.«

»Und Sie selbst waren auch auf Ihrem Zimmer, als Herr Brand starb?«, fragte Eike.

Doris nickte.

»Gibt es jemanden, der das bezeugen kann?«

Marlenes Freundin sah den Kommissar lange an. »Wenn keine Videokameras in den Fluren installiert sind, wird niemand bezeugen können, wer von uns wann auf seinem Zimmer war.«

»Sie wissen, dass es solche Kameras in diesem Haus nicht gibt«, sagte Finja.

Doris zuckte mit den Schultern.

Eike atmete geräuschvoll ein und machte ein betrübtes Gesicht. »Ich muss Ihnen noch eine unangenehme Frage stellen, Frau Flothmann. Sie sind eine enge Freundin von Frau Brand.«

»Ich bin ihre beste Freundin«, bestätigte Doris.

Eike nahm das mit einem Nicken zur Kenntnis. »Wie war das mit dem Herrn Gemahl? Gab es Annäherungsversuche seinerseits?«

Doris riss übertrieben die Augen auf. »Sie meinen, ob er mich angebaggert hat?«

»Wenn Sie es so klar ausdrücken wollen, ja.«

Doris warf den Kopf in den Nacken und lachte. Dabei klang sie leicht hysterisch. »Ja, ein einziges Mal hat er das versucht. Es ist schon viele Jahre her. Ich stehe allerdings nur auf Frauen. Das wusste Ole damals noch nicht. Dass es ihm nicht gelang, bei mir zu landen, hat ihm wehgetan. Bis zu seinem Tod schielte er noch immer gerne nach mir. Aber er hätte es nie noch einmal gewagt, sich ein blaues Auge zu holen.«

Eike lächelte leicht amüsiert. »Hat er das getan? Hat er von Ihnen ein Veilchen bekommen?«

»Nur symbolisch. Bevor Sie da nachhaken: In diesen Tagen auf Föhr und auch in der Zeit davor hat das überhaupt keine Rolle gespielt. Und glauben Sie mir: Marlene mag mich sehr, aber sie steht ihrerseits nicht auf Frauen. Sie hatte keinerlei Veranlassung, ihren Mann zu töten, um dann für mich frei zu sein.«

»Danke für Ihre Offenheit«, sagte Finja. »Sagen Sie, wer außer Ihnen selbst, den Brands und Herrn Ritter war an besagtem Abend noch im Wellness-Bereich?«

»Niemand«, sagte Doris. »Um die Zeit nach dem Abendessen ist es da ziemlich einsam. Man hat den Pool und die Saunen für sich. Gerade das macht den Bereich so attraktiv für die Brands und mich. Die anderen Gäste ziehen es meistens vor, abends noch einmal an den Strand zu gehen.« Sie machte eine kurze Pause. »Sie werden Herrn Ritter nun auch befragen?«

Finja lächelte die Frage weg. »Danke für Ihre Auskünfte, Frau Flothmann. Die helfen uns sehr weiter.«

Doris nahm ihr den nächsten Satz vorweg. »Wenn Sie weitere Fragen haben, werden Sie sich melden.«

15

»Wie wär's jetzt mit Saltimbocca von der Meerbarbe?«, fragte Eike, als Doris gegangen war und sie sich wieder allein im Besprechungsraum befanden.

Die Frage traf Finja unvorbereitet. Sie brauchte einen Moment, um von Mördersuche auf Abendessen umzuschalten. »Oh, klingt interessant. Käme auf einen Versuch an.«

»Dann darf ich dich gleich in mein neues Lieblingsrestaurant einladen?«

»Wenn es nicht allzu weit von dieser edlen Hütte entfernt ist, gerne.«

»Es liegt fast um die Ecke. Wir können den Wagen stehen lassen und zu Fuß hingehen. Es wird dir gefallen, ganz bestimmt.«

Sie standen auf und verließen den Raum.

Am Empfang saß Eske. Immer noch. Dabei war es schon nach siebzehn Uhr. Hatte Inga Brodersen nicht gesagt, dass die Rezeption nur bis fünfzehn Uhr besetzt war, weil sie danach nicht mehr benötigt wurde?

»Sie sind ja immer noch hier«, warf Finja ihr zu. »War heute ein langer Tag für Sie. Wann haben Sie denn Feierabend?«

»Eigentlich seit zwei Stunden. Ich arbeite im Seestern nur stundenweise. Die übrige Zeit des Tages helfe ich meinen Eltern in deren Pension in Nieblum. Eigentlich bin ich auch schon längst weg. Aber heute bin ich hier hängen geblieben. Es kommen so viele Gäste, die Fragen haben.«

»Fragen zum Tod von Ole Brand?«

Eske druckste herum. »Die Leute fragen, wann sie wieder in den Wellness-Bereich dürfen.«

Eike zuckte mit den Schultern. »Wenn das ihr einziges Anliegen ist ...«

»Wann dürfen sie denn wieder?«

Finja übernahm die Antwort. »Wir geben Ihnen Bescheid, wenn es so weit ist. Im Moment geht es leider noch nicht.«

Die Ermittler verließen das Gelände des Seestern-Resorts. Als sie sich ein Stück weit von der Anlage entfernt hatten, drehte Eike sich noch einmal um. »Eigenartiges Mädchen, diese Eske«, sagte er leise. »Auf mich wirkt sie total verhuscht. Schüchtern, ängstlich. Und doch sitzt sie auf diesem Posten wie eine Visitenkarte des Resorts. Ich würde da jemanden erwarten, der genauso mondän ist wie das Haus und so weltgewandt wie die Gäste.«

»Vielleicht ist sie nur uns gegenüber so verdruckst«, überlegte Finja laut. »Du kennst das doch sicher auch: Es gibt Menschen, die reißen das Maul immer gerne auf wie ein Krokodil, werden aber zum Floh, wenn auf einmal die Polizei vor ihnen steht.«

»Ich bezweifle, dass sie so eine ist. Und die Nummer mit den Gästen, die ständig nach dem Wellness-Bereich fragen, nehme ich ihr auch nicht ab. Ist doch merkwürdig, dass nie jemand vorm Tresen steht, wenn wir im Foyer oder im Besprechungsraum sind.«

»Ich denke, dass sie einfach nur neugierig ist. Sie ist noch jung. Ich schätze sie auf maximal fünfundzwanzig. Kripo im Seestern oder im Haus ihrer Eltern hat sie sicher noch nie gehabt.«

»Sicher nicht. Aber lassen wir das Thema ruhen. Wir werden das Rätsel von Eskes Charakters heute nicht lösen. Wir sind am Ziel, zumindest für diesen Abend. Guck, da ist es.« Eike streckte den Arm aus und deutete auf das hochmoderne Hotel, das vor wenigen Jahren erst am Südstrand eröffnet wurde.

Finja kannte es bisher nur vom Vorbeigehen. Das Dach des Hauses erinnerte sie an stilisierte Möwen, die ihre Schwingen ausbreiteten, um mit dem Wind über die See zu segeln. »In dieses feudale Haus lädst du mich ein?« Sie konnte es kaum glauben.

»Das war mein Gedanke. Ich finde, wir hatten einen gelungenen Einstieg in unseren ersten Fall als Team der Küstenkripo Dagebüll. Das muss gefeiert werden.« Er öffnete die Tür, ging auf eine Mitarbeiterin zu und fragte nach einem Tisch für zwei Personen, möglichst mit Blick auf die Hallig Langeneß.

Die junge Frau führte sie an einen Platz an einem großen Fenster. Sie wartete einen Moment, bis die beiden Gäste sich gesetzt hatten, und reichte ihnen die Karte. »Darf ich schon was zu trinken bringen?«

Finjas Stimme klang heiser, als sie sprach. »Ich habe einen Mordsdurst. Für mich ein Wasser bitte, groß und still.«

»Am besten gleich eine ganze Flasche«, sagte Eike. »Aber das kann nicht alles sein. Wie steht's mit einem Aperol Spritz als Aperitif?«, fragte er Finja. »Und zum Essen einen Grauburgunder?«

»Dazu sag ich nicht Nein.«

Die Mitarbeiterin bedankte sich.

»Halt«, sagte Eike, als sie sich zum Gehen umwandte. »Zu essen haben wir schon vorab gewählt. Zweimal die Saltimbocca von der Meerbarbe bitte.«

»Geht in Ordnung. Sonst noch etwas?«

»Danke, im Moment nicht. Vielleicht später.«

Die junge Frau entfernte sich vom Tisch, und Finja deutete begeistert auf die See hinaus. »Langeneß! Dazu fällt mir gerade eine Geschichte ein. Einmal war ich im Herbst da, als ein Sturmtief aufzog. Meine Oma und ich hatten eine Übernachtung gebucht. Wir mussten zwei weitere Nächte bleiben, weil die Hallig unter Wasser stand. Das war eine Aufregung!«

»War denn noch ein Bett frei für euch?«

»Natürlich. Die neuen Gäste, die ankommen sollten, hingen in Schlüttsiel fest, weil keine Fähre rüberfuhr. Daher konnten wir in dem Zimmer bleiben.«

»Mit dem Abenteuer hast du mir was voraus«, sagte Eike. »Eine überflutete Hallig, bei der nur die Warften noch rausgucken, stelle ich mir aber unheimlich vor.«

»War es auch. Alle Fenster wurden verbarrikadiert. Wir konnten nur den Sturm heulen und das Meer rauschen hören. Was sich wirklich da draußen abspielte, wussten wir nicht. Erst als die Situation sich beruhigte, wurden die Fensterläden wieder geöffnet, und ich konnte mit ansehen, wie das Wasser um die Warften Zentimeter für Zentimeter zurückfloss und die Wiesen freigab. War schon spannend.«

»Sicher noch viel spannender als unser erster Fall.«

»Kann ich so nicht bestätigen. Es war anders spannend.« Plötzlich wurde Finja nachdenklich. »Sag mal, mit Marlene Brand stimmt doch was nicht. Und auch Doris Flothmann kommt mir merkwürdig vor.«

»Auf jeden Fall. Die haben was zu verbergen, alle beide. Die Frage ist nur, ob es direkt mit dem Mord an Ole Brand zusammenhängt.«

»Du meinst, sie verbergen etwas, was zwar darauf schließen lassen könnte, dass eine von beiden die Täterin ist, aber in Wirklichkeit ist es keine von beiden?«

Eike grinste. »Du kennst mich und meine Denkweise schon ziemlich gut.«

»Na, so gut auch wieder nicht. Deine Gedanken zu erraten war in diesem Fall allerdings nicht schwer. Wir laufen beide auf der gleichen Linie.«

Die Kellnerin brachte den Aperitif.

Finja und Eike nahmen die Gläser auf und stießen miteinander an. »Auf eine freundschaftliche, vertrauensvolle Zusammenarbeit«, sagte Eike. Er trank, stellte das Glas ab und sah eine Weile still vor sich hin.

Finja rätselte, was in ihm vorging.

»Apropos vertrauensvoll«, sagte Eike. Er schwieg und seufzte.

Finja ahnte, worauf das hinauslief. »Du wolltest mir was erzählen. Von deinem Sohn.«

Eike nickte und rang die Hände.

»In erster Linie geht es nicht um meinen Sohn, sondern um meine Frau. Meine geschiedene Frau.« Er hob eine Hand. »Keine Angst, das wird jetzt kein Gejammere à la ›Meine Frau versteht mich nicht‹. Es geht um ganz was anderes. Ein echtes Problem.«

Finja nippte noch einmal an ihrem Aperol Spritz. »Wie gesagt, du kannst mir gerne alles erzählen, was dir auf der Seele liegt. Es tut immer gut, über die Dinge zu reden, die einen belasten. Dann wiegt das nicht mehr ganz so schwer.«

»Hast recht. Also, was Nina betrifft, meine Ex-Frau ... Sie ist Alkoholikerin.«

»Oh, das tut mir leid.«

»Das muss es nicht. Ich will dich auch nicht damit belasten. Wir haben uns als Familie irgendwie arrangiert. Nina und ich leben in Dagebüll in getrennten Wohnungen, nicht weit voneinander entfernt.«

Finja lachte. »Weit auseinander ist in Dagebüll ohnehin kaum möglich.«

»Kommt drauf an, welche Gemeindeteile man mitrechnet. Aber wir wohnen beide unweit des Hafens, wie du auch.« Er hob den Kopf. »Und wie dein Valentino. Ein schöner Name übrigens.«

Finja strahlte. »Nicht nur der Name ist schön.«

»Bei der Scheidung«, fuhr Eike mit seiner Geschichte fort, »haben wir uns darauf geeinigt, dass die Kinder bei mir leben. Das war auch der Wunsch von Jule und Jona. Nina und ich teilen uns das Sorgerecht. Aber das meiste Sagen habe natürlich ich. Schwierig wird es nur, wenn ich dienstlich unterwegs bin.«

»Verstehe. Und jetzt gerade ist wieder so eine Situation, in der deine Frau die Lage nicht im Griff hat?«

Eike lachte verzweifelt. »Du hast das Problem unglaublich freundlich umschrieben. Unsere Kinder sind gerade in einem schwierigen Alter, und Nina ist in der verzwicktesten Situation ihres Lebens. Ich hätte gerne, dass sie einen Entzug macht. Aber sie ist noch nicht so weit, dass sie die Notwendigkeit sieht.«

Finja nickte verständig. »Aus ihrer Sicht ist sie nicht vom Alkohol abhängig. Sie genehmigt sich nur ab und zu ganz gern ein Gläschen.«

»Genau so ist es. Und Jona nutzt die Situation ziemlich aus. Nina ist ihm nicht gewachsen. Jule kann auch ganz schön zickig sein. Aber sie ist eher besorgt um ihre Mutter, als dass sie Machtkämpfchen mit ihr ausficht. Daher mache ich mir um sie nicht solche Sorgen. Im Moment noch nicht. Auch das kann sich jederzeit ändern.«

»Mal den Teufel nicht an die Wand. Es muss nicht so kommen. Aber was war denn los, dass erst deine Frau und dann deine Tochter dich heute anriefen?«

»Jona ist weg.«

»Wie weg?«

»Er ist verschwunden. Heute Morgen ist er mit Jule zusammen in die Schule gefahren. Irgendwann ist er abgehauen, hat sich aber nicht abgemeldet. Nicht beim Direktor des Gymnasiums, nicht bei seiner Mutter und schon gar nicht bei mir.«

»Hast du inzwischen eine Nachricht von den Kollegen aus Niebüll erhalten, die du angerufen hast?«

Eike schüttelte den Kopf. Er sah noch einmal in seinem Smartphone nach, ob eine Mitteilung eingegangen war. »Nichts. Es ist zum ...« Er schlug mit der Hand auf den Tisch und sah hinaus.

In dieser Position versteinerte er.

»Was ist los?«, fragte Finja.

Auch sie sah hinaus.

Auf dem Strand stand ein junger Mann. Groß, schlank und muskulös. Er trug Jeans und einen blau-weißen Ringelpulli. Seine Haare waren an den Seiten abrasiert. Über die Kopfmitte hinweg waren sie lang, in einem Zopf hochgebunden, und den Betrachtern strahlte eine breite violette Strähne entgegen. Im Nacken hatte der Mann eine Tätowierung. Genau erkennen konnte man das Motiv von hier aus nicht. Doch so verzweigt, wie es war, konnte es durchaus ein Hirschgeweih darstellen.

Wie in Zeitlupe stand Eike auf und trat ans Fenster.

Auch Finja erhob sich und stellte sich neben ihren Kollegen. »Sag mal, der Typ da draußen, ist das der, den Inga Brodersen vorgestern Abend vor ihrem Haus gesehen haben will?«

»Das wird er wohl sein«, brachte Eike hervor. »Ich kenne ihn. Ich hab ihn schon mal gesehen.«

»Du kennst ihn?« Finja stockte der Atem.

»Bin gleich wieder da«, murmelte Eike, drehte sich um und lief wie ein Gejagter hinaus.

16

»Und fang nicht wieder an, mit Finja zu streiten«, redete Urte Witt ihrer jüngsten Tochter ins Gewissen. »Die Zeiten, in denen du dich ständig zurückgesetzt gefühlt hast, müssen mal ein Ende haben.«

Im Bruchteil einer Sekunde schoss Lenja Witts Adrenalinspiegel in die Höhe. »Mama, fang nicht schon wieder damit an! Ich kann's nicht mehr hören.«

Bis gerade hatten sie ein nettes Telefonat geführt. Eins der unzähligen Gespräche, die Lenja regelmäßig mit ihrer Mutter führte, die in Hamburg bleiben wollte, auch wenn beide Töchter in die Ursprungsregion der Familie Witt zurückgekehrt waren.

Bis gerade hatte Lenja es vermieden, den Namen ihrer Schwester bei diesem Gespräch auch nur zu erwähnen.

Bis gerade war ihre Welt in Ordnung gewesen.

Nun lagen die Scherben der letzten vier Jahrzehnte wieder vor ihr, und sie hatte keine Lust und keine Kraft, sie aufzusammeln.

»Hör einfach auf, dich ständig mit Finja zu vergleichen«, riet Urte ihr. »Ihr beiden seid so verschieden, wie Schwestern nur sein können. Und jede von euch ist liebenswert, so wie sie ist. Akzeptier das bitte. Und hör auf, deine Schwester schlecht zu reden, nur weil sie einen völlig anderen Lebensweg eingeschlagen hat als du.«

»Finja hat nicht einfach nur einen anderen Lebensweg eingeschlagen. Seit ich in den Kindergarten gekommen bin, schiebt sie mich in den Schatten. Immer und überall will sie die Erste sein. Immer muss sie mir zeigen, dass sie die Ältere von uns beiden ist, die Größere, die Schlauere, die Verständigere.«

»Das ist überhaupt nicht wahr, Lenja. Das redest du dir nur permanent ein. Versuch doch mal, Finja aus einer anderen Perspektive zu sehen.«

»Es ist wohl wahr, und aus welcher Perspektive soll ich meine Schwester denn noch betrachten? Sie ist eine elende Streberin. Sie hat ein tolles Abitur gebaut. Sie hat die schwere Aufnahmeprüfung bei der Polizei bestanden. Sie war eine der jüngsten Kriminalhauptkommissarinnen aller Zeiten in Hamburg. Sie ...«

Lenja unterbrach sich. Sie wusste nicht weiter. Was sollte sie noch aufzählen? Allein der Gedanke an die glorreiche Finja raubte ihr den Atem.

»Sie hat auf eine große Karriere verzichtet«, erklärte Urte ihrer jüngsten Tochter in aller Ruhe und Sachlichkeit. »Sie hat darauf verzichtet, um nach Nordfriesland zurückzukehren. Nach Dagebüll. Ist das der Ort, an den man geht, wenn man seine Schwester mit beruflichen Glanzleistungen ausstechen will?«

»Sie ist nach Dagebüll gekommen, weil ich in Niebüll lebe, gleich um die Ecke. Sie hat meine Nähe gesucht, weil sie mich wegdrängen will. Sie macht sich da breit, wo ich mir mein Leben aufgebaut habe.«

»Sie ist dahin gezogen, wo ihr beide als Kinder am liebsten wart. Du weißt selbst, wie sehr Finja die Schulferien bei Oma und Opa genossen hat. Du wolltest eigentlich in Hamburg bleiben. Aber da warst du dann auch nicht zufrieden. Also bist du vor Jahren nach Niebüll gezogen. Doch glücklich bist du immer noch nicht. Und das liegt nicht an Finja, das liegt an dir selbst. Tut mir leid, meine Liebe, aber das muss mal gesagt werden. Es ist ungerecht, wenn du immer all dein Unglück auf deine Schwester schiebst.«

»Ohne sie wäre allerdings vieles leichter für mich«, jammerte Lenja.

»Ohne dich wäre das Leben auch für Finja viel leichter«, konterte Urte. »Aber sie beklagt sich nie. Sie weiß, dass du ein schwieriger Mensch bist, aber sie akzeptiert dich so, wie du bist, und sie versucht alles, um mit dir auf irgendeine Ebene der Verständigung zu kommen. Siehst du überhaupt nicht, wie sehr sie darunter leidet, dass du sie immer zurückweist?«

»Du meinst, ich akzeptiere Finja nicht? Dass ich nicht lache!«

Urte stöhnte. »Lenja, ich glaube, das hat alles keinen Sinn. Lass uns das Thema beenden. Ich kann dir nur eins mit auf den Weg geben: Entweder du akzeptierst, dass du eine Schwester hast. Eine, die anders ist als du, die dich aber niemals ausstechen wollte. Oder du gehst ihr aus dem Weg. Entscheide dich!«

Lenja drückte den Kopf auf die Rückenlehne des Sofas und sah genervt zur Decke. »Boah, Mama. Das war jetzt echt hart.«

»Es ist auch hart für mich, Lenja. Es ist für eine Mutter nicht zu ertragen, wenn sie zwei Töchter hat, die so unterschiedlich sind, dass eine der beiden die andere nicht akzeptieren kann. Manchmal glaube ich wirklich, du wünschtest dir, Finja wäre nicht existent.«

Die Worte trafen Lenja. Sie trafen mitten ins Herz. In ein Herz, das so steinern war, dass sie geglaubt hatte, für immer unverletzlich zu sein.

»Es reicht, Mama.« Sie sprach die Worte ganz leise. So leise, dass sie sie selbst kaum vernahm. Sie hoffte, Urte hatte sie nicht gehört.

Noch einmal horchte sie in die Leitung, doch von Mama kam nichts mehr.

Lenja legte auf.

Auf einmal merkte sie, wie sich während des Telefonats ihre Muskeln verkrampft hatten. Sie hatte sich in die Ecke des Sofas gehockt, die Beine angezogen, den Arm mit dem Telefon in der Hand auf die Lehne gestützt. So hatte sie locker mit Mama geplaudert. Bis das Gespräch auf Finja kam. Darauf, dass sie den Job bei der Kripo Dagebüll angenommen hatte.

Sie selbst lebte seit sieben Jahren in Niebüll. Sieben Jahre, in denen sie Finja nur zu Weihnachten sah und an den Geburtstagen von Mama und ihrem Lebensgefährten, dem sanften friedlichen, immer um Ausgleich bemühten Harald. Sieben Jahre, in denen zwei Autostunden zwischen ihr und ihrer Schwester gelegen hatten, bei Staus auf der Autobahn gerne mehr. Sieben Jahre, in denen die Telefonleitung zwischen ihnen brachgelegen hatte.

Und nun wohnte ihre Schwester um die Ecke.

Finja hatte Karriere bei der Kripo gemacht, während sie selbst nicht mal die Aufnahmeprüfung bestanden hatte. Finja hatte einen Ausweis, der ihr erlaubte, Hinz und Kunz und sogar Promis zu befragen. Sie selbst dagegen kam nicht mal mit ihrem Journalistenausweis überall hin – geschweige denn, mit ihrem selbst gebastelten Detektivausweis, für den es überhaupt keine Grundlage gab. Für den Detektivjob reichte ein simpler Gewerbeschein.

Wie lange würde es dauern, bis Finja in Sachen Jugend-Gang ermittelte? Wie lange dauerte es noch, bis ihre Schwester ihr beruflich in die Quere kam?

17

Vom Fenster des Restaurants aus beobachtete Finja gebannt, was sich da draußen abspielte.

Am Strand angekommen, verfiel Eike abrupt in normalen Schritt. Er schob die Hände in die Hosentaschen und schlenderte auf die Wasserkante zu, als hätte er dort gerade etwas Interessantes entdeckt.

Im Vorbeigehen streifte er beinahe die Schulter des jungen Mannes. Als wäre nichts gewesen, schlenderte er weiter bis zum Wasser.

Der Ringelpulli registrierte ihn nicht. Er sah konzentriert zur anderen Seite, als erwartete er jemanden.

Von rechts traten einige weitere Jugendliche in Finjas Sichtfeld. Sie gingen auf den Mann mit der lila Haarsträhne zu.

Eike wandte sich halb um. Er stand nun mit der einen Schulter zum Wasser, mit der anderen zu dem jungen Mann. Die herannahenden Jugendlichen waren in seinem Rücken, er sah sie nicht.

Finja wollte ihm zurufen oder ihm ein Zeichen geben. Doch er konnte sie hier im Haus weder hören noch durch die getönten Scheiben sehen.

Plötzlich bemerkte Eike die anderen Jungen. Einer von ihnen schreckte auf und blieb wie angewurzelt stehen. Die anderen rannten davon. Der Mann im

Ringelpulli wandte sich ab und spazierte weiter, als hätte er nichts mit den anderen zu schaffen.

Finja wusste, was sie zu tun hatte. Sie rannte hinaus. »Wir sind gleich wieder da«, rief sie der Kellnerin zu, die ihr entgeistert hinterher sah.

Sie überwand ihren Hunger und ihre Müdigkeit, sprintete zum Strand und hielt den jungen Mann, der sich offenbar in Richtung Hafen begeben wollte, am Arm fest. »Halt, Kriminalpolizei. Meinen Dienstausweis zeige ich Ihnen nachher. Jetzt bleiben Sie erst mal hier stehen und warten. Mein Kollege und ich nehmen gleich Ihre Personalien auf.«

Der Mann sprach kein Wort. Er fixierte sie mit seinen überheblichen Blicken und riss sich los.

Finja sah zu Eike hinüber. Er hielt einen der Jungen am Arm und im Nacken fest und schob ihn neben sich her. »Ruf die Kollegen an«, warf er ihr zu.

Zum Glück trug Finja wenigstens ihr Handy am Gürtel. »Bleiben Sie stehen«, rief sie dem Mann mit dem Pulli nochmals zu und wählte den Notruf. »Sie kommen sowieso nicht weit. Unsere uniformierten Kollegen sind in einer Minute hier.«

Die Einsatzzentrale meldete sich. Finja berichtete mit so wenig Worten wie möglich, wer sie war, wo sie stand und dass sie dringend Verstärkung brauchten. Kurz darauf hörten sie die Sirenen der Polizeiwagen.

Finja holte den jungen Mann ein und hielt ihn erneut fest. Er versuchte, sich loszureißen, doch sie war darauf vorbereitet. Mit einem Mal lag er vor ihr im Sand. Sie befahl ihm, liegen zu bleiben.

Eike erreichte sie kurz darauf, was den Mann wohl zum Aufgeben bewog.

»Darf ich dir meinen vermissten Sohn vorstellen?«, sagte Eike. »Das ist Jona. Er hatte anscheinend Sehnsucht nach mir.«

»Hi, Jona«, sagte Finja. »Nett, dich kennenzulernen. Ich bin Finja Witt, die neue Kollegin deines Vaters. Der Typ zu meinen Füßen, ist das dein Freund?«

Jona spuckte auf den Boden.

»Das war nicht die Antwort auf meine Frage«, sagte Finja gelassen. »Aber wir werden noch Gelegenheit haben, uns in Ruhe zu unterhalten.«

Die Kollegen der uniformierten Polizei trafen am Strand ein.

Finja zeigte auf den Ringelpulli im Sand. »Den nehmt ihr bitte mit auf die Wache. Wir brauchen die Personalien.«

»Ist das der, den ihr sucht?«, fragte der eine der Kollegen. »Habt ihr den Fall schon gelöst?«

»Kennst du ihn?«, fragte Eike.

»Er scheint hier zu wohnen. Ich hab ihn jedenfalls schon öfter gesehen. Weiß aber seinen Namen nicht.« Er sah den jungen Mann von oben bis unten an. Der stand mit todernster Miene da und schwieg. »Der Pullover hat auch schon bessere Zeiten gesehen«, meinte der Beamte mit Blick auf den feuchten Sand, der sich in der Baumwolle verfangen hatte.

»Was ist mit deinem Sohn?«, fragte der andere Polizist.

»Hat einen kleinen Ausflug gemacht.«

Eike sah zum Hafen hinüber. Die letzte Fähre, die heute nach Dagebüll ging, lag am Anleger. Nur noch wenige Minuten, dann fuhr sie los.

»Kannst du ihn schnell zur Fähre bringen? Er wird von seiner Mutter dringend erwartet.«

»Na klar, das kriegen wir hin.«

Eike zog sein Portemonnaie hervor und drückte dem Kollegen einen Schein in die Hand. »Fürs Ticket. Danke dir.« Er übergab Jona dem Polizisten.

Lange stand er da und sagte kein Wort. Erst als die Kollegen mit seinem Sohn und dem jungen Mann im Streifenwagen verschwanden und losfuhren, fasste er sich wieder.

»Was wäre geschehen, wenn wir nicht heute Abend in die Sydbar gegangen wären?«, fragte er tonlos.

Finja verstand, dass er die Worte mehr zu sich selbst gesprochen hatte als zu ihr.

Sie atmete tief durch. »Was für ein Tag«, sagte sie ebenfalls zu sich selbst. Dann legte sie ihre Hand auf Eikes Arm. »Komm, Kollege, wir haben uns einen Drink und ein leckeres Essen verdient.«

Wortlos folgte Eike ihr ins Restaurant zurück. Er sah aus, als stünde er völlig neben sich.

Im Gastraum ging Finja auf die Kellnerin zu. »Tut uns leid, dass wir so hektisch weglaufen mussten. Wir sind von der Kripo. Es war dringend. Aber jetzt sind wir wieder hier und bleiben auch.«

»Das Essen ist gleich fertig«, sagte die Mitarbeiterin. »Der Wein steht auch bereit. Ich hab ihn noch nicht auf den Tisch gestellt, weil ich nicht wusste ...«

»Schon klar«, sagte Finja. »Noch mal: ganz große Entschuldigung bitte. Kommt nicht wieder vor.«

Die junge Frau nickte ihr freundlich zu. Kaum saßen die Ermittler an ihrem Tisch, brachte sie den Wein und die Gerichte. »Trotz allem guten Appetit.«

Eike brauchte eine Zeit, bis er in der Lage war, die Meerbarbe anzurühren. Schließlich begann er stumm zu essen, als säße er alleine am Tisch, und verdrückte das Gericht innerhalb weniger Minuten.

»Kann ich mich auf dich verlassen?«, fragte er mit angestrengter Stimme, als er den Teller geleert hatte.

Finja ahnte, worauf es hinauslaufen würde.

»Na klar, immer und überall. Versprochen.«

»Ab jetzt fahren wir zweigleisig. Wir ermitteln unter den Gästen und dem Personal des Hauses. Aber wir ermitteln auch in Sachen Hafen-Gang. Ob und inwieweit mein Sohn da drinsteckt, das steht im Moment noch in den Sternen. Zu dem Zeitpunkt, als Ole Brand starb, war Jona zu Hause. Bei mir. Ich hab ihn gesehen, den ganzen Abend. Wir beide gehen erst einmal davon aus, dass er nichts damit zu tun hat und nur am Rande mit der Hafen-Gang verbandelt ist. Aber ich garantiere dir, wenn die Bande was mit dem Tod von Ole Brand zu tun hat und wenn Jona auf irgendeine Weise da mit drinsteckt, dann bekommt er das zu spüren – mit der vollen Härte des Gesetzes. Ich will nicht, dass er so strauchelt wie seine Mutter.«

Finja ließ die Worte auf sich wirken.

Sie verstand Eike mit jeder Faser ihres Körpers. Es tat ihr in der Seele weh, ihn so bedrückt zu sehen. Für ihn wäre es ein persönliches Drama, wenn Jona über den Kontakt mit dem Ringelpulli mit dem Mord an Ole Brand in Verbindung stehen würde und wenn er selbst wegen seines Sohnes von dem Fall abgezogen würde.

Sie war bereit, alles dafür tun, ihn in dieser albtraumhaften Situation zu unterstützen. Entschlossen streckte sie ihm die Hand entgegen. »Ich bin auf deiner Seite, Eike. Versprochen.«

18

Die Nacht verbrachten Finja und Eike in einem urigen kleinen Hotel in Utersum. Vorzugsweise in diesem Haus mietete die Polizeibehörde Zimmer für Ermittler an, die vom Festland zu Recherchen auf die Insel fuhren.

Die Entfernung von hier bis zum Strand betrug einige hundert Meter. Dennoch meinte Finja, als sie im Bett lag, die See rauschen zu hören. Die Nordspitze von Amrum war nur zwei Kilometer entfernt. In der Nacht träumte Finja, dass sie am Morgen nach einem ausgiebigen Frühstück in die Fluten sprang und zu der benachbarten Insel hinüber kraulte.

Als sie wach wurde, brauchte sie einen Moment, um zu begreifen, wo sie war. Sie hatte den Wecker auf halb sieben gestellt. Um sieben Uhr war sie mit Eike im Restaurant zum Frühstück verabredet.

Statt der kühlen Fluten der Nordsee genoss sie also das warme Nass der Dusche in dem liebevoll maritim gestalteten Badezimmer der Pension. So blieb wenigstens die Illusion von Strand und See.

Eike saß bereits am Tisch, als Finja das Restaurant betrat. Er hatte auch für sie Brötchen vom Büfett geholt. »Wenn ich gewusst hätte, ob du süß oder herzhaft frühstückst ...«, sagte er entschuldigend.

»Immer süß«, erwiderte Finja. »Erdbeermarmelade oder Honig. Morgens brauche ich meine Zuckerration für den Tag. Und einen starken schwarzen Tee«, sagte sie mit Blick auf die Kaffeekanne, die Eike für sie beide organisiert hatte.

Sie ging zum Büfett und versorgte sich mit Rapshonig und Tee. Zurück am Tisch begann für sie der Kriminalistenalltag.

»Um acht geht es also weiter mit der Frau von der Reinigungsfirma, die die Leiche von Ole Brand entdeckt hat. Wie hieß sie noch? Ach ja, Helga Hus. Und danach? Wen nehmen wir uns dann vor?«

Ganz bewusst sprach Finja die Begebenheit mit dem Ringelpulliträger und mit Eikes Sohn nicht von sich aus an. Nach dem Schrecken, den das Auftauchen der jungen Leute für ihren Kollegen bedeutet hatte, wollte sie es ihm überlassen, das Thema erneut aufzunehmen.

Eike druckste herum. Er bestrich eine Brötchenhälfte mit Butter und gab Camembert darauf, schien aber keinen großen Appetit zu haben. »Die lila Haarsträhne geht mir nicht aus dem Kopf«, sagte er schließlich. »Ich frage mich, ob der Typ mit dem Tod von Ole Brand zu tun hat oder ob er nur zufällig am fraglichen Abend vor dem Seestern gestanden hat.«

»Darüber wird er uns Auskunft geben müssen. Bin gespannt, welche Geschichte er uns auftischt, wenn wir mit ihm reden.«

Eike legte sein Handy neben den Teller, entsperrte es und öffnete eine Nachricht. Er schob Finja das Telefon hin. »Hier, lies das mal. Das hat mir der Kollege gestern Abend noch geschickt.«

Finja zog das Smartphone zu sich heran und las die Mitteilung. »Emil Paulsen, geboren im Jahr zweitausendvier, arbeitslos, wohnhaft auf der Nordwarft.« Sie hob den Kopf. »Die liegt zwischen Niebüll und Ockholm, stimmt's.«

»Richtig, das ist bei uns um die Ecke.«

»Hat er was gesagt, warum er auf Föhr war? Hat er jemanden besucht?«

»Steht im weiteren Text.« Eike zog das Telefon wieder zu sich heran und suchte die Stelle in der Nachricht heraus. »Seine Großmutter mütterlicherseits lebt in Wyk. Er hat durchblicken lassen, dass er zurzeit bei ihr übernachtet. Tagsüber strolcht er über die Insel. Niemand weiß genau, was er hier macht. Mit den Kollegen hat er nur das Nötigste geredet.«

»Auf mich wirkte er älter als zwanzig. So abgeklärt. Weiß nicht, wie ich das beschreiben soll. Er trat nicht auf wie ein unbeschwerter junger Mann, sondern wie einer, der Lebenserfahrung hat.«

Eike schob ihr sein Handy wieder hin und wies mit dem Kopf darauf. »Guck mal, was da noch steht.«

Finja senkte den Blick und scrollte den Text hinunter. »Drei Jahre Jugendhaft wegen gefährlicher Körperverletzung.« Sie sah wieder auf und schwieg.

»Was geht dir durch den Kopf?«, fragte Eike. »Sag mir ruhig ganz offen, was du denkst.«

»Ich überlege gerade ... Bist du sicher, dass dein Sohn mit Emil Paulsen zu tun hat? Die Gruppe, mit

der Jona unterwegs war, ist zwar in die Richtung gegangen, in der Emil stand. Aber wir wissen nicht mit
hundertprozentiger Sicherheit, ob sie zu ihm wollten.«

Eike lächelte müde. »Wie würdest du die Situation
interpretieren?«

Finja tat, als wäre das Brötchen im Moment wichtiger als eine Antwort auf Eikes Frage.

Er hatte recht mit seinen Zweifeln. Die Sache war
verzwickt. Sie würden sich gut überlegen müssen, wie
sie damit umgingen, ohne Eike in eine unangenehme
Situation zu bringen.

Finja biss in ihr Brötchen und kaute. Das gab ihr
noch einmal eine halbe Minute Zeit zum Überlegen.
Sie schluckte hinunter. »Noch ist nicht sicher, ob der
Ringelpulli überhaupt etwas mit dem Tod von Ole
Brand zu tun hat.«

»Aber warum stand er vor dem Haus?« Eike schüttelte den Kopf und schenkte sich noch einen Kaffee
ein. »Was hatte er vor dem Seestern zu suchen, ausgerechnet an dem Abend, an dem Ole Brand ums Leben kam? Er ist auf dem Festland gemeldet, und er ist
nicht der Typ, der gerne mal zu Omi fährt.«

Finja zuckte mit den Schultern. »Als ich noch ein
Kind war und in Dagebüll wohnte, war ich auch oft
auf Föhr.«

»Das ist eine völlig andere Sache. Du warst mit deinen Großeltern hier. Ihr habt einen Familienausflug
gemacht. Er sah mir nicht nach jemandem aus, der
nach Föhr fährt, weil er die Verwandtschaft pflegt
oder die Natur auf der Insel beobachten will.«

Finja lehnte sich zurück, trank von ihrem Tee und versuchte, den Ernst der Lage zu verdrängen. »Es hat keinen Sinn, zu spekulieren.«

Eike seufzte laut und starrte stumm vor sich hin. Vom Boss war kaum noch etwas übriggeblieben.

Finja schob ihren Teller zur Seite, verschränkte die Arme auf dem Tisch und beugte sich vor. »Du malst gerade den Teufel an die Wand, und ich versuche, das Gemälde weiß zu übertünchen. Das ist auf beiden Seiten sinnlose Vergeudung von Energie.«

Eike lehnte sich zurück und neigte den Kopf zur Seite. »Noch mehr so weise Sprüche auf Lager?«

Wenigstens lächelte er jetzt wieder, und sein Lächeln war echt, wenn auch nicht von Glück geprägt.

»Wir brauchen Fakten«, sagte Finja resolut. »Hör zu: Gestern hatten wir uns darauf geeinigt, zweigleisig zu fahren. Ich schlage vor, wir konzentrieren uns erst auf die Befragung von Helga Hus. Anschließend nehmen wir uns Martin Ritter vor. Dann haben wir ein Bild von der Situation des Leichenfunds und von dem Kreis um Ole Brand. Wenn wir damit fertig sind, befragen wir Emil Paulsen. Was hältst du davon?«

Eike zögerte mit der Antwort. »Wir befragen Emil Paulsen«, wiederholte er ihre Worte mechanisch, »und danach meinen Sohn?«

Finja legte die Stirn in Falten und überlegte kurz. »Das lassen wir im Moment noch offen. Ob wir ihn brauchen, hängt von Paulsens Aussage ab.«

Eike überlegte kurz. »Ich ruf Jona gleich an und sag ihm, er soll nach der Schule nach Föhr kommen.«

»Nein, warte.« Finja legte ihre Hand auf die von Eike, die wieder nach dem Mobiltelefon griff. »Lass uns nichts übereilen. Wenn Jona herkommt, sehen es alle. Dann wird es Leute geben, die dich fragen, warum du deinen Sohn während der Ermittlungen in diesem mutmaßlichen Mordfall sprechen willst. Wie redest du dich dann heraus?«

Eike zuckte mit den Schultern.

»Überhaupt nicht«, setzte Finja fort. »Dann sitzt ihr in der Patsche, du und dein Sohn. Wir machen das anders. Wir fahren heute Nachmittag zurück nach Dagebüll. Es gibt immer einen Grund, den eigenen Dienstsitz aufzusuchen. Wir haben eine Besprechung. Mit wem, das geht niemanden etwas an. Dann reden wir bei dir zu Hause mit Jona. Und morgen früh geht's wieder zurück nach Föhr.«

Eike hatte ihr mit regloser Miene zugehört. Als sie aufhörte, zu reden, saß er noch einen Augenblick schweigend da. Dann lächelte er zaghaft. »Du bist echt mehr als eine Kollegin. Ich ernenne dich hiermit zu meinem besten Kumpel.«

19

Helga Hus erwartete die Ermittler wie verabredet um Punkt acht Uhr im Seestern am Pool. Sie saß am Beckenrand und erhob sich, als die beiden eintraten.

Unbewusst hatte Finja sich anhand des Namens ein Bild von der Frau gemacht. Es war das einer kleinen grauen Maus mit blassblauen Augen, die ihre Mitmenschen freundlich, aber zurückhaltend aus einem fahlen, faltigen Gesicht heraus anlächelten. Umso erstaunter war sie, als sie der Dame nun begegnete.

Helga war tatsächlich klein gewachsen, sicher nicht mehr als einen Meter fünfundfünfzig groß. Doch ihre blauen Augen blitzten vor Lebensfreude. Die Mittsechzigerin wieselte durch den Raum auf sie zu. Mit ihrer molligen Figur und der glatten, braungebrannten Haut erschien sie deutlich vitaler und flinker, als Finja vermutet hätte.

Ihre schmalen Lippen hatte Helga mit einem rosafarbenen Stift betont. Bei der Begrüßung deutete sie mit dem Finger auf ihren Mund. »Extra für Sie. Normalerweise benutze ich so was nicht. Der einzige Lippenstift, den ich besitze, ist mindestens dreißig Jahre alt und schon ziemlich vertrocknet. Aber für Sie habe ich mich feingemacht. Man spricht ja nicht alle Tage mit der Kriminalpolizei.«

»Da fühlen wir uns natürlich geehrt«, meinte Finja. Sie sah sich im SPA-Bereich um und breitete die Arme aus. »Das ist also der Teil des Hotels, in dem Sie sich um acht Uhr morgens aufhalten.«

»Sie können die Uhr danach stellen«, betonte Helga. »Wenn die Kirchturmuhr schlägt, tauche ich in der Wellness-Abteilung auf.«

Finja zweifelte daran, dass man hier im Haus Kirchenglocken hörte. Die nächstgelegene Kirche lag zu weit entfernt. Aber sie war auf Anhieb davon überzeugt, dass Eigenschaften wie Pünktlichkeit, Zuverlässigkeit und Disziplin fest in den Genen der eifrigen Reinemachefrau verankert waren.

»Erzählen Sie uns bitte von dem Tag, an dem Sie Ole Brand gefunden haben«, forderte Finja sie auf. Sie sah sich kurz um und deutete auf die Ecke, in der sich die Getränkebar befand. »Am besten setzen wir uns da vorne hin.«

Helga folgte ihr zu den Korbsesseln und Barhockern, die um den Tresen mit den Durstlöschern standen. Alle drei nahmen auf den Sesseln Platz. Einen Moment lang schwieg Helga andächtig, als wäre es ihr völlig fremd, selbst einmal dort zu sitzen. Sie umfasste die Armlehnen.

»Ist alles so wahnsinnig schnieke hier. Aus dieser Position hab ich den Raum noch nie gesehen. Ich renn ja immer nur mit dem Feudel hier durch.« Sie giggelte fröhlich, hielt aber sofort wieder inne. »Entschuldigung. Der Anlass, aus dem wir hier sitzen, ist wirklich nicht lustig.«

»Ich kann gut verstehen, dass Sie sich erst an die Situation gewöhnen müssen«, sagte Finja. »Wie war das nun an dem Morgen, als Sie Ole Brand auf der Liege vorfanden?« Sie vermied es, von einer Leiche zu sprechen. Der Name des Mannes klang geselliger als der Hinweis auf seinen leblosen Körper.

»Das Erste, was mir auffiel, war natürlich, dass er überhaupt da lag. Dass er tot war, war das Zweite, was ich bemerkte. Es war nicht zu übersehen, dass er sein Leben ausgehaucht hatte.«

»Woran haben Sie das erkannt?«, fragte Eike.

Helga sah ihn traurig an. »Mein Mann ist zu Hause gestorben. Ich weiß, wie ein Mensch aussieht, wenn er seit ein paar Stunden nicht mehr lebt.« Sie setzte sich energisch auf. »Wissen Sie, wenn ich in Krimis Ermordete sehe, die nach zehn, zwölf Stunden irgendwo gefunden werden, und die haben einen olivfarbenen Teint, rosa Wangen und rote Lippen, dann denke ich immer: Haben die Leute vom Fernsehen noch nie eine Leiche gesehen? Sagt den Regisseuren niemand, wie ein Toter aussieht im wahren Leben?«

Eike sah betreten zu Boden.

»Ihre Wut kann ich verstehen«, sagte Finja. »Aber kommen wir zurück zu Ole Brand. Sie haben erkannt, dass er nicht mehr lebte. Was haben Sie daraufhin gemacht? Hatten Sie keine Angst, dass jemand in der Nähe war, der ihn ermordet haben könnte?« Sie deutete auf den verwinkelten hinteren Bereich mit diversen Raumtrennern. »Es gibt eine Reihe von Möglichkeiten, sich in dieser Halle zu verstecken.«

»Angst hatte ich null«, erklärte Helga mit fester Stimme. »An einen Mord habe ich überhaupt nicht gedacht. Entschuldigung, wenn ich so direkt bin. Ich weiß, über Tote soll man nicht herziehen. Aber was wahr ist, ist nun mal wahr: Der Mann hat gesoffen wie ein Loch. Der hat sich jeden Abend ordentlich was genehmigt. Ich dachte, er hat sich totgesoffen.«

»Woher wissen Sie, dass er so viel getrunken hat, wenn Sie nie dabei waren?«, hakte Eike nach.

Helga schlug die Hand vor den Mund. »So'n Mist, ich hab mich versabbelt. Das war keine Absicht. Sie haben aber auch eine Art, einen auszufragen! Also, wenn ich ehrlich sein soll ...« Sie verstummte.

»Ja, bitte«, forderte Finja sie indirekt auf, weiterzureden. »Jede Auskunft ist für uns wichtig.«

Helga rückte mit ihrem Korbsessel etwas näher in das Dreieck, das sie mit Finja und Eike bildete. »Es hat sich schnell im Haus herumgesprochen, dass der Brand kein Drink-Verächter ist. Der Restaurantchef hat es natürlich als einer der Ersten gemerkt. Seit der Brand im Haus war, musste er täglich harte Sachen in der Bar nachfüllen. Eske hat es auch gesehen. Sie ist mehrmals am Abend hier unten gewesen und hat mir später erzählt, was der Brand am liebsten trinkt.«

»Was hat Eske im SPA-Bereich gemacht?«

»Nach dem Rechten gesehen. Sprich: Geguckt, ob vielleicht ein Glas zerbrochen ist und die Scherben weggefegt werden müssen. Ist ja gefährlich, wenn die Leute barfuß oder mit Latschen rumlaufen und dann versehentlich in Glas treten.«

»Ist das der einzige Grund für Eskes Erscheinen?«

»Natürlich nicht. Sie hat auch ein Auge darauf, dass es hier unten gesittet zugeht. Da hat's schon Storys gegeben – ich kann Ihnen was erzählen! Wenn sich aber rumspricht, dass manchmal ein Kindermädchen vorbeischaut, benehmen die Leute sich anständig.« Helga hob die Hände. »Was sie später auf ihren Zimmern machen, geht uns nichts an. Aber hier unten haben Sitte und Anstand zu herrschen. Das ist der Frau Brodersen ganz, ganz wichtig. Sie will nicht in Verruf kommen mit ihrem Resort.«

»Das ist absolut verständlich«, meinte Finja. »Aber nun mal zurück zu meiner Frage: Was haben Sie gemacht, als Sie sahen, dass Ole Brand tot war?«

»Ich habe Eske übers Handy Bescheid gesagt. Sie hat Frau Brodersen informiert. Die hat es erst nicht glauben wollen. Sie ist zu mir in den SPA-Bereich gekommen, hat geguckt, ist zeternd wieder rausgelaufen und hat die Polizei gerufen. Es hat ihr natürlich gar nicht gepasst, dass so was in ihrem Haus vorkam. Eine Schnapsleiche im Wellness-Resort, ich bitte Sie!«

»Wellness und Lifestyle Resort, um genauer zu sein«, sagte Eike.

Helga winkte ab. »Das mit dem Lifestyle können Sie sowieso vergessen. Was hier läuft, hat nichts mit dem Leben zu tun und mit Stil schon gar nicht.« Sie kniff die Lippen zusammen und sah die Ermittler eindringlich an. »Sie sind verschwiegen, hoffe ich. Wenn die Brodersen hört, wie ich über ihr Haus rede, flieg ich sofort hochkantig raus.«

»Sie haben das Recht auf Ihre Meinung«, beruhigte Finja sie. »Aber wir verraten kein Wort, versprochen.«

Die Reinemachefrau atmete sichtlich auf. »Schön, dass Sie's so sehen. Das Resort ist ja nicht mein Arbeitgeber. Es ist nur ein Kunde meines Chefs, und ihm gegenüber bin ich natürlich loyal.«

Eike rutschte auf die Sesselkante vor. »In der Zeit, bis die Polizei kam, was haben Sie da gemacht? Sind Sie bei dem Toten geblieben?«

»Na klar, ich hab aufgepasst, dass er uns nicht wegläuft.« Helga zwinkerte Eike zu. »Im Ernst: Ich war doch ein bisschen geschockt. Mit so einer Begrüßung am Pool hätte ich nie gerechnet. Ich hab mich erst mal hingesetzt. Auf den Barhocker da vorne am Tresen. Von da aus hatte ich den Toten im Blick, aber auch die Tür zum Wellness-Bereich. Wenn jemand anderes gekommen wäre als Frau Brodersen, Eske oder die Polizei, wäre ich sofort aufgesprungen und hätte ihm den Zutritt verwehrt. Aber es kam keiner. Die Gäste des Hauses schlafen meist ziemlich lange und kommen erst gegen Mittag.«

»Es hat sicher ein paar Minuten gedauert, bis unsere Kollegen hier waren«, unterstellte Finja.

»Lange gedauert hat es nicht. Aber es hat gereicht, um mir ein Bild von der Situation zu verschaffen.«

»Von welcher Situation?«

»Na, die Gläser und die leeren oder angebrochenen Flaschen, die auf dem Tresen und im Raum herumstanden. Ich wusste natürlich, dass ich nichts anrühren durfte. Wenigstens darin stimmen die Krimis im

Fernsehen mit der Realität überein. Ist doch so, oder?« Helga wartete kurz die Bestätigung der Ermittler ab. »Ich habe mir ein Bild davon gemacht, was ich aufzuräumen hätte, wenn ich an dem Tag hätte aufräumen dürfen, und ich hab schon mal geguckt, was ich dem Restaurantchef zum Auffüllen melden muss.«

Sie verstummte einen Moment, machte ein geheimnisvolles Gesicht und fuhr mit leiserer Stimme fort.

»Dass der Brand abgekratzt ist, hat mich nicht gewundert – bei dem Gesöff, das neben seiner Liege stand. Er hat Himbeersaft mit irgendwas gemischt. Welcher Mann trinkt denn Himbeersaft?! Weiß der Teufel, wer die Flasche dahin gestellt hat.«

Eike tat überrascht. »Es war keins von den Getränken, die Sie persönlich aufgefüllt hatten?«

»Nein. Aus diesem Haus kam das nicht. Ich vermute, einer der Gäste hat es in die Bar gestellt. Manche bringen sich was Eigenes mit. Das kann man nicht verhindern.«

Eikes Stimme wurde strenger. »Nehmen wir mal an, Sie sehen eine Flasche, die nicht aus diesem Haus stammt. Lassen Sie die in der Bar stehen?«

»Ja, was soll ich denn machen? Ich bin Reinemachefrau, keine Ernährungsberaterin, und ich komme schon gar nicht vom Gesundheitsamt. Die Gäste dieses Hauses sind volljährig. Wenn die hier sonst was saufen und Partys feiern, ist das deren Ding. Ich bin nur die, die den Dreck wegräumt.«

»Und wenn irgendwo was steht, was aussieht wie Himbeersaft und nicht hierhergehört?«

»Dann steht das eben da. Das räum ich nicht weg. Nachher krieg ich Ärger mit den Gästen.«

Damit gab Eike sich zufrieden. »Sie haben also gesehen, dass etwas von diesem Saft in Ole Brands Glas war«, fuhr er fort. »Ist Ihnen da ein Verdacht gekommen? Ein Zusammenhang mit seinem Tod?«

»Nein. Aber das Zeug in seinem Glas sah nicht rein pflanzlich aus. Ich tippe, der Brand hat die Himbeere mit was Alkoholischem gemischt. Und ein Promille davon war wohl schlecht. Sonst hätte ihn das Zeug nicht dahingerafft.«

Helga Hus schien davon überzeugt zu sein, dass Ole Brand seinem Hang zu promillehaltigen Getränken zum Opfer gefallen war. In dem Glauben wollte Finja sie lassen. »Herr Brand war doch sicher nicht der Einzige, der an dem Abend etwas getrunken hat«, fragte sie die Reinemachefrau.

Helga zuckte mit den Schultern. »Sonst war nicht viel los. Es lief ein Fußballspiel im Fernsehen, irgendein Pokal. Und auf dem anderen Sender gab's einen Spielfilm mit Rührpotenzial. Dann wird der Wellness-Bereich üblicherweise spärlich besucht.« Sie grinste. »Entsprechend steigt hier das Flirtpotenzial.«

»Sie meinen, der Bereich ist dann eher was für Turteltäubchen«, kommentierte Eike.

»Yep. Und ich freue mich am nächsten Morgen, denn ich bekomme immer das gleiche Geld, egal, ob hier ein ganzes Arsenal von Gläsern rumsteht oder nur ein einziges. Außer dem Glas vom Brand standen vier Wassergläser auf einem Tisch dahinten. Wer daraus getrunken hat, kann ich Ihnen sagen, ohne dass Sie Ihre Leute von der Kriminaltechnik bemühen müssten.«

Eike horchte auf. »Aha? Dann erzählen Sie mal.«

»Das waren die Winkelmöllers aus Köln. Die kenne ich gut. Sie sind jedes Jahr einmal hier, immer nur für eine Woche.«

»Zu viert?«, fragte Finja.

»Vater, Mutter und zwei erwachsene Töchter. Die verbringen bei uns regelmäßig einen Familienurlaub. Sie kommen wegen des Wellness-Bereichs her und wegen der Nähe des Hotels zur See. Den Lifestyle bezahlen sie mit, aber den ersparen sie sich. Nach der Sauna trinken sie immer O-Saft mit stillem Wasser. In allen vier Gläsern waren Reste davon zu sehen. Aber die Winkelmöllers gehen nur nachmittags in die Sauna. Am Abend machen sie bei jedem Wetter einen Spaziergang am Strand. Die brauchen Sie also gar nicht erst zu fragen. Die waren bestimmt nicht mehr hier, als der Brand ins Basement kam.«

»Okay. Und sonst? Was ist Ihnen aufgefallen?«

»Drei weitere Gläser. Die standen verdächtig nah zusammen. Da macht man sich so seine Gedanken.«

»Was für Gedanken meinen Sie?«, fragte Finja.

»Also, mir ist das ja egal. Aber die Eske meint, die Frau Brand und ihre Freundin hätten was mit einem Gast, der am selben Abend angekommen ist wie sie.«

»Eine Dreierbeziehung?«

»Scheint so.« Helga lächelte süffisant.

»Heißt der Mann zufällig Ritter?«, fragte Eike.

»Dass er zufällig so heißt, glaub ich nun nicht. Aber ja, so heißt er.«

Finja suchte Blickkontakt mit Eike, um sich mit ihm wortlos zu verständigen.

Er nickte ihr andeutungsweise zu.

»Vielen Dank, Frau Hus«, sagte sie dann. »Es war sehr informativ, was Sie uns erzählen konnten.«

»Immer gerne.« Helga verneigte sich leicht.

Eike legte nachdenklich einen Finger an die Nasenspitze. »Noch eine ganz andere Frage zum Schluss. Die Reinigungsmittel, die Sie brauchen, sind die hier irgendwo gelagert?«

»Die Reinigungsmittel? Natürlich, die schlepp ich nicht jeden Tag hierher. Die kommen mit 'nem Lieferwagen und werden in einem Abstellraum eingeschlossen. Warum fragen Sie danach?«

»Den Schlüssel dafür haben nur Sie?«

»Mein Chef hat auch einen. Kann ja mal sein, dass ich im Urlaub bin. Dann kommt eine Vertretung, und die bringt den Schlüssel mit und schließt hier auf.«

»Hat sonst noch jemand einen Schlüssel zu dem Raum?«, fragte Finja.

»Das Hotel selbst natürlich. Aber warum ...«

»Wer genau vom Hotelpersonal?«

»Vom Personal keiner, soweit ich weiß. Die Chefin persönlich hat den in ihrem Büro bei all den anderen Schlüsseln zu den Räumen, die nicht für jedermann zugänglich sind.«

Finja nickte ihr zu. »Dankeschön, Frau Hus. Dann überlassen wir Sie wieder Ihrer Arbeit.«

Sie stand auf und streckte der Reinemachefrau zum Abschied die Hand entgegen. »Herr Brand war wohl kein sonderlich beliebter Gast?«

»Ein Ekelpaket war er.«

»Hatten Sie selbst auch mal Ärger mit ihm?«

»Ich?« Helga schüttelte lachend den Kopf. »Der Mann hatte Glück. Als ich ihn kennengelernt hab, war er schon tot.«

20

»Putzig ist die Dame«, entfuhr es Eike spontan, als Finja und er den Wellness-Bereich verlassen hatten. »Offen, geradeheraus und bodenständig.«

Finja stimmte ihm zu. »Ich habe noch nie einen Menschen erlebt, der mir in meiner Rolle als Kriminalpolizistin so unbefangen begegnet ist.«

»Eine gute Beobachtungsgabe hat sie.«

»Und gut vernetzt ist sie«, merkte Finja an.

»Vernetzt? Wie meinst du das?«

»Sie hat ihre Beobachterin im Seestern. Die Rezeptionistin. Am Abend, wenn Helga Hus nicht mehr im Haus ist, läuft Eske hier herum und kontrolliert die Lage.«

»Ja, dabei hat sie doch nachmittags in der Pension ihrer Eltern zu tun. Wie passt das zusammen?«

Das fragte Finja sich auch. »Vielleicht wohnt sie in Wyk und kommt nach der Arbeit in Nieblum wieder hierher zurück. Dann wäre es kein großer Umstand, nochmal im Seestern vorbeizusehen.«

»Mag sein. Außer ihren Jobs scheint sie nichts zu haben. Irgendwie tut diese Frau mir leid. Aus ihrem adretten Kostüm guckt sie immer wie eine Business-Frau, die den Flieger verpasst hat und die niemand bei dem Meeting, zu dem sie wollte, vermisst.«

»In Helga Hus hat sie wohl jemanden gefunden, der ihr persönliche Bedeutung verleiht«, sinnierte Finja. »Das spornt sie dazu an, die Gäste zu beobachten, um sich später mit der Reinemachefrau darüber auszutauschen.«

»Die sicher ein dankbarer Abnehmer für Klatsch und Tratsch ist«, führte Eike weiter aus. »Wir sollten uns mit den beiden Damen gut halten. Sie könnten uns entscheidende Hinweise geben.« Plötzlich verfinsterte sich seine Miene. »Vorausgesetzt, der Täter kommt aus diesem Haus«, fuhr er nachdenklich fort. »Wenn nicht ...« Er hob die Achseln und ließ sie resigniert wieder fallen.

Finja bedachte ihn mit einem mitfühlenden Blick. »Da ist er wieder, der Teufel an der Wand. Warte, ich hole schnell den Eimer mit der weißen Farbe.«

Darüber musste selbst Eike lächeln. »Lass stecken. Jetzt gucken wir uns erst den Ritter an. Dann gehts zur Polizeistation. Für zwölf Uhr haben die Kollegen Emil Paulsen dahin vorgeladen.«

»Aufzug oder Treppe?«, fragte Finja.

Eike deutete auf die Tür zum Treppenhaus. »So alt bin ich noch nicht, dass ich es bis zum Erdgeschoss nicht mehr schaffen würde.«

Schwungvoll riss er die Tür auf, die aus satiniertem Glas mit einem schnörkellosen stählernen Griff bestand. Er ließ Finja den Vortritt.

Im Erdgeschoss angekommen stellten sie sich an den Empfangstresen.

»Sie warten auf Herrn Ritter?«, fragte Eske.

Finja wunderte sich, dass die Rezeptionistin von sich aus das Wort ergriff. »Wir sind hier mit ihm verabredet.« Sie erinnerte sich daran, dass die Tür zum Besprechungsraum nicht verhinderte, dass Gespräche mitgehört werden konnten. »Hätten Sie noch einen anderen Raum für uns als diesen?«

»Gefällt er Ihnen nicht?«, fragte Eske verwundert.

»Ich drücke es mal so aus: Er ist nicht gesichert sprachundurchlässig.« Sie grinste Eske an.

Die Rezeptionistin errötete tief, was Finjas Verdacht bestätigte, dass die junge Frau gerne ihre Neugier durch Abhorchen stillte.

Eske verkroch sich hinter dem Bildschirm. »Ich guck mal, ob was anderes frei ist.«

Sie suchte lange. »Tut mir leid. Das Einzige, was ich Ihnen anbieten könnte, wäre das Büro von Frau Brodersen. Um zwölf geht sie zum Essen ins Restaurant. Das wäre dann zwar nur für eine halbe Stunde, aber es ist besser als nichts. Und länger werden Sie mit Herrn Ritter sicher gar nicht reden wollen.«

Finja verzichtete auf dieses Angebot. Sie traute der Hoteldirektorin zu, dass sie es fertigbringen würde, ihr Handy in ihrem Büro zu verstecken und rein zufällig die Aufnahmefunktion eingeschaltet zu lassen.

»Danke«, sagte sie höflich. »Dann bleiben wir hier.«

Eike stellte sich neben Finja und stützte die Arme auf den Empfangstresen. »Wenn es demnächst wirklich ernst wird mit unseren Befragungen«, sagte er mit regungsloser Miene, »müssen wir die Leute eben auf die Polizeistation vorladen.«

Eske sah ihn erschrocken an. »Sie meinen, der Mörder sitzt hier im Haus? Ist es einer der Gäste? Der Herr Ritter vielleicht? Ehrlich, das hätte ich ihm nie zugetraut.«

Eike fixierte sie mit seinen Blicken, was Eske völlig verunsicherte. »Wer sagt denn, dass wir Herrn Ritter verdächtigen?«, brachte er mit seiner schmuseweichen Stimme hervor. »Oder haben Sie am Tatabend etwas gesehen, was Sie uns unbedingt mitteilen sollten?«

»Ich? Am Tatabend? Aber da war ich ja gar nicht im Haus.«

Eike schwieg, und Finja wusste, warum. Hätte er sie jetzt gefragt, wo sie am Tatabend war, wäre sie vorgewarnt gewesen. Sie würden sich voraussichtlich heute oder morgen mit ihr zusammensetzen und sie mit ihren Fragen überraschen. Eske war nicht der Typ, der aus dem hohlen Bauch heraus lügen konnte.

»Schon gut«, sagte Eike lapidar. »War nicht ernst gemeint, die Frage. Nachmittags sind Sie ja bei Ihren Eltern in der Pension. Warum sollten Sie dann am Abend noch mal aufgetaucht sein?«

Er nickte ihr aufmunternd zu, und Finja beobachtete Eskes Verhalten. Was Eike gerade mit der Dame trieb, war ein kleines kriminalistisches Spiel: Er testete die Rezeptionistin auf Verdachtsmomente hin.

Und irgendwie schien seine Strategie aufzugehen.

»Da sind Sie ja schon«, tönte es laut durchs Foyer.

Finja wandte sich um. Ein Mann von mittlerer Statur schritt mit schlenkernden Armen auf sie zu. Er trug einen viel zu engen Pulli, der seine Speckröllchen überdeutlich erkennen ließ. Auf der Brust war der Name BOSS aufgestickt, was Finja zum Schmunzeln brachte. Die Satinhose und die Schuhe machten ebenfalls einen teuren Eindruck.

Finja löste sich vom Tresen. »Herr Ritter? Ich bin Finja Witt von der Kripo. Das hier ist mein Kollege Eike Boss. Schön, dass Sie sich Zeit für uns nehmen.«

»Ist doch selbstverständlich.« Martin schüttelte ihre Hand, sah ihr kurz in die Augen, dann musterte er ihre Haare. Endlich reichte er Eike die Hand. Obwohl er den Kommissar mit Namen begrüßte, taxierten seine Blicke immer noch Finjas Frisur.

Die sah heute wahrlich nicht gesellschaftsfähig aus. Die Spange, mit der Finja ihre Mähne zu einem Zopf zusammenfasste, bevor sie zum Dienst ging, hatte am Morgen ihren Geist aufgegeben. Ersatz hatte sie keinen dabei. Und der Wind und die feuchte, salzhaltige Meeresluft hatten ihren Teil dazu beigetragen, dass kein Haar so saß, wie es sollte. Finja war das egal. Wer an der Nordsee Wert auf eine geordnete Frisur legte, hatte ein Problem, das nicht ihres war.

»Sollen wir dann?«, fragte Eike, der Martins übergroße Aufmerksamkeit für Finja bemerkte.

»Ach so, ja.«

Martin folgte ihnen in den Raum.

Forschen Schrittes ging Eike auf die Sitzgruppe zu, zog die Stühle zur Seite und schob den Tisch weiter ans Fenster. Dann postierte er drei Stühle so, dass Finja, Martin und er im Halbkreis mit dem Gesicht zum Fenster gewandt saßen.

Finja schmunzelte. Es war die bestmögliche Maßnahme, die dafür sorgte, dass die Worte, die in diesem Raum fielen, nicht zu deutlich nach außen drangen.

Plötzlich wurde die Tür aufgerissen, und eine irritiert dreinblickende Eske stand im Rahmen.

»Ist was?«, fragte Eike.

Die Rezeptionistin schüttelte den Kopf. »Ich wollte nur ... Wenn jemand nach Ihnen fragt, Herr Ritter, was soll ich dann sagen?«

Martin Ritter räusperte sich. »Dass ich hier bin, in diesem Raum. Mit der Kriminalpolizei. Und – sagen Sie, dass es nicht lange dauert.«

Eike zog verwundert die Augenbrauen hoch. »Sind Sie so ein gefragter Mann?«

Martin zuckte mit den Schultern. »Unternehmer halt. Kann immer vorkommen, dass meine Angestellten eine Frage haben und nicht lange auf die Antwort warten können.«

»Dann hat sich das mit dem Abschalten in diesem Haus wohl schon erledigt, bevor Sie angekommen sind.«

Wieder zuckte Martin mit den Schultern. Er sah scheu zu Eske hinüber, die noch immer da stand.

»Ach, Eske«, rief Finja ihr zu. »Wohnen Sie eigentlich bei Ihren Eltern in Nieblum?«

»Nein, in Wyk. Wieso?«

»Nur so.« Sie nickte der jungen Frau freundlich zu. »Sie dürfen uns dann gerne mit Herrn Ritter alleine lassen.«

21

Eske schloss die Tür zum Besprechungsraum. Martin beobachtete sie dabei. Mit einem Mal wurde er unruhig. Sichtlich nervös ruckelte er auf dem Stuhl herum.

»Gibt's ein Problem?«, fragte Eike ihn.

Wieder räusperte Martin sich. »Ja, vielleicht eins grundsätzlicher Art. Ich weiß eigentlich nicht, was ich hier soll. Wenn die Gerüchte stimmen, die im Haus kursieren, ist Herr Brand an einer ...«, er verzog das Gesicht, »... Überdosis von irgendwas gestorben. Niemand von uns nimmt aber Drogen. Oder haben Sie in einem unserer Zimmer was gefunden?«

Abwartend sah er die Ermittler an.

Sie schwiegen und schmunzelten in sich hinein.

»Nein? Haben Sie nicht?«, fuhr Martin fort. Mit einer Hand strich er sich durch das akkurat geschnittene und mit Gel gehaltene Haar. »Dann frage ich mich, was suchen Sie in diesem Haus? Niemand hier kann der Täter sein. Wir haben Ole Brand nicht vergiftet. Keiner von uns. Also: Warum diese Gespräche? Was erwarten Sie sich davon?«

Der Mann redete sich um Kopf und Kragen.

»Herr Ritter«, begann Eike nach einigen Sekunden des Schweigens. »Was machen Sie eigentlich von Beruf?«

»Friseur. Ich habe eine Kette. Zwölf Salons in Düsseldorf und Umgebung, drei weitere in Köln. Und nächsten Monat eröffne ich meine erste Filiale in Aachen. Im Rheinland sind wir sehr bekannt. Ritter Hairstyling für Sie und Ihn. Sie können gerne mal vorbeikommen, wenn Sie in der Gegend sind. Einen Probeschnitt gibt's umsonst.« Er zog eine Visitenkarte hervor und überreichte sie Finja.

»Danke, ich bin selten im Rheinland. Vielleicht ist das eher was für ...« Finja tat, als dächte sie nach. »Die Rezeptionistin, wie heißt sie noch mit Nachnamen?«

»Sie meinen Frau Huck? Die Eske? Wie kommen Sie auf sie?«

»Sie kennen Sie näher?«, fragte Eike. »Sie kommt ja ab und zu in den Wellness-Bereich.«

Martin gab sich erstaunt. »Ja? Ist das so?« Er lächelte triumphierend. »Haben Sie sie da schon mal angetroffen?«

Eike lehnte sich zurück. »Wir sind heute den zweiten Tag in diesem Haus, und es ist erstaunlich, was man in so kurzer Zeit in Erfahrung bringt. Aber lassen wir das. Vielleicht kommen wir später noch mal darauf zurück. Konzentrieren wir uns erst einmal auf den Abend, an dem Ole Brand starb. Berichten Sie uns doch bitte, wie Sie den Tag erlebt haben. Wie haben Sie ihn ausklingen lassen?«

Martin legte sich die Hand auf die Brust. »Ich persönlich?«

»Sie persönlich. Es geht in diesem Gespräch ausschließlich um Ihre Person.«

Martin lachte verlegen. Sein Lachen war nicht echt. Er machte einen innerlich verkrampften Eindruck. Finja beobachtete ihn genau.

Dass er mit Doris Flothmann angebandelt hatte, wie Helga Hus vermutete, schloss sie aus. Die Dame hatte kein Interesse an ihm. Aber hatte er ein Verhältnis mit Marlene Brand begonnen? War die Liebe so stark entflammt, dass deren Ehemann im Weg stand?

Martin lehnte sich zurück. Mit halb geschlossenen Lidern sah er in den Innenhof des Hotels hinaus.

Noch immer spien die Fische das Wasser in den Brunnen, und über den Himmel zogen Schönwetterwolken, als wäre nichts geschehen.

Martin Ritter strömte einen markanten Duft aus, wie Finja auf einmal bemerkte. Eine Wolke von Harz und Tabak verband sich mit der Luft dieses Raumes. Vermutlich stieg die Körpertemperatur des Mannes gerade den Umständen entsprechend an, sodass das Aroma seine Note stärker entfaltete als bisher.

Martin redete nicht. Warum nicht? Was verschloss ihm den Mund? Was trieb ihm die Angst aus den Poren? Was hatte er vor der Kripo zu verbergen?

»Sie waren am fraglichen Abend mit dem Ehepaar Brand zusammen«, brachte Finja spontan hervor. »Sie haben zusammen zu Abend gegessen?«

Martin reagierte abweisend. »Nein, gegessen haben wir nicht zusammen. Herr Brand hatte im Restaurant einen Tisch für zwei Personen gekapert. Eine dritte Person hätte da nicht hingepasst.«

»Nicht mal Frau Flothmann?«

»Nicht einmal sie.« Martin stutzte einen Moment. »Woher kennen Sie sie überhaupt?«

»Betriebsgeheimnis«, erwiderte Finja lächelnd. »Sie und Frau Flothmann haben also zusammen an einem Tisch gesessen, das Ehepaar Brand an einem anderen.«

Martin nickte nur dazu.

Interessant, dass Doris Flothmann ihnen verschwiegen hatte, dass Martin Ritter ihr Tischgenosse war. Wie Helga Hus schon angedeutet hatte, gab es also tatsächlich eine Verbindung zwischen Marlene Brand, Doris Flothmann und Martin Ritter.

»Wo und wie haben Sie Frau Flothmann und das Ehepaar Brand kennengelernt?«

Martins Schultern versteiften sich. »In so einem Haus kann man nicht anders, als sich kennenzulernen. Es ist kein allzu großes Resort, wie Sie festgestellt haben dürften. Man läuft sich ständig über den Weg. Außerdem gibt es gemeinsame Seminare, die wir besuchen.«

»Schön und gut«, meinte Finja. »Es gibt allerdings mehr Menschen als Sie selbst und die drei in diesem Haus. Wie kam es, dass ausgerechnet Sie sich miteinander angefreundet haben?«

»Wir saßen zufällig zusammen im Wellness-Bereich, in der Sauna. Wir hatten die gleichen Gewohnheiten. Nicht jeder geht abends noch mal dahin. Ach, und beim Begrüßungsabend, da haben wir schon miteinander gesprochen. Wir vier sind am selben Abend im Seestern eingetroffen.«

»Begrüßungsabend?«, hakte Eike nach.

»Der wird vom Haus regelmäßig veranstaltet. Damit Neuankömmlinge gleich Anschluss finden. Auf ein kommunikatives Miteinander wird hier viel Wert gelegt.«

»Wie stand denn Ole Brand zu dem Kleeblatt, das Sie, Frau Flothmann und seine Ehefrau mit ihm bildeten? Fand er die Gesellschaft angenehm?«

Martin zuckte nervös mit dem Kopf. »Das hätten Sie ihn selbst fragen müssen, wie er das fand«, antwortete er ausweichend. »Ole war kein Typ, der die Gesellschaft suchte. Protzen wollte er. Angeben mit seinem Unternehmen. Auf einen Austausch mit anderen Menschen legte er keinen Wert.«

»Und Frau Brand?«, fragte Finja. »Marlene? Wie ging sie mit der Gesellschaft um?«

»Die war ganz anders. Sie ist anders«, korrigierte Martin sich sofort. »Zum Glück. Wenn hier alle so wären wie ihr verstorbener Gatte ...«

»Was dann?«, fragte Eike. »Meinen Sie, dann gäbe es mehr Todesfälle wie diesen?«

Martin neigte den Kopf zur Seite, musterte Eike skeptisch und blieb einen Augenblick stumm. Dann rutschte er auf dem Stuhl nach vorn. »Muss ich mir das eigentlich bieten lassen? Wollen Sie mir was unterstellen? Ich weiß nicht, ob ich dieses Gespräch – ich würde es eher ein Verhör nennen ... Ich weiß nicht, ob ich das wirklich weiterführen will.«

Finja legte ihre Hand neben seine. Es hatte den Anschein, als wollte sie ihm zur Beruhigung über den

Arm streichen. »Sorry, wir stellen harte Fragen. Das müssen wir tun. Auf weiche Fragen gibt es nur weiche Antworten. Die helfen uns nicht weiter. Bitte fühlen Sie sich durch unsere Art der Befragung nicht provoziert. Wir möchten nur erfahren, was sich an dem Abend, an dem Ole Brand starb, abgespielt hat.«

»Sie gehen aber ziemlich ans Eingemachte.«

»Wie gesagt: Wir brauchen konkrete Informationen. Daher bohren wir tief, und das tut unseren Gesprächspartnern manchmal weh.«

Martin wiegte sich in den Schultern. »Okay. Sie wollten wissen, wie der fatale Abend verlaufen ist.« Er holte tief Luft und fuhr fort. »Also, Doris und ich saßen an einem Tisch, die Brands an einem anderen. Marlene konnte mich sehen. Ihr Mann saß mit dem Rücken zu mir. Die Brands haben nicht viel miteinander geredet während des Essens. Marlene ist aber ein kommunikativer Mensch. Sie geht ein wie eine Primel, wenn sie niemanden zum Reden hat. Ich habe ihr daher ein Zeichen gegeben, dass wir uns nach dem Essen im SPA-Bereich treffen.«

»Wie ging das vonstatten?«, fragte Eike.

»Ich habe auf die Uhr gezeigt. Habe beide Hände gehoben, erst sechs, dann sieben Finger ausgestreckt und anschließend nach unten gezeigt.«

»Was bedeutete, dass Sie sich gegen sechs oder sieben Uhr im Basement mit ihr treffen wollten.«

»Gegen halb sieben, um genau zu sein. Wir hatten unsere eigene Zeichensprache entwickelt.« Martin drückte stolz den Rücken durch.

»In der kurzen Zeit, die Sie hier sind, haben Sie schon so eine vertraute Zeichensprache entwickelt?«, fragte Finja verwundert.

»Na ja, was heißt: in der kurzen Zeit? Wir haben einige Kurse gemeinsam, und auch dazwischen reden wir viel miteinander, Marlene und ich.«

»Der Herr Gemahl blieb außen vor?«, hakte Eike nach.

»Ich sagte ja: Der war nicht auf Geselligkeit aus. Er hat sich immer gleich ausgeklinkt. Wenn es Pausensnacks gab, hat er sich was auf einen Teller getan und sich in irgendeine Ecke des Hauses zurückgezogen. Er war sich wohl zu fein für uns.«

Vor Finjas innerem Auge entstand das Bild eines Unternehmers, der diverse Klischees bediente und keinerlei Anstalten machte, dagegen anzugehen. »Herr Brand war offenbar kein Mensch, der es darauf angelegt hatte, Freundschaften zu schließen.«

Martin verstieg sich dazu, Finjas Hand zu tätscheln. »Das haben Sie sehr treffend ausgedrückt.«

Finja zog ihre Hand zurück. »Hatte er Feinde unter den Gästen? Hat er sich in den wenigen Tagen, die er hier verbracht hat, mit jemandem so angelegt, dass ein Streit entbrannt ist?«

»Streit nicht unbedingt. Aber es schien tatsächlich so, als wollte er jeden vergraulen, der ihm freundlich oder auch nur höflich begegnete. Er war einer von diesen Neureichen, die im Elternhaus kein Benehmen gelernt haben. Einer von denen, die gerne prahlen und jeden von oben herab behandeln. Was meinen

Sie, wie der die Reinemachefrau angegangen ist, wenn in der Getränkebar im SPA sein Lieblingsgesöff fehlte oder nicht ausreichend vorhanden war!«

Finja schluckte, als sie diesen Ausruf vernahm. »Hatte Herr Brand direkten Kontakt zu Frau Hus?«

»Er hat sie mal abgepasst. An einem Vormittag, als sie mit den Arbeiten im SPA fertig war. Er hat sich im Treppenhaus aufgebaut und hat auf sie gewartet. Als sie ankam, hat er sie zur Schnecke gemacht. Ich hab das mitbekommen, weil ich gerade auf dem Weg von einem Seminarraum zum anderen war.«

»Wann war das?«

Martin stockte. Dann verdrehte er die Augen. »Oh, mein Gott, das war an dem Tag, an dem er starb.« Er griff sich ans Kinn. »Habe ich jetzt den Verdacht auf Frau Hus ... Das wollte ich nicht. Ich kann mir nicht vorstellen, dass sie ... Nein, ganz bestimmt nicht. Können wir das streichen? Ich hab das nicht gesagt. Also, wenn das in so ein Protokoll reinkommt, das ich unterzeichnen soll, das unterschreibe ich nicht.«

»Beruhigen Sie sich, Herr Ritter«, sagte Finja.

»Ich nehm das zurück. Ehrlich. Ich ... Ich ...«

Eike hob die Stimme. »Vergessen Sie's, Herr Ritter. Lassen Sie uns mal weitermachen. Sie und Frau Brand haben sich also bei Tisch verständigt, dass Sie sich später am Pool treffen wollten.«

»Im SPA, nicht unbedingt am Pool. Ich selbst gehe nicht gerne schwimmen. Aber Saunieren, dabei kann ich super entspannen. Da fällt alles von mir ab, wissen Sie, das ist ...«

»Geschenkt, Herr Ritter. Sie haben sich also mit Frau Brand verabredet. Sie können richtig gut miteinander reden, Sie beide?«

Martin nickte. »Bestens. Als würden wir uns schon ewig kennen. Wir sind irgendwie seelenverwandt.«

»Haben Sie sich auch darüber verständigt, wie Sie uns schildern wollen, wie der Abend verlaufen ist? Haben Sie sich dazu abgesprochen?«

Martin erbleichte. »Wie kommen Sie auf so was?«

Finja beugte sich zu ihm vor. »Wir sind von dieser Welt, Herr Ritter. Sie sind nicht der erste Zeuge, mit dem wir in unserer Laufbahn reden. Es ist doch nur menschlich, wenn Sie sich vor einer Befragung untereinander austauschen, um sich gegenseitig zu vergewissern, ob Sie sich richtig erinnern.«

»So viel zu erinnern gibt es da nicht.« Martin drückte sich gegen die Rückenlehne und verschränkte die Arme. »Nach dem Essen sind wir auf unsere Zimmer gegangen, haben uns umgezogen und sind in den SPA-Bereich gegangen. Das war, wie verabredet, gegen achtzehn Uhr dreißig. Vielleicht etwas später. Auf die Minute genau kann ich das nicht sagen. Aber es war vor sieben. Ole Brand ist in die Finnische Sauna gegangen. Seine Frau und ihre Freundin, die Doris, waren in der Biosauna. Da hält man es ziemlich lange aus. Ich bin dazugekommen, als die beiden ein paar Minuten drin waren.«

»Wie lange sind Sie dageblieben?«

Martin schüttelte den Kopf. »Ich weiß es wirklich nicht. Halb acht vielleicht oder viertel vor.«

»Was haben Sie danach gemacht?«

»Bin rauf auf mein Zimmer. Die Mädels auch. Also jede auf ihres.«

Eike lächelte süffisant. »Woher wollen Sie das wissen? Sie hatten den Damen doch wohl keine Überwachungskameras auf die Handys installiert, oder?«

Martin guckte ihn an, als wollte er von seiner Stirn ablesen, wie ernst er die Frage meinte. »Nee, Kameras hab ich nicht installiert. Aber ich kenne die beiden Frauen. Wenn die sagen, jede geht auf ihr Zimmer, dann geht jede auf ihr Zimmer. Und für mich gilt das genauso.«

Finja nickte ihm zu, um ihm zu zeigen, dass sie seine Aussage ernst nahm. Letztlich bedeutete sie nichts anderes, als dass alle drei keine Zeugen hatten, die ihnen ein Alibi hätten geben können.

»Sie sind sicher«, fragte sie und ließ jedes Wort auf der Zunge zergehen, »dass Frau Brand Sie nicht auf Ihr Zimmer begleitet hat?«

Martins Lächeln gefror. »Absolut.«

»Wann und wie haben Sie von Herrn Brands Tod erfahren?«, fragte Finja zum Schluss des Gesprächs.

Martin breitete die Arme aus. »Na, auf demselben Weg wie wir alle hier im Haus. Auf einmal standen Polizeiwagen vor der Tür.« Er redete nicht weiter.

»Die bedeuten aber nicht unbedingt, dass ein Toter am Pool liegt«, meinte Finja.

»Das nicht. Aber sie signalisieren, dass etwas passiert ist, was nicht alle Tage passiert. Und dann fragt der Erste nach und kriegt keine Auskunft. Es gibt nur geheimnisvolle Gesichter vonseiten der Angestellten. Die Gäste laufen rum und tuscheln. Und dann ...« Martin unterbrach sich. Er hielt sich die Faust vor den Mund und hüstelte mal wieder. »Dann kommt mir Marlene mit verweinten Augen auf dem Flur entgegen und wirft sich mir in den Arm.«

»Auf welchem Flur?«, fragte Finja.

»Auf dem, an dem unsere Zimmer liegen.«

Eike sah ihn aufmerksam an. »Sie wohnen beide auf demselben Flur?«

»Ja, was aber nichts zu bedeuten hat.«

»Natürlich nicht«, versicherte Eike ihm und verkniff sich ein freches Grinsen.

Finja nahm die Visitenkarte auf, die Martin ihnen gegeben hatte. »Fürs Erste war's das, Herr Ritter. Vielen Dank. Und vielleicht ergibt sich ja doch mal die Gelegenheit, einen richtig professionellen Haarschnitt in Anspruch zu nehmen.«

»Würde mich freuen. Darf ich dann?«

Finja nickte Martin zu.

Er stand auf, verneigte sich kurz vor den Kommissaren und verschwand aus dem Raum wie eine Rakete, die gerade ins Weltall geschossen wurde.

22

»Und nu?«, fragte Eike, als Finja und er wieder allein im Besprechungsraum saßen. »Jetzt haben wir den engeren Kreis um Ole Brand durchleuchtet. Was hältst du von unseren Zeugen?«

Mit der Frage hatte Finja gerechnet. Sie stellte sie sich selbst bereits seit den ersten Minuten, in denen Martin vor ihnen gesessen hatte.

Marlene, Doris und Martin – was war das für ein seltsames Clübchen? Eine Schicksalsgemeinschaft?

»Fangen wir mit der Frau des Opfers an«, schlug sie vor. »Marlene Brand hat ein Motiv wie aus dem Lehrbuch ›Kriminalistik für Anfänger‹. Seit Jahren verheiratet mit einem Unsymp. Viel Frust in der Ehe. Ein Angeberurlaub, der weder für sie noch für den Gatten erquicklich ist. Und dann völlig unvorhergesehen ein Lover-Aspirant.«

»Ein was?«, fragte Eike dazwischen.

»Ein Kandidat für den Posten eines Liebhabers. Wir können wohl davon ausgehen, dass Marlene Brand nicht damit gerechnet hat, während ihres Aufenthalts auf Föhr einem Ritter zu begegnen, der auch noch so heißen sollte.«

»Woher weißt du, dass er ihr Lover oder Möchtegern-Lover ist?«

»Ich hab Augen im Kopf und Intuition. Wenn ein Mann allein in den Urlaub fährt und sich mit einer Frau wie Marlene in der Sauna verabredet, bleiben keine großen Interpretationsspielräume. Doris dürfte kein Interesse an ihm haben. Ihr kommt in diesem Spiel die Rolle einer Anstandsdame zu. Ole Brand hat sich vermutlich darauf verlassen, dass sie aufpassen wird, dass seine Frau keinen Fehltritt begeht.«

Eike nickte versonnen. »Ja, kann gut sein. Und dann war da ja auch die Bemerkung von Helga Hus, die glaubte, die beiden Frauen und ihr Ritter würden eine Dreierbeziehung pflegen. Sie hatte anscheinend auch bemerkt, dass Martin Ritter in der Gruppe eine wichtigere Rolle spielte als Ole Brand.«

»Marlene steht also ganz oben auf der Liste«, führte Finja weiter aus. »Einziger Knackpunkt ist, dass sie sich sehr kurzfristig dazu entschlossen haben müsste, ihren Mann ins Jenseits zu befördern. Ob sie so spontan zu derart weitreichenden Entscheidungen fähig ist, wage ich zu bezweifeln. Andererseits wissen wir nicht, seit wann es in der Ehe bereits brodelte. Womöglich hat nur noch ein Funke gefehlt, und sie ist bei der erstbesten Gelegenheit zur Tat geschritten.«

»Hat Martin Ritter ihr geholfen?«

Finja überlegte, wie sich die Tat abgespielt haben könnte. »Ich würde nicht ausschließen, dass sie sowohl ihren Ritter als auch die beste Freundin mit einbezogen hat.«

»Dann wäre sie die Initiatorin einer gemeinschaftlich begangenen Tat.«

»Wenn sie es war, ja. Ob sie es war, sei dahingestellt.« Finja sah sich in dem Raum um. Auf einer Anrichte standen kleine Flaschen mit Mineralwasser und verschiedenen Säften. Sie stand auf und nahm sich einen Apfelsaft. »Du auch?«

»Ein Wasser bitte.«

Auf dem Tablett mit den Flaschen fand Finja auch einen Öffner. »Ich hoffe, das Zeug kann man bedenkenlos trinken.« Sie hebelte die Deckel ab, legte den Öffner weg und setzte sich wieder an den Tisch.

Beide Ermittler tranken einen großen Schluck.

»Martin Ritter käme für mich ebenfalls als Initiator der Tat infrage«, fuhr Finja fort. »Nehmen wir an, er ist einsam. Er hat eine Kette von Friseursalons, die erfolgreich läuft. Er hat Geld, ein gutes Leben. Was ihm zu seinem Glück fehlt, ist ein liebendes Weib.«

Sie lächelte über ihre eigenen Worte, denn sie stellte sich Martin Ritter gerade zu Hause vor.

Eike stimmte ihren Ausführungen zu. »Er legt Wert auf gute Kleidung und auf beruflichen Erfolg. Er leistet sich teure Urlaube und fährt in ein Haus wie dieses, von dem die Gäste schon bei der Buchung wissen, dass man hier Kontakte schließt. Nicht zuletzt deshalb sind sie wohl hier. Denn wer einfach nur einen komfortablen Erholungsurlaub verbringen will, bucht eine Ferienwohnung oder ein normales Hotel. Davon gibt es genug an der Küste.«

»Ich bin sicher, Martin Ritter hat gehofft, hier eine Frau zu finden. Und Marlene ist seine Seelenverwandte, wie er uns selbst gestanden hat.«

Eike hob den Finger. »Gestanden! Du sagst es!«

»Wenn er der alleinige Täter wäre, müsste auch ihm die Entscheidung, Ole Brand zu beseitigen, spontan gekommen sein. Die Frage ist, ob sein Leidensdruck groß genug war.«

»Du meinst, ob er in den wenigen Tagen, die sie sich kannten, so sehr mit Marlene gelitten hat, dass er meinte, sie unbedingt befreien zu müssen?«

»Ja, genau das meine ich. Ich halte ihn für relativ weich. Weich genug, um mit Marlene zu leiden. Aber nicht hart genug, um einen Menschen zu ermorden.«

»Hm«, machte Eike. »Dann wäre da noch Doris.«

»Die aus meiner Sicht das schwächste Motiv hat. Allerdings halte ich sie auch für diejenige unter den dreien, die innerlich am besten sortiert ist. Sie hat den klarsten Verstand und den stärksten Willen.«

»Und sie verfügt über eine gewisse Gefühlskälte.«

»Sie kennt das Ehepaar Brand seit Jahren«, fuhr Finja fort. »Aber warum sollte sie Ole ausgerechnet hier eine tödliche Dosis eines Giftes verabreichen?«

»Weil es sich in diesem Urlaub so gut anbot?«

Finja seufzte laut. »Mag sein, dass es so war. Aber so richtig ziehen kann das Argument nicht. Es ist zu vage. Wir müssten mehr über sie erfahren. Es müsste irgendwas Konkretes vorgefallen sein.«

»Womit wir bei Helga Hus wären. Da ist was vorgefallen, wie Martin Ritter uns erzählt hat.«

Finja nickte. »Der Anraunzer von Ole Brand. Uns hat die Dame heute Morgen versichert, sie hätte keinen Ärger mit ihm gehabt. Und nun das.«

Eike verdrehte die Augen. »Ich beiße in die Tischkante, wenn diese Frau es war.« Er zog die Unterlippe zwischen die Zähne und dachte nach. »Zutrauen würde ich ihr, dass sie sich spontan rächt, wenn jemand ihr so schräg kommt wie der Brand. Im Gegensatz zu den anderen dreien würde ich ihr aber keine Tötungsabsicht unterstellen.«

Finja pflichtete ihm bei. »Könnte durchaus sein, dass sie ihm eins auswischen wollte, um ihm zu zeigen, dass man so nicht mit ihr umgehen kann.«

»Und dann ist die Sache aus dem Ruder gelaufen.« Eike nahm noch einen Schluck Wasser. »Wenn der Himbeersaft bloß nicht von ihr kam!« Er stellte die Flasche mit dem Mineralwasser ab und drehte sie mit einer Hand auf dem Tisch um ihre eigene Achse, bis Finja das schabende Geräusch zu nerven begann.

Sie nahm ihm die Flasche aus der Hand und stellte sie weiter hinten auf den Tisch. »Nervös?«

Eike schüttelte den Kopf und stierte vor sich hin. »Nicht direkt. Nur ein Grummeln im Bauch. Ich denke gerade an Emil Paulsen, meinen Sohn und die ganze Clique.« Er hob den Kopf und sah Finja fest in die Augen. »Vielleicht haben die auch nur jemandem eins auswischen wollen. Vielleicht ist Ole Brand am Strand mit einem von denen aneinandergeraten. Dann haben sie sich Zugang zum Hotel verschafft, GBL in die Himbeerflasche gemischt und nicht geahnt, was für Folgen das haben könnte.«

Finja erwiderte seinen Blick. »Es kann aber auch sein, mein lieber Kollege, dass Emil und Jona und die anderen Jungs überhaupt nichts mit der Sache zu tun haben. Wie sollten sie ins Hotel gekommen sein? Heimlich geht das nur mit elektronischem Schlüssel.«

»Was weiß ich, wie sie das angestellt haben?«, fragte Eike, der Schwarzseher. »Jona findet immer einen Weg. Und der Paulsen sowieso.«

»Woher sollen die Jungs überhaupt gewusst haben, dass Ole Brand abends in den SPA-Bereich geht? Woher sollten sie wissen, dass er gerne trinkt und ob er nach dem Himbeersaft greift? Das Risiko, dass es den Falschen getroffen hätte, wäre viel zu groß gewesen. Ich finde, du machst dir zu viele Sorgen.«

»Finja, es ist wahnsinnig lieb von dir, dass du mich trösten und mir Mut machen willst. Aber glaube mir, ich kenne meinen Sohn und diese Clique. Ich denke nicht, dass Jona für Ole Brands Tod verantwortlich ist. Aber er gehört zu einem Kreis, von dem ich nicht ausschließen kann, dass der Täter dazugehört. Und das allein ist schlimm genug. Wir haben es mit Jungs zu tun, die durchknallen vor Langeweile. An der Küste finden sie nur wenig, was ihnen Sinn gibt. Dadurch kommen sie auf die idiotischsten Ideen, mit denen sie sich untereinander beweisen wollen.«

Eikes Handy vibrierte. Er nahm das Gespräch an. »Moin, Jörg. Was gibt's?«

»Euer Gast ist gerade eingetroffen. Er wartet sehnlichst auf die Unterhaltung mit euch.«

»Bestell ihm einen schönen Gruß von Finja und mir. Wir sind gleich da und stillen die Sehnsucht.«

23

Bis zum Eintreffen der beiden Ermittler auf der Polizeistation leistete ein uniformierter Polizist Emil Paulsen Gesellschaft. Als Finja und Eike den Raum betraten, wies der Kollege mit dem Kopf auf den Vorgeladenen und rümpfte demonstrativ die Nase.

Finja wusste gleich, warum: Das Büro, in dem Emil auf sie gewartet hatte, war vom Geruch frischen Schweißes durchtränkt. Angst erfüllte den jungen Mann, wie Finja verstand.

Der scheue Blick, den Emil ihr bei der Begrüßung zuwarf, und seine feuchte Hand bestätigten den Eindruck. So cool, wie Emil gerne tat, war er dann doch nicht.

»Sie wohnen in Ockholm«, sagte Finja, als sie sich nach der Begrüßung hingesetzt hatten.

»Yep.«

»Ihre Großmutter lebt auf Föhr?«

»Yyyep.«

Eike sah ihn von der Seite an. »Würde es dir etwas ausmachen, wie ein Erwachsener zu antworten? Mit Ja oder mit Nein, je nachdem, was zutrifft?«

Emil kniff die Augen zusammen. »Ich bin zwanzig Jahre alt. Ich habe ein Recht darauf, gesiezt zu werden.«

Eikes Miene versteinerte. Er kämpfte mit sich selbst. Es fiel ihm sichtlich schwer, sich einzugestehen, dass der Junge recht hatte.

»Wenn Sie sich auch benehmen wie ein Erwachsener«, warf Finja Emil zu, »geht das in Ordnung. Sind Sie häufig bei Ihrer Großmutter?«, fragte sie weiter.

»Mal so, mal so.« Emil neigte den Kopf zur Seite und grinste frech. Er schien stolz zu sein, eine Alternative zu einer der erwarteten Antworten gefunden zu haben, ohne das Risiko einzugehen, sich noch eine Rüge einzufangen. »Und ohne Anwalt sag ich sowieso nichts«, schob er hinterher. »Sie wollen mich doch nur wieder grundlos einbuchten.«

»Das ›grundlos‹ streichen wir mal«, sagte Eike. »Und eins ist klar: Wir zwei, meine Kollegin und ich, buchten niemanden ein.«

Er übergab das Wort wieder an Finja.

»Sie können natürlich die Aussage verweigern. Das steht Ihnen zu. Ob Sie sich damit einen Gefallen tun, sei dahingestellt. Und wenn Sie meinen, einen Anwalt zu brauchen – aber halten Sie das wirklich für nötig?«

Emil druckste herum. »Kommt drauf an. Was wollen Sie überhaupt von mir?«

»Dazu kommen wir gleich«, erwiderte Eike. »Was machen Sie von Beruf?«

Emil antwortete nicht.

»Soweit wir wissen, sind Sie zurzeit arbeitslos.«

Emil deutete ein zaghaftes Schulterzucken an. »Ich bin selbständig.«

»Interessant. In welcher Branche?«

»Ich betreibe einen Handel?«, fragte er mehr, als dass er eine Aussage traf.

Eike rückte mit dem Stuhl näher an den Tisch und beugte sich vor, als wollte er in Emil hineinkriechen. »Tun Sie das wirklich, oder täten Sie es nur gerne?«

Der junge Mann ließ den Kopf hängen. Von Antwort zu Antwort wurde er kleinlauter. »Ich bin dabei, mir was aufzubauen.«

»Womit betreiben Sie Handel?«, fragte Finja. »Oder womit wollen Sie ihn betreiben?«

Wieder ein unschlüssiges Schulterzucken. »Weiß noch nicht. Mal sehen, was geht.«

Auf einmal sah er auf und grinste.

Finja fragte sich, wie sie seine Miene interpretieren sollte. War das ein schüchternes Lächeln oder war es ein dreistes? Und was folgte darauf?

»Vielleicht haben Sie ja einen Tipp für mich«, meinte Emil plötzlich seltsam unbekümmert. »Sie haben bestimmt Connections in alle Richtungen. Empfehlen Sie mich einfach irgendwohin. Ich bin vielseitig einsetzbar.«

»Daran haben wir keinen Zweifel«, tönte Eike.

Finja musterte den Jungen lange. Irgendwo zwischen Kindheit und Erwachsenwerden schien er verloren gegangen zu sein. Ein wenig tat er ihr leid.

»Haben Sie sich auf den Handel mit Drogen spezialisiert?«, fragte Eike geradeheraus. »Zum Beispiel mit Liquid Ecstasy?«

Mit der Frage hatte Emil wohl nicht gerechnet. Er riss die Augen auf. »Wie kommen Sie darauf?«

Eike lehnte sich zurück, streckte die Beine von sich und verschränkte die Arme vor der Brust. »Instinkt?«

Finja entschloss sich, dieses Fragespielchen zu beenden, bei dem Emil auf der einen und Eike und sie auf der anderen Seite nur umeinander herumtanzten.

»Was haben Sie letzten Sonntag gegen zwanzig Uhr vor dem Seestern-Resort gemacht?«

Emil stierte unverwandt an ihr vorbei. »War ich in der Gegend?« Er tat, als dächte er nach. »Ich kann mich nicht daran erinnern.«

»Wir haben eine Zeugin, die hat Sie beschrieben. Wenn Sie mal in den Spiegel gucken, werden Sie feststellen, dass es ein paar kleine Merkmale gibt, die Sie ziemlich unverkennbar machen.«

Emil hob die Hand und zeigte auf seine violette Haarsträhne. »Sie meinen das hier?«

»Nicht nur das. Wollen Sie es auf eine Gegenüberstellung ankommen lassen?«

Die Frage war eine Finte. Sie diente dem Zweck, Emil einzuschüchtern. Da Inga Brodersen den jungen Mann nur von oben gesehen hatte, hätte das Ergebnis einer Gegenüberstellung juristisch keinen Wert.

Doch so weit dachte Emil sicher nicht. Was daran lag, dass er nicht wusste, wer ihn gesehen hatte und aus welcher Perspektive er entdeckt worden war.

Er wischte mit der Hand über sein Hosenbein. »Kann sein, dass ich in der Gegend war. Ich hatte kein Ziel. Hab an verschiedenen Stellen rumgestanden und geguckt, ob ich Leute sehe, die ich kenne. Ich hatte tierisch Langeweile an dem Abend.«

»Kann es sein«, fragte Eike, »dass sie auf Leute aus Ihrer Clique gewartet haben?«

»Aus der Gang?« Emil lachte dreckig. »Auf meine Jungs muss ich nicht warten. Wenn ich pfeife, tanzen die an. Sofort.«

Eike kochte innerlich. Finja sah es ihm an. Es fiel ihm maßlos schwer, sich zurückzuhalten. Am liebsten hätte er den Ringelpulli wohl über den Tisch zu sich herangezogen und ihm eine Lektion erteilt.

»Wer gehört zu Ihrer Gang?«, fragte sie schnell, bevor die Situation eskalierte. »Wir brauchen die Namen.« Sie schob dem Befragten einen Stift und einen Notizblock hin.

Emil zog beide Hände zurück und ließ sie auf die Schenkel fallen, als wären die Schreibutensilien mit einem Kontaktgift kontaminiert. »Ich verrate niemanden. Das ist bei uns Ehrensache.«

»Ehrensache«, äffte Eike ihn nach. »Wie bei den Mafiosi? Wären Sie gerne so was – ein Mafiaboss?«

Emil schüttelte den Kopf. Es war kaum als Verneinung der Frage zu verstehen. Eher schien es ein Zeichen von Ratlosigkeit zu sein.

»Handeln Sie und Ihre Leute mit Drogen?«, fragte Eike. »Haben Sie Liquid Ecstasy im Angebot?«

Emils Blick wurde starr. Gleich darauf umspielte ein süffisantes Lächeln seinen Mund. »Ich nicht. Ich – nicht. Verstehen Sie, was ich meine?«

Eikes Gesichtszüge spannten sich an.

»Was wollten Sie gestern Abend am Strand?«, fragte Finja, bevor ihr Kollege sich hochschaukelte.

»Hab einen Abendspaziergang gemacht. Sie doch auch, oder nicht? Oder hatten Sie ein nettes Date in der Sydbar? Sind Sie ein Paar, Sie beide? Dürfen Sie dann überhaupt zusammen in einem Fall ermitteln?«

»Das lass mal unsere Sorge sein.« Eike verfiel versehentlich wieder ins Du, korrigierte das aber sofort im Anschluss. »Sie haben auf jemanden gewartet. Auf wen? Auf die Jungs, die über den Strand angelaufen kamen?«

Finja schob eine weitere Frage hinterher. »Wieso haben Sie auf einmal so getan, als hätten Sie mit denen nichts zu schaffen? Es war doch eindeutig, dass Sie zusammengehörten. Sie haben Herrn Boss erkannt. Wenn er nicht zum Strand gekommen wäre, hätten Sie nicht versucht, sich aus dem Staub zu machen. Sie haben Dreck am Stecken, deshalb wollten Sie fliehen – so unauffällig, wie es nur ging.«

Emil richtete sich auf seinem Stuhl auf. Seine Kieferknochen mahlten, und Finja merkte ihm an, dass er zu einem Schlag ausholte.

Er fuhr sich mit der Zunge über die Zähne. »Haben Sie was zu trinken für mich?«

»Klar«, sagte Finja. »Ein Wasser?«

»Wenn es nichts anderes gibt, nehme ich das.« Emil antwortete, ohne sie anzusehen. Seine glasklaren Blicke waren auf Eike gerichtet, als wollten sie ihn töten.

Finja stand auf, nahm ein Wasser von einem halbhohen Aktenschrank und stellte die Flasche vor Emil hin. »Gläser haben wir im Moment leider keine, aber ich denke, es geht auch so.«

Emil schraubte den Plastikverschluss auf, setzte die Flasche an die Lippen und trank. Das Wasser gluckste seine Kehle hinunter.

Er verschloss die Flasche wieder und stellte sie vor sich auf den Tisch. Keine Sekunde ließ er Eike dabei aus den Augen.

Langsam glitt seine Hand in die Tasche des Sommerparkas, den er über die Stuhllehne gehängt hatte. Vorsichtig, als wäre es eine geladene Waffe, zog er etwas heraus.

Es war eine schmale Kunststoffmappe im Postkartenformat, in die Klarsichthüllen eingeheftet waren. Eine Fotomappe, wie Finja erkannte.

Emil klappte die Mappe auf, legte sie auf den Tisch und drehte sie um hundertachtzig Grad. Langsam schob er sie Eike zu.

Er deutete mit dem Finger auf das erste Bild. Es zeigte eine Person, die an einem Tisch saß. Es war ein Junge, und wenn Finja sich nicht täuschte, war es Eikes Sohn.

Vor ihm stand eine Flasche.

»Wissen Sie, was da drin ist?«, fragte Emil.

Eike sprach kein Wort. Er sah stumm auf das Foto. Seine rechte Hand zuckte, als wollte er das Bild herausreißen oder aber weiterblättern zur nächsten Folie.

Emil behielt ihn noch immer fest im Blick. Alle Sicherheit der Welt schien er in diesem Moment für sich gepachtet zu haben.

Eike räusperte sich, brachte aber kein Wort heraus.

Ungeduldig deutete Emil mit einer Hand auf die Mappe. »Blättern Sie weiter. Los, drehen Sie die Seite um. Gucken Sie sich das nächste Foto an.«

Eike war unfähig, zu handeln.

Finja schritt ein. Sie zog die Mappe an sich. Das nächste Bild zeigte einen Ausschnitt des vorherigen Fotos: die Flasche im größeren Format, den Oberkörper und das Gesicht des Jungen. Auf der Flasche klebte ein Etikett. GBL stand darauf.

»Was soll das?«, fragte Finja.

Emil löste seine Blicke von Eike und wandte sich der Kommissarin zu. »Mein Rat an Ihren Kollegen: Er sollte besser auf seinen Sohn aufpassen.«

Er rückte mit dem Stuhl vom Tisch und guckte die Ermittler an, als wäre das Gespräch damit für ihn beendet.

Niemand sprach ein Wort.

Die Stille im Raum wurde unerträglich.

Finja zog die Mappe noch einmal zu sich heran. Sie kannte solche und ähnliche Bilder aus ihrer Hamburger Zeit.

»Die müssen wir behalten«, sagte sie in einem Ton, der keinen Widerspruch duldete. »Wir werden die Bilder untersuchen lassen. Senden Sie uns bitte die Dateien zu, aus denen diese Ausdrucke entstanden sind.« Sie tippte auf die Mappe. »Ohne die hat das hier nämlich keinen Wert.«

»Sie trauen mir nicht?«, fragte Emil mit übertriebener Entrüstung. »Glauben Sie, das ist ein Fake? Denken Sie, ich hab die Bilder zusammengebastelt?«

»Was wir denken, geht Sie im Moment nichts an. Darüber werden wir Sie informieren, wenn der Zeitpunkt gekommen ist. Aber wenn Sie meinen, uns Beweise liefern zu müssen, dann können Sie davon ausgehen, dass wir deren Belastbarkeit prüfen. Das kann Ihnen doch nur recht sein. Ein Beweis ist umso stichhaltiger, wenn er sich als echt herausstellt.«

Endlich fand auch Eike seine Worte wieder. »Oder haben Sie Angst vor so einer Prüfung?«

Emil senkte den Kopf und sah ihn an wie ein Stier, der Anlauf zum Angriff auf den Torero nimmt.

Finja gab ihm ihre Visitenkarte. »Da steht meine Mailadresse drauf. An die senden Sie die Dateien, und zwar heute noch, wenn ich bitten darf.«

24

Eike wartete, bis Emil die Tür hinter sich geschlossen hatte. Dann sprang er auf. »Wir nehmen die nächste Fähre nach Dagebüll.«

»Unsere Zimmer in der Pension?« Finja beließ es bei dieser halben Frage, die aussagekräftig genug war.

»Wir sind morgen Vormittag wieder hier. Brauchst du Sachen aus der Pension?«

»Nein, hab alles doppelt. Nur neue Hin- und Rückfahrttickets für die Fähre brauche ich noch, wenn wir morgen wiederkommen.«

»Lösen wir dann.« Eike zog sich einen Pulli über. »Lass uns gehen.«

Auf dem kurzen Weg zum Hafen schwiegen beide. Sie bestiegen die Fähre und zogen sich in den hintersten Bereich des Restaurants zurück.

»Du glaubst, die Fotos sind fingiert?«, fragte Eike. »Ist das nur eine Vermutung, oder hast du konkrete Anhaltspunkte dafür? Für mich sahen sie erschreckend echt aus.«

»Für mich auch«, erklärte Finja ihm. »Wenn jemand gefälschte Fotos vorlegt, kannst du davon ausgehen, dass ein Experte am Werk war. Die Fälschung erkennt man dann nicht so leicht. Ich will nicht sagen, dass ich Emil für einen perfekten Fotofälscher halte.

Er kann jemanden im Freundeskreis haben, der ihm Bilder so zusammenstellt, wie er sie gerade braucht. Aber unsere Kriminaltechniker haben Experten, die Fälschungen aufdecken. Sie wissen, wonach sie gucken müssen. Solange nicht bewiesen ist, dass die Fotos echt sind, schieb sie bitte gedanklich beiseite.«

»Du bist lustig. Es geht um meinen Sohn. Wenn der Scheiße baut ...«

»Nun bleib mal ganz ruhig und denk nach: Dein Sohn lebt bei dir. Hast du irgendwelche Anzeichen dafür, dass er Drogen nimmt?«

Eike schüttelte den Kopf. »Mir ist nie was aufgefallen. Ich weiß aber nicht, was er macht, wenn er bei seiner Mutter ist. Nina würde es nicht auffallen, wenn er was nähme. Sie ist selbst viel zu sehr zugedröhnt.« Er schlug mit der Hand auf den Tisch. »So kann das nicht weitergehen. Ich muss das anders regeln mit Nina und den Kindern. Entweder sie macht einen Entzug und hält das dann auch durch, oder die Kinder dürfen nicht mehr zu ihr. Besser gehen sie zu meiner Schwester. Ich ruf gleich morgen meine Anwältin an.«

»Warte noch damit«, bremste Finja ihn. »Im Moment hast du zu viel um die Ohren, und so eine Entscheidung bricht man nicht übers Knie. Ihr müsst das gemeinsam überlegen, deine Frau, deine Kinder und du. Schlaf zwei, drei Nächte drüber. Danach ruf die Anwältin an und lass dich beraten. Denk in Ruhe über das nach, was sie dir sagt. Sprich mit deiner Familie drüber, und dann erst geh den nächsten Schritt.«

»Okay. Danke dir. Schön, dich bei mir zu haben.«

Eike lächelte sie verstohlen an, und Finja bemerkte, dass er den Tränen nahe war. Sie schlüpfte schnell wieder in die Rolle der Kommissarin. »Traust du Jona zu, dass er mit Liquid Ecstasy handelt?«

»Auf keinen Fall. Er ist viel zu naiv für solche Geschäfte. Andererseits ...« Er lehnte sich zurück, und seine Blicke schweiften aus dem Fenster des Restaurants über die See.

»Andererseits was?«

»Wir kennen doch Typen wie Emil Paulsen. Aus deiner Hamburger Zeit kennst du sie noch viel besser als ich. Die machen aus jedem noch so naiven Jungen oder Mädchen ein gefügiges Opfer, das auf Kommando Verbrechen verübt.«

Eike unterbrach sich. Er kämpfte wieder mit den Tränen und rang nach Worten. In seinem Rucksack, der auf dem Stuhl neben ihm stand, kramte er nach einer Dose mit einem Energy Drink. Es zischte, als er sie öffnete. Er trank sie halb leer, knallte sie auf den Tisch und zog die Lippen zwischen die Zähne.

Als Finja schon befürchtete, dass er gleich seine Wut über die Situation hinausschrie, lehnte er sich zurück. »Ich habe furchtbare Angst, dass Jona auf die schiefe Bahn gerät.«

»Ich denke, das verstehe ich besser als jeder andere Mensch auf der Welt«, sagte Finja. »Aber mach dich jetzt nicht verrückt. Vielleicht siehst du Gespenster, wo gar keine sind. Lass uns erst mit Jona reden, bevor du dir weiter so viele Gedanken machst. Es hat keinen Sinn, sich zu zermürben.«

Eike versuchte sich an einem Lächeln, das ihm gar nicht mal so schlecht gelang. »Du hättest Psychologin werden sollen. Oder Familienratgeberin.«

»Als Kriminalkommissare sind wir das doch alles in einem. Das gehört zu unserem Job dazu.«

Die Fähre näherte sich dem Hafen von Dagebüll.

»Lass uns nach unten gehen«, sagte Finja. »Hast du Jona schon Bescheid gesagt, dass wir kommen?«

»Dass ich komme, weiß er. Dass wir beide zusammen auftauchen, hab ich ihm unterschlagen. Ich wollte ihn nicht vorwarnen. Hab ihm nur gesagt, dass ich für eine Nacht nach Dagebüll komme und ihn gerne sehen würde.«

Finja und Eike warteten mit den anderen Fußgängern und den Radfahrern darauf, dass sie die Fähre verlassen durften. »Dann lernst du jetzt mein Zuhause kennen«, sagte Eike, als sie über die Fährbrücke an Land gingen. »Es liegt unweit von hier.«

Finja lachte. »Welches Haus in Dagebüll wäre weit vom Hafen entfernt?«

Sie marschierten die Nordseestraße entlang und bogen nach wenigen hundert Metern in eine der kleinen Seitenstraßen ein. Nach einem weiteren kurzen Stück erreichten sie das Haus der Familie Boss.

Jule öffnete die Tür. Wie angewurzelt blieb sie stehen, als sie sah, dass eine Frau hinter ihrem Vater stand.

»Moin, Jule.« Eike nahm seine Tochter in den Arm und knuddelte sie. Dann ließ er sie los und zeigte auf Finja. »Darf ich dir meine Kollegin vorstellen? Das ist

Finja Witt. Finja, das ist meine Tochter Jule. Wo ist denn Jona? Ich hoffe, er ist im Haus.«

Noch während er sprach, stapfte Jona die Holztreppe aus dem ersten Stock hinunter.

Eike stellte auch ihm seine Kollegin vor.

Noch immer musterte Jule die Frau an der Seite ihres Vaters fassungslos.

»Es ist anders, als du denkst«, beruhigte Eike die junge Dame. »Finja ist dienstlich hier. Wir möchten mit Jona sprechen. Lässt du uns bitte ein halbes Stündchen allein? Am besten gehst du auf dein Zimmer oder noch besser zu einer Freundin. Ist das möglich? Nicht böse sein. Nachher erklär ich dir alles.«

Jona zog sich Sneakers an. »Ich wollte auch gerade aus dem Haus gehen.«

»Das glaube ich dir. Aber erst müssen wir reden. Komm, wir setzen uns an den Esstisch.«

Er schob Jona vor sich her und dirigierte auch Finja ins Wohnzimmer. Sie nahmen an dem Tisch Platz, der in einer Nische des Raumes mit Blick auf einen kleinen Garten stand.

25

»Kommt ihr wegen der Schule?«, fragte Jona. »Ist das der Grund, warum ihr hier seid? Brauchst du dafür eine Kollegin? Kannst du das nicht alleine?«

»Meine Antwort auf deine erste Frage lautet: negativ«, beschied Eike ihn. »Damit erledigen sich deine weiteren Fragen von selbst.« Er wandte sich an Finja. »Zeigst du meinem Sohn bitte die Fotos?«

Finja öffnete ihre Tasche und zog die kleine Mappe heraus, die Emil Paulsen ihnen notgedrungen überlassen hatte. Sie öffnete sie und legte sie vor Jona auf den Tisch. Mit einem Finger tippte sie auf das erste Foto. »Den Jungen da kennst du.«

Jona wurde kreidebleich. Er fing an, zu zittern.

Finja registrierte das mit Sorge. Ihr wurde mulmig zumute, als sie weiterblätterte. Aus dem Augenwinkel sah sie Eike an. Seine Mimik verriet, in welchem Maß Unruhe und Nervosität von ihm Besitz ergriffen.

Jona betrachtete das zweite Foto mit schreckgeweiteten Augen. Zuerst war er sprachlos. Plötzlich hämmerte er mit beiden Fäusten auf den Tisch. »Dieses Schwein!«, rief er aus. »Dieses verdammte Schwein! Wie kann er euch die Fotos geben? Was soll das?«

Eike wurde auf einmal unglaublich ruhig. Wie in Zeitlupe richtete er sich auf. Finja hatte das Gefühl, er wuchs gerade über sich hinaus. Als hätte er sich während der Fahrt innerlich auf das Schlimmste vorbereitet und beschlossen, es durchzustehen, wenn es eintreffen sollte. Er dachte wohl: Wenn schon Nina im Leben den Halt verlor, dann nicht auch noch er.

»Die Fotos sind also echt?«, fragte er mit sicherer Stimme, wie um eine Verhandlungsbasis zu schaffen.

Jona kamen die Tränen. Er versuchte, sie zu unterdrücken, doch seine Stimme verriet, in welcher Verfassung er war. »Er hat mich reingelegt, das Schwein! Emil hat mich reingelegt. Warum macht der das?«

Eike hob die Hände. »Nun mal langsam, mein Junge. Eins nach dem anderen. Diese Bilder sind also echt. Hat Emil sie aufgenommen?«

Jona nickte. Zu mehr war er nicht fähig.

»Wann und wo hat er sie gemacht?«

»Vor zwölf Tagen. In der Wohnung seiner Eltern. Die waren an dem Tag nicht zu Hause. Wir hatten die Bude für uns. Am Nachmittag hat er mich zu sich eingeladen. Er will mir einen Vorschlag machen, hat er gesagt. Ich könnte mir ein zusätzliches Taschengeld verdienen.«

»Mit GBL?«, fragte Eike. Seine Stimme wurde hart. »Hat er dich aufgefordert, Liquid Ecstasy für ihn zu verkaufen?«

Jona wollte nicht mit der Sprache heraus.

Eike nahm die Hand seines Sohnes und drückte sie. »Nun mach endlich den Mund auf, Jona. Meine Kollegin und ich sind extra hierhergekommen, damit wir in Ruhe über alles reden können. Was wir in diesen vier Wänden besprechen, bleibt erst mal unter uns.«

»Erst mal?« Ängstlich sah Jona zu ihm auf.

»Solange du dir nichts zuschulden hast kommen lassen, bleibt es auch dabei. Nun mach es mir nicht so schwer. Was sich hier abspielt, ist für mich eine richtig heikle Situation. Ich möchte jetzt geklärt wissen, was Sache ist, damit wir beide hoffentlich wieder ruhig schlafen können. Und meine Kollegin als neutrale Person ist Zeugin dafür, dass zwischen dir und mir alles mit rechten Dingen zugeht.«

Jona warf Finja einen skeptischen Blick zu.

»Es ist so, wie dein Vater sagt«, bekräftigte sie Eikes Worte. »Du kennst mich nicht. Mir ist klar, dass es für dich schwierig ist, mir zu vertrauen. Aber ich fürchte, im Moment hast du keine andere Wahl. Ich kann dir nur raten: Nutz die Chance, die dein Vater dir bietet. Du hast nur diese eine«, schob sie absichtlich theatralisch hinterher.

Jona brauchte noch einen Moment, um sich innerlich zu sortieren. Dann fing er an, zu erzählen. »Emil meinte, ich käme bald in das Alter, in dem man auf Partys geht. Und wenn ich demnächst ein Moped bekäme, hätte ich sowieso einen viel weiteren Radius. Dann könnte ich nach Niebüll fahren und nach Leck. Und mit dem, was er mir beschaffen könnte, wäre ich überall, wo ich eingeladen würde, der King.«

»Er wollte, dass du für ihn auf Partys Liquid Ecstasy verkaufst?«

Jona sah seinen Vater nicht an. Er nickte stumm.

»Hast du das schon gemacht irgendwo?«

»Nein.« Jona sah auf. »Wirklich nicht. Nirgendwo.«

»Warum sitzt du dann da mit der Flasche GBL vor dir?« Eike nahm die Mappe mit den Fotos auf und knallte sie wütend auf den Tisch zurück.

»Er hat mich einfach damit fotografiert. Er hat die Flasche vor mich hingestellt und das Foto gemacht. Und dann ...« Seiner Miene nach hatte Jona Angst, weiterzureden.

Finja spürte, dass Eike trotz seiner aufrechten Haltung mit den Nerven am Ende war. »Was war dann?«, fragte sie Jona. »Bitte erzähl es uns. Es ist wichtig.«

Jona hauchte einen Satz dahin, dessen Wortlaut sie nur erraten konnte.

»Er hat dich erpresst?«, vergewisserte sie sich.

Jona nickte kaum merklich.

»Ist das wahr, Jona?«, hakte sie nach. »Diese Aussage musst du uns schriftlich geben. Ist dir das klar?«

»Ja, das weiß ich. Aber so war's.« Jona sah Finja und Eike abwechselnd an. »Emil hat gesagt, wenn ich nicht mache, was er von mir verlangt, schickt er die Fotos zur Polizei. Und er schickt sie an die Presse.«

»An die Presse.« Eike schlug sich mit der Hand vor die Stirn. »Dass ich nicht lache. Der macht sich doch nur wichtig.«

»Nein. Es gibt eine Journalistin, die recherchiert über ihn. Sie versucht rauszufinden, womit er sein Geld verdient. Und Emil hat gesagt, wenn ich nicht bereit bin, das Zeug zu verkaufen, dann gibt er ihr das Foto und sagt ihr, dass ich ein Dealer und der Sohn einer Säuferin und eines Kriminalhauptkommissars bin. Er zieht unsere ganze Familie mit rein.«

»Das soll er mal versuchen«, stieß Eike aus.

Finja hatte jedes Wort von Jona in sich aufgesogen. »Wie heißt die Journalistin?«, fragte sie ihn.

»Lenja. Weiter weiß ich nicht. Emil sagt, sie wohnt in Niebüll und schreibt für lokale Tageszeitungen. Und sie ist ausgebildete Detektivin. Sie weiß, wie man sich Informationen beschafft, an die sonst niemand rankommt. Sie wird unsere Familie verraten.«

»Lenja« wiederholte Finja. »Mach dir keine Sorgen, Jona. Ich weiß, wie sie mit Nachnamen heißt. Ich hab sogar ihre Telefonnummer. Ich rufe sie an und rede mit ihr. Sie wird es nicht wagen, auch nur ein Foto von dir mit diesem Zeug in Umlauf zu bringen.«

»Du kennst sie? Echt?« Jona sah sie ungläubig an.

»Du redest Finja aber bitte nicht mit ›du‹ und mit dem Vornamen an«, ermahnte Eike ihn. »Das ist Frau Witt und ›Sie‹.«

»Nein«, sagte Finja und nickte Jona aufmunternd zu. »Das ist schon in Ordnung. Kannst ruhig Finja und ›du‹ zu mir sagen. Und jetzt musst du auch keine Angst mehr haben, dass Emil Paulsen der Polizei oder der Presse die Fotos zusendet.«

»Ihr glaubt mir?«, fragte Jona voller Erleichterung.

»Wir glauben dir«, erwiderte Eike. »Aber sag mir noch eins. Was wolltest du gestern auf Föhr? Warum bist du da überhaupt hingefahren? Du hast die Schule geschwänzt. Wenn das noch mal vorkommt, gibt das Ärger, aber richtig.«

»Auf Föhr?«, fragte Jona, als müsste er noch überlegen, worum es ging. »Ach so, ja. Wir haben uns in Dagebüll so tierisch gelangweilt. Wir wollten was erleben. Was anderes sehen als immer nur den Hafen und grüne Wiesen. Hier ist doch überhaupt nix los.«

»Ihr wart mit Emil in Wyk verabredet.«

»Er ist jetzt schon eine Woche da, und er hat uns gesagt, dass da zurzeit einiges läuft. Viele Touris zu gucken und so.«

»Beim Gucken ist es geblieben?«, fragte Eike. »Geklaut habt ihr nichts? Du weißt, was ich meine.«

Jona guckte ihn schuldbewusst an. »Mit den Sachen, die Emils Jungs am Hafen machen, hab ich nichts zu tun. Ich bin nur mit zwei von den Leuten befreundet. Die gehen in meine Klasse. Wir waren alle drei gestern nicht in der Schule. Föhr war viel aufregender als stundenlang Mathe, Englisch, Deutsch und Geschichte und anschließend Hausaufgaben.«

Finja war sicher, dass Eike hierüber noch mit seinem Sohn sprechen würde, wenn er mit ihm alleine war.

»Warum bist du weggelaufen, als du mich gesehen hast?«, fragte Eike.

»Warum? Echt, Pa, das ist nicht dein Ernst, dass du mich so was fragst.«

Eike seufzte. »Okay. Ich kann's mir denken. Aber dann verrat mir wenigstens, warum Emil so getan hat, als hätte er mit euch nichts zu tun.«

»Das weiß ich auch nicht. Er muss dich entdeckt haben. Er kennt dich vom Sehen und weiß, wer du bist. Und er hatte sicher keine Lust auf Kripo.« Jona hob die Schultern. »Kann ich auch irgendwo verstehen. Würde mir genauso gehen.«

»Hat er ein schlechtes Gewissen?«

Jona zuckte mit den Schultern. »Musst du ihn fragen.«

»Was hat er die ganze Zeit auf Föhr gemacht? Eine Woche ist er schon da, sagst du?«

Jona nickte. »Eine Woche oder zehn Tage. Ich hab keine Ahnung, was er da macht. Auf seine Oma aufpassen vielleicht. Die ist ja auch schon über siebzig.«

Eike kaute auf einer Frage herum. Finja sah es ihm an. Und sie glaubte, dass es dieselbe Frage war wie die, die ihr durch den Kopf ging.

Schließlich spuckte er sie aus. »Jona, sagt dir das Seestern Wellness und Lifestyle Resort was?«

Jona antwortete nicht. Er stierte große Löcher in die Luft.

»Hast du den Namen schon mal gehört?«

»Das ist da, wo es einen Toten gab?«

Nun blieb Eike die Antwort schuldig.

Jona runzelte seine jugendlich glatte Stirn. »Seid ihr in dem Haus gerade unterwegs?«

»Jetzt gerade sind Finja und ich hier unterwegs«, erwiderte Eike eine Spur zu forsch. »Ab morgen Vormittag sind wir wieder auf Föhr. Noch mal: Kennst du das Resort dem Namen nach?«

Jona zögerte mit der Antwort. »J-ja, vielleicht.«

»Hat Emil das Haus mal erwähnt?«

»Kann schon sein.«

»War er mal da drin? Oder kennt er jemanden, der da arbeitet? Hat er einen Freund in dem Haus?«

Jona wurde unruhig. »Dazu kann ich nichts sagen. Ich weiß das nicht. Musst du ihn selber fragen.«

Finja taxierte Jonas Miene. Er schien etwas zu wissen, worüber er nicht reden wollte. Hatte es mit dem Mord zu tun?

»Jona«, redete Eike ihm ins Gewissen. »Wenn du etwas über ein Verbrechen weißt, dann musst du das sagen. Hörst du? Du musst!«

»Ich weiß aber nichts. Was soll ich denn sagen?«

Eike gab nach. »Okay, Jona. Morgen früh fahren Finja und ich wieder nach Föhr. Ich möchte über alles informiert werden, was du von Emil hörst. Wenn er sich bei dir meldet, legst du auf, ohne ein Wort mit ihm zu reden. Gleich danach rufst du mich an und informierst mich darüber. Hast du verstanden?«

»Am besten nimmst du das Gespräch erst gar nicht an«, schlug Finja vor. »Wenn du seine Nummer auf dem Display siehst, lass es klingeln. Wenn er dir auf die Voice Box spricht, hörst du die Ansage ab und informierst deinen Vater, was er von dir wollte.«

»Ich kann die Nummer auch sperren«, sagte Jona.

»Nein, im Moment lieber noch nicht«, überlegte Eike. »Warte ab, was er von dir verlangt. Wenn er weiter versucht, dich zu erpressen, und wir haben das auf dem Anrufbeantworter, dann ist er dran.«

»Aber was ist, wenn er wieder zurückkommt?«

»Ich rede mit den uniformierten Kollegen. Ich sage ihnen, dass sie ein Auge auf dich haben sollen.«

»Du verrätst denen also, was ich euch gerade erzählt habe?«, protestierte Jona.

»Nicht in dieser Form. Ich sage nur, dass Emil versucht, dich in Schwierigkeiten zu bringen. Du kannst sie dann jederzeit anrufen. Sie kommen sofort und helfen dir.« Eike griff erneut nach der Hand seines Sohnes. »Und ich bin ja auch bald wieder da.«

Jona zog die Augenbrauen hoch. »Habt ihr den Täter?«, fragte er voller Stolz auf seinen Vater.

Eike blinzelte ihm zu. »Bald haben wir ihn.«

26

Den Abend verbrachte Finja mit Valentino. Sie überraschte ihn mit einer Flasche Prosecco in der Hand, als er gerade seine Arbeit im Atelier beendet hatte.

Nach dem zweiten Glas setzte er den treuesten Blick auf, den er zu bieten hatte. »Musst du wirklich morgen früh schon wieder los?«

Finja stieß mit ihm an. »Es geht nicht anders. Aber es ist ja nicht für lange. Ich denke, bald haben Eike und ich den Fall gelöst und sind wieder zurück in Dagebüll.«

»Nichts gegen Eike«, meinte Valentino augenzwinkernd. »Meinetwegen kann er ruhig auf Föhr bleiben. Dich dagegen habe ich am liebsten hier. Aber erzähl mir von dem Fall. Ihr habt einen Verdächtigen?«

»Wir haben zwei, drei interessante Spuren, von denen eine gerade sogar ziemlich heiß geworden ist.«

»Also gleich mehrere Verdächtige? Was ist das Motiv der Tat?«, fragte Valentino, der sich mittlerweile gut auskannte mit den wesentlichen Aspekten kriminalistischer Recherchen in Fällen von Mord und Totschlag.

»Zwei der Verdächtigen haben ein absolut klassisches Motiv. Mehr kann ich dir nicht darüber verraten. Du weißt, ich habe Schweigepflicht. Über das

Motiv des weiteren Verdächtigen sind wir uns noch nicht im Klaren. Es könnte schlicht Langeweile gewesen sein, gepaart mit mangelnder Weitsicht. Auch da kann ich im Moment nicht konkreter werden. Warte einfach ab, bis die Pressestelle der Kripo sich nach der Klärung des Falles an die Öffentlichkeit wendet.«

»Bleibt mir was anderes übrig, als abzuwarten?«

»Eine Alternative wäre, mich im Schlaf zu belauschen, falls ich dann reden sollte.«

Valentino zeigte auf die Flasche mit dem Prosecco. »Ob es hilft, dich betrunken zu machen?«

Finja lachte. »Wohl kaum.«

Sie verbrachte die Nacht bei Valentino, ohne im Schlaf etwas zu verraten. Am nächsten Morgen stand sie frühzeitig auf. Mit Eike hatte sie sich darauf geeinigt, dass sie die Fähre um neun Uhr fünfunddreißig nahmen. Vor der Fahrt wollte er Jona zur Schule bringen und kurz mit dem Direktor reden.

Für Finja bedeutete diese relativ späte Abfahrt, dass sie Gelegenheit hatte, mit ihrer Schwester zu telefonieren. Lenja hatte sich nie einen festen Tagesablauf angewöhnt. Finja wusste nicht, wann der beste Zeitpunkt für einen Anruf war. Sie überlegte hin und her und griff um halb neun zum Telefon.

Ihre Schwester meldete sich nach dem vierten Klingeln mit einem verschlafenen »Ja?«

»Moin, Lenja, ich bin's, Finja.« Sie unterbrach sich und wartete auf Lenjas Reaktion.

Die kam mit einigen Sekunden Verspätung. »Du? Also echt.«

»Ich wünsche dir auch einen schönen guten Morgen. Ich hoffe, ich habe dich nicht aus dem Schlaf gerissen. Mein Kollege und ich fahren in einer Stunde nach Föhr. Ich hab ein dringendes Anliegen auf dem Herzen und wollte dich unbedingt vorher sprechen.«

Wieder schwieg sie und horchte in die Leitung hinein. Sie erwartete wenigstens ein halbwegs interessiertes Nachfragen, worum es denn ging.

»Und das muss um diese Zeit sein?«, tönte es ihr genervt entgegen. »War dazu gestern Abend keine Gelegenheit?«

Finja hatte geahnt, dass es nicht gutgehen würde. Doch nun war es zu spät, sie musste da durch. Sie dachte an Jona und an seinen Vater. Sie hatte den beiden versprochen, sich bei Lenja einzuschalten. Einen Rückzieher konnte sie ihnen nicht antun.

»Kommt noch was von dir?«, fragte Lenja schroff. »Sonst leg ich auf. Ich hab nämlich auch noch was zu tun.«

Ja, dachte Finja, schlafen. Dein Bett ist sicher noch kuschelig warm.

Aber sie wollte nicht zynisch werden. Das hatte sie sich vor langer Zeit abgewöhnt. Es brachte nur weiteren Unfrieden über sie und Lenja. Außerdem war sie zutiefst davon überzeugt, dass ihre Schwester im Grunde ihres Herzens längst nicht so schlimm war, wie sie sich gab. Sie hatte nur irgendwo den falschen Abzweig im Leben genommen und fand nicht auf die richtige Spur zurück. Aber das konnte noch kommen. Manch einer brauchte Jahrzehnte dafür.

»Lenja, es geht um eine sehr ernste Geschichte. Sie kann auch dir reichlich Ärger einbringen. Also hör bitte ganz genau zu.«

Sie ließ ihrer Schwester keine Chance, noch eine unpassende Bemerkung von sich zu geben. In kurzen, schnell vorgebrachten Sätzen berichtete sie von Jonas Problem mit Emil, von den Fotos mit dem GBL auf dem Tisch und von der Erpressung, die der junge Kriminelle der Familie Boss androhte.

»Es heißt, du recherchierst in Sachen Emil Paulsen für ein lokales Tageblatt«, schloss Finja ihr Anliegen. »Halte dich bitte unbedingt aus diesem Erpressungsversuch heraus. Er kann nur in die Hosen gehen.«

Einige Sekunden lang kroch nur ein anhaltendes Schnaufen durch die Leitung. Dann ließ Lenja sich zu einer Äußerung herab.

»Meine liebe Schwester, du machst deinen Job, und du machst ihn ohne mich. Ich kann mich nicht erinnern, mich jemals in deine Kriminalfälle eingemischt zu haben. Also halt du dich bitte auch aus meiner Arbeit heraus. Ich recherchiere meine Themen, ich erstelle meine Artikel, und ich schreibe grundsätzlich das, was ich will. Haben wir uns verstanden?«

Finja brauchte einen Moment, um die Worte ihrer Schwester zu verdauen. »Lenja«, erwiderte sie mit zitternder Stimme. »Mach, was immer du willst. Beachte nur eins: Wenn du einen Erpresser darin unterstützt, sein Werk zu vollbringen, sitzt du bald selbst bei mir im Vernehmungsraum. Wenn du das möchtest – auf baldiges Wiedersehen.«

Sie legte auf, ballte die Fäuste und schrie ihren Ärger heraus.

Plötzlich stand Valentino vor ihr. »Was ist denn los? Hast du Schmerzen? Sag mir, wo!« Besorgt legte er ihr die Hände auf die Schultern.

Finja beruhigte sich. »Schon gut. War nur Familie.«

»Lenja?«, fragte er. »Soll ich mit ihr reden?«

»Ist lieb von dir, aber tu dir das bitte nicht an. Irgendwann kommt sie zur Vernunft. Und wenn es nicht anders geht, dann eben über den Umweg Frauen-JVA.«

27

Der Regionalzug aus Husum kam pünktlich an, sodass die Fähre ohne Verspätung ablegen konnte.

»Sonnendeck?«, fragte Finja.

»Von mir aus gerne.«

Sie und Eike stiegen die Treppen zum obersten
Deck der Fähre hinauf und suchten sich wieder einen
Platz, der abseits von den am stärksten frequentierten
Sonnenbänken lag. Alle beide hatten einen Rucksack
mit Proviant dabei.

Finja hielt den Atem an. Ein paar Augenblicke lang
fühlte sie sich wie das kleine Mädchen, das mit den
Großeltern am Wochenende auf eine der Inseln hi-
nausfuhr, mal nach Föhr, mal nach Amrum. Manchmal nahmen sie auch den Zug nach Sylt, oder sie fuhren nach Schlüttsiel und ließen sich von dort mit der
Fähre nach Langeneß oder Hooge entführen.

Jede der kleinen Reisen war ein Abenteuer, und jedes dieser Abenteuer wurde begleitet von einer riesigen Schaar Möwen. Manchmal auch von Robben, die
bei Ebbe auf den Sandbänken faulenzten und den
Gästen auf den Schiffen mit ihren Flossen träge zu-
winkten. So, wie heute.

Was für ein Traum, in der Welt des nordfriesischen
Wattenmeers leben und arbeiten zu dürfen!

Eike stellte eine Thermoskanne mit Kaffee zwischen sich und Finja auf die Bank. »Bedien dich ruhig, ich hab zwei Becher dabei.« Die stellte er dazu.

»Ich hab auch zwei Becher, aber du weißt, ich trinke Tee. Darin unterscheiden wir uns.«

»Es muss auch Dinge geben, in denen wir als Team nicht übereinstimmen«, erwiderte Eike grinsend und schenkte sich einen Kaffee ein.

»Hast du mit dem Direktor des Gymnasiums gesprochen?«, fragte Finja.

»Hab ich. Der Mann ist klasse, sehr verständig. Ich hab ihm die Lage ein bisschen erklärt. Die Probleme mit meiner Ex-Frau sind ihm bekannt. So was lässt sich in unserer Region nicht verheimlichen. Er sagt, er will mit Jona unter vier Augen reden, in aller Freundschaft. Ich denke, gemeinsam kriegen die zwei die Kurve.«

»Dann wärst du diese Sorge wenigstens los.«

Eike nickte und schlürfte noch ein paar Schlucke von seinem Kaffee. »Nur die um Emils Erpressungsversuch bleibt noch. Hast du mit deiner Schwester gesprochen?«

Finja hatte gehofft, dass die Frage nicht käme. »Ich habe sie angerufen und ihr die Sache geschildert, aber so richtig erreicht hab ich sie damit nicht.«

»Denkst du, sie macht gemeinsame Sache mit Emil?«

»Das kann ich mir nicht vorstellen. Sie ist ein furchtbar schwieriger Mensch. Ich glaube, sie hat sich einfach nur aus Prinzip quergestellt. Sie wollte mir wehtun. Es ist immer dasselbe. Aber wenn es drauf ankommt, wird sie wissen, was sie zu tun hat. Ich habe ihr klipp und klar gesagt, was ihr blüht, wenn sie sich auf Emil einlässt. So dumm, das zu tun, kann sie nicht sein.«

Eike nahm sein klingelndes Handy auf. »Nicht mal auf der Fähre lassen sie uns in Ruhe«, schimpfte er halb im Scherz und nahm den Anruf an.

Finja rückte ein Stück von ihm ab, um das Gespräch nicht zu belauschen. Womöglich hatte der Direktor des Gymnasiums noch etwas mit dem besorgten und engagierten Vater zu besprechen. Oder Jona wollte noch einmal mit ihm reden.

Eike nickte stumm zu den Informationen, die sein Gesprächspartner ihm übermittelte. »Danke für die Info, Kollege«, sagte er am Ende. »Tschüs, bis dahin.«

Finja wandte sich ihm wieder zu. »Ein Anruf zu unserem Fall?«

»Die KTU. Die Ergebnisse der Laboruntersuchungen sind da. In der Flasche mit dem Himbeersaft befindet sich tatsächlich das, was draufsteht. Allerdings ist der Saft vermischt mit GBL. Das Zeug wurde also bereits in die Flasche gefüllt, nicht erst in das Glas des Opfers.«

»Ob Helga Hus dem Mann die neue Geschmacksrichtung spontan gemixt hat?«, fragte Finja. »Wollte sie sich für den Anraunzer am Vormittag rächen?«

»Es muss auf jeden Fall jemand gewesen sein, der Zugang zum Haus hat. Die Kollegen in Husum haben den Hersteller kontaktiert. Es ist ein Ökobauer in einem Dorf an der Schlei. Er ist aus allen Wolken gefallen, als er hörte, was seinem Saft beigemischt war. Seit Kurzem beliefert er einige ausgewählte Hotels in Nordfriesland mit seinen Säften. Das Geschäft war gut angelaufen. Jetzt hat er natürlich Angst, dass es platzt, wenn die Angelegenheit publik wird.«

»Das kann ich mir vorstellen.«

»Die Kollegen haben von ihm die Liste der Kunden angefordert, die er auf Föhr beliefert. Er ist gerade mit dem Wohnmobil in Dänemark unterwegs, hat aber sein Notebook dabei und denkt, er kann uns die Daten bis heute Abend liefern.«

»Es muss doch Fingerabdrücke auf der Flasche geben. Hat die KTU schon welche identifiziert?«

»Ja. Es befanden sich Abdrücke von drei Personen darauf. Eine von ihnen ist Ole Brand.«

»Und die anderen? Blöde Frage«, kommentierte Finja sich selbst. »Es ist unser Job, das rauszufinden.«

»Klar, das ist unser Job. Auch mein Tipp wäre Helga Hus. Die nehmen wir uns gleich vor.« Er sah auf die Uhr. »Sie müsste noch im Seestern sein.«

Die Fähre fuhr auf den Hafen von Wyk zu. Finja und Eike verstauten ihre Thermoskannen und Becher in den Rucksäcken und begaben sich zum Ausgang beim Autodeck. Einer der uniformierten Kollegen empfing sie am Hafen und setzte sie am Seestern-Resort ab. Ihr Dienstwagen war noch dort geparkt.

Finja und Eike stürmten ins Foyer und liefen auf Eske zu. »Ist Frau Hus noch da?«, fragte Finja. »Wir müssen sie dringend sprechen.«

»Sie müsste noch hier sein. Ich telefoniere mal rum.« Eske nahm den Telefonhörer ab und tippte einige Ziffern ein. Höflichkeitshalber drehten die Ermittler ihr den Rücken zu.

»Eske hier. Helga, kannst du mal bitte kommen? Frau Witt und Herr Boss sind wieder im Haus. Sie haben noch eine Frage.« Sie hörte sich an, was die Reinemachefrau sagte. »Gut, dann bringe ich die beiden zu dir rauf.«

Finja und Eike wandten sich wieder um. Eske kam hinter dem Tresen hervor. »Bitte folgen Sie mir. Wir müssen eine Etage hoch.«

Sie öffnete die Tür zum Treppenhaus und ging voran. Oben angekommen, wandte sie sich nach links. Wenige Meter weiter stand die Tür zu einem Seminarraum offen. »Bitte schön«, sagte Eske und deutete hinein.

Helga Hus stand dort in einem blauen Kittel und mit einem Schrubber in der Hand. Ihre Wangen waren tief gerötet, das Gesicht glänzte vor Schweiß. »Da sind Sie ja noch mal«, sagte sie, sah aber davon ab, die Ermittler zu begrüßen. Sie begnügte sich damit, die Hände am Kittel abzuwischen, die Handinnenflächen zu betrachten und dann entschlossen den Kopf zu schütteln.

Finja ging auf sie zu. »Frau Hus, können wir uns noch mal zusammensetzen?«

Helga zeigte auf eine Gruppe von Sitzsäcken, die in dem großen Raum in einer Ecke am Fenster aufgestellt waren.

Finja ließ sich auf einem davon nieder, Eike auf einem anderen ihr gegenüber.

Helga stand einen Moment lang ratlos vor ihnen. »Ich hab's im Kreuz«, sagte sie und hockte sich auf die kniehohe Fensterbank.

Finja eröffnete die erneute Befragung. »Frau Hus, Sie sagten uns, Sie hätten keinen Ärger mit Ole Brand gehabt. Er sei gestorben, bevor sich ein Zusammenprall mit ihm hätte ereignen können.«

»Ja. Und?« Helga drehte die Daumen umeinander.

Ganz so sicher wie beim ersten Gespräch schien die Dame nicht mehr zu sein.

»Wir haben inzwischen Gegenteiliges gehört. Am Morgen des Tages, an dem er starb, hat Herr Brand Sie vor dem SPA-Bereich abgefangen und sich darüber beklagt, dass Sie sein Lieblingsgetränk nicht in ausreichender Menge für ihn bereitgestellt hatten.«

Helga hob das Kinn. »Sagt wer?«

»Egal. War es so, wie der Zeuge uns berichtet hat? Herr Brand soll Sie ziemlich rüde angeraunzt haben.«

»Hat ihnen der Martin das gesteckt? Der Ritter?«

»Egal, Frau Hus«, sagte Eike. »Stimmt es, was wir erfahren haben, oder stimmt es nicht?«

Helga zog die Nase hoch, nahm ein Tuch aus ihrer Tasche und schnäuzte sich. »Mag sein. Ich kann mich nicht so genau erinnern. Ich bin ihm mal direkt vor der Tür begegnet, das stimmt. Aber angeraunzt? Nö, das hat er mich nicht.«

»Kann es sein, dass Sie seinen Tonfall einfach nur anders interpretieren als unser Zeuge?«

»Dazu müsste ich wissen, wer das ist«, gab Helga selbstbewusst von sich. »Wie soll ich den Tonfall einschätzen, wenn ich nicht weiß, um wen es geht?«

Dumm war die Frau nicht.

»Okay«, sagte Eike. »Wenn die Begegnung bei Ihnen so nicht hängengeblieben ist, war das möglicherweise ein Missverständnis vonseiten des Zeugen. Haken wir das ab. Wir haben aber noch eine Frage zu dem Himbeersaft. Davon gab es nur diese eine Flasche im SPA-Bereich. Wer hat die dahingestellt?«

»Ich nicht. Ich glaube, das hatte ich Ihnen bereits deutlich genug zur Kenntnis gegeben. Möchten Sie es noch mal schriftlich von mir?« Helga rutschte von der Fensterbank und griff zum Schrubber. »Ich würde gerne weitermachen. Hab noch ein paar Räume vor mir. Nicht, dass noch mehr Beschwerden kommen.«

»Wir hätten eine Bitte an Sie«, rief Finja ihr hinterher.

Helga drehte sich wieder zu den Ermittlern um und zuckte mit den Schultern. »Wenn ich die erfüllen kann?«

Eike legte all seinen Charme in sein Lächeln. »Dazu werden Sie sicher in der Lage sein. Es ist ganz einfach. Wir hätten gerne Ihre Fingerabdrücke.«

»Sie hätten gerne bitte was?«

Finja stand auf und gab ihr eine Visitenkarte der Polizeistation in Wyk. »Wenn Sie sich bitte im Laufe des Tages bei unseren Kollegen melden würden?«

Helga war einen Moment lang sprachlos. Mit offenem Mund stand sie vor den Ermittlern. Schließlich fasste sie sich wieder. »Verdächtigen Sie mich etwa, den Brand ermordet zu haben?«

Auch Finja setzte ihr verbindlichstes Lächeln auf. »Wir arbeiten nach dem Ausschlussverfahren, Frau Hus. Wir prüfen der Reihe nach verschiedene Fakten, um sicherzustellen, dass bestimmte Personen für die Tat nicht infrage kommen. Vielen Dank für Ihre Unterstützung und Ihnen noch einen schönen Tag. Bleiben Sie ruhig hier oben. Wir finden alleine hinaus.«

28

Finja und Eike kehrten zu Eske ins Erdgeschoss zurück. Finja baute sich vor dem Tresen auf. »Frau Huck, hätten auch Sie einen Moment für uns?«

Eske sah wie üblich verhuscht zu ihr auf. ›Muss das sein?‹, fragte ihr Blick. »Sie meinen, für ein Gespräch nebenan im Besprechungsraum?«, brachte sie schüchtern hervor.

»Genau. Da wären wir ungestört. Es soll auch nicht allzu lange dauern.«

Eske schlich bedrückt in den Raum. Die Ermittler folgten ihr. Eike schloss die Tür hinter ihnen.

»Bei unseren Gesprächen hier im Haus haben wir erfahren, dass Sie so eine Art Kindermädchen für die Gäste sind«, sagte Finja. »Es heißt, Sie passen darauf auf, dass im SPA-Bereich keine zerbrochenen Gläser herumliegen und dass alles seine Ordnung hat.«

Verlegen strich Eske sich mit einer Hand über ihr halblanges Haar. »Einer muss ja ab und zu mal nachsehen. Frau Hus ist bekanntlich nur am Vormittag bei uns im Haus.«

»Sie sind aber doch immer nur bis zum Nachmittag im Seestern«, wandte Eike ein. »Kommen Sie dann extra in den Abendstunden noch mal her, um nach dem Rechten zu sehen?«

Eske biss sich auf die Lippe. Die Frage schien sie nervös zu machen. »Ich wohne in Wyk, wie Sie wissen, und wenn ich aus Nieblum zurückkomme, mache ich gerne noch einen Spaziergang am Strand. Zum Abschalten und Nachdenken. Auf dem Weg gucke ich dann noch einmal hier vorbei.«

»Wäre das nicht eine Aufgabe für ein Zimmermädchen?«, fragte Finja.

»Normalerweise wohl. Aber was ist heute normal?« Eske spielte mit einem kleinen silbernen Anker, der an ihrem Uhrband hing. »Sie kennen vielleicht die Situation mit den Mitarbeitern in den Hotels. Es ist wenig Personal vorhanden, aber viel Arbeit. Ich bin mit Frau Brodersen ein bisschen befreundet. Sie ist mit meinen Eltern gut bekannt. Deshalb tue ich ihr den Gefallen und helfe ab und zu abends noch mal aus.«

Finja überlegte, wie sie an die nächsten Fragen herangehen sollte. Sie wollte sich klar ausdrücken, durfte aber nicht zu plump vorgehen. »Wie wir hörten, achten Sie auch darauf, ob es im Wellness-Bereich gesittet zugeht. So nannte unsere Zeugin das.«

»Das hat Ihnen sicher Frau Hus gesagt. Oder war es Frau Brand?«

Eike ließ die Frage unbeantwortet. Er stützte die Arme auf den Tisch und fixierte Eske mit seinen Blicken. »Dass nach zerbrochenen Gläsern geguckt wird, kann ich verstehen. Aber ist es in einem Haus wie diesem üblich, dass jemand im SPA-Bereich für Anstand sorgen muss?«

Eske zuckte mit den Schultern.

Auch Finja beugte sich vor. »War Herr Brand derjenige, auf den Sie ein Auge haben mussten?«

Eske erwiderte nichts. Ihre Miene blieb regungslos. Nur ein Mundwinkel zuckte verzagt.

Finja ging einen Schritt weiter. »Haben Sie Herrn Brand bei unsittlichen Aktivitäten erwischt? Mussten Sie ihn deswegen an die Hotelleitung melden?«

Eske errötete tief. »Dazu möchte ich nichts sagen.«

»Haben Sie Ärger mit ihm bekommen?«

Die Empfangsdame schien in Panik zu geraten und gleichzeitig ihre Schüchternheit zu verlieren. »Nicht mit ihm, nicht mit seiner Frau und auch sonst mit niemandem. Kann ich dann bitte gehen?«

»Gleich«, sagte Finja. »Wir verstehen, dass Ihnen unsere Fragen nicht behagen. Aber wir müssen den Sachverhalt klären. Dazu gehört leider auch, dass wir unangenehme Themen ansprechen. Stellen Sie sich vor, das Opfer käme aus Ihrem engeren Kreis. Dann würden Sie sicher auch erwarten, dass wir alles daransetzen, den Täter zu finden.«

Eske senkte den Blick. »Natürlich. Entschuldigen Sie bitte. Mit der Kriminalpolizei hatte ich noch nie zu tun. Das ist alles so ungewohnt für mich.«

»Das verstehen wir gut. Unser Gespräch ist auch gleich zu Ende. Eine letzte Frage noch. Ist in den Tagen, bevor Ole Brand starb, ein junger Mann in den Seestern gekommen? Ungefähr in Ihrem Alter, etwas jünger vielleicht, groß, schlank. Er ist im Nacken auffällig tätowiert und hat eine breite, violett gefärbte Strähne im Haar.«

Eske überlegte lange und erwiderte nichts.

»Haben Sie den beschriebenen jungen Mann mal gesehen?«, hakte Eike nach. »Draußen vor dem Haus oder sogar hier drinnen?«

»Nein«, antwortete Eske schließlich. »Weder vorm Haus noch hier drinnen. An mir ist er jedenfalls nicht vorbeigegangen.«

»Okay. Danke für die Auskunft.« Finja stand auf. Auch Eike erhob sich. Sie verließen den Raum.

»Die Frau Siebenschön würden wir gern noch sprechen«, sagte Finja, als sie wieder im Foyer standen. »Ist das kurzfristig möglich?«

Eske sah auf die Uhr. »Sie hat gerade eine Sitzung mit einem Gast. Die dauert noch eine halbe Stunde. Danach hat sie eine Pause. Die reserviere ich gerne für Sie. Wenn Sie sich bis dahin gedulden würden? Sie könnten im Restaurant ...«

»Danke«, sagte Eike. »Wir gehen in der Zwischenzeit an den Strand. Ein bisschen frische Luft kann uns nicht schaden.«

Eske sackte auf ihren Bürostuhl und nickte ihm wortlos zu.

Die Ermittler schlenderten hinaus, liefen zum Ende der Straße und stiegen über den Deich.

»Lass uns am Flutsaum entlanggehen«, schlug Eike vor.

Es herrschten Windstille und ablaufendes Wasser. Die See lag ruhig da. Finja nahm einen flachen Stein auf und warf ihn so auf die Wasseroberfläche, dass er dreimal aufsprang, bevor er versank.

»Seit wir eine Nacht weg waren«, sagte sie versonnen, »scheint mir die Atmosphäre im Seestern verändert zu sein. Helga Hus war so anders als bei unserem ersten Gespräch, und auch von Eske behaupte ich, sie schleppt schwere Gedanken mit sich herum.«

Eike ging in die Hocke. Er griff mit beiden Händen in den Sand, hob die Arme und ließ die Körner durch seine Finger rieseln. Er stand wieder auf und rieb sich die Hände an den Jeans ab. »Wir sollten auch von ihr Fingerabdrücke nehmen. Lieber eine Person zu viel als eine zu wenig.«

»Bevor wir zur Siebenschön gehen, bitte ich sie darum, mit Frau Hus zu den Kollegen zu gehen.«

»Gute Idee. Gemeinsam haben die zwei vielleicht ein besseres Gefühl. Dann sieht es nicht so aus, als würden wir eine von ihnen konkret verdächtigen.«

»Eske hat so verhalten reagiert, als wir nach dem jungen Mann mit der lila Haarsträhne und der Tätowierung fragten«, überlegte Finja weiter. »Ob sie Emil Paulsen kennt? Durch Jona wissen wir, dass er sich ein Netzwerk aufbaut, um seine Drogen in der ganzen Region zu verscherbeln, auf dem nordfriesischen Festland und auf den Inseln. Wenn er bei seiner Großmutter wohnt, wird er auf Föhr Kontakte suchen, um seine Vertriebsstellen auszubauen.«

Eike sah zur Hallig Langeneß hinüber. »Möglich ist das. Aber was könnte ihr Motiv sein, den Brand umzubringen?« Er zuckte mit den Schultern. »Vielleicht kann die Psychologin uns in der Frage weiterhelfen.«

29

Amalie Siebenschön erwartete die Ermittler auf dem Flur. Sie war eine Erscheinung: Anfang fünfzig, groß, wohlproportioniert. Ihr Haar war vom selben Braun wie die Farbe ihrer tief liegenden, aufmerksam taxierenden Kulleraugen. Sie trug hellblaue Jeans, eine weiße Bluse und strahlte eine unglaubliche Ruhe aus.

»Bitte treten Sie ein«, sagte sie und hielt den Ermittlern die Tür zu ihrem Zimmer weit auf. »Machen Sie sich gern erst einmal mit meinem Gesprächsraum vertraut und nehmen Sie die Stimmung auf.«

So ungewöhnlich fand Finja die Atmosphäre nun nicht, dass sie sich erst daran hätte gewöhnen müssen. Höflichkeitshalber sah sie sich jedoch um, warf den Gemälden an den Wänden bewundernde Blicke zu und trat ans Fenster.

»Sie gucken in den Innenhof«, stellte sie fest.

Amalie Siebenschön stellte sich neben sie. »Mir war es wichtig, einen Ausblick auf den Springbrunnen zu haben. Ich finde ihn symbolträchtig. Er charakterisiert das, was wir in diesem Resort leben.«

»Inwiefern macht er das?«, fragte Eike.

Amalie wies auf den Brunnen. »Sehen Sie doch nur die drei Fische, die den Rand verzieren. Sie symbolisieren Körper, Geist und Seele. Alle drei Komponenten bringen etwas hervor. Gemeinsam prägen sie das Individuum, seine physische, mentale und psychische Vitalität und Kreativität.«

»Eine interessante Interpretation«, kommentierte Finja, um etwas Sinnvolles darauf zu erwidern. Sie hatte das Gefühl, Amalie erwartete das von ihr.

»Wenn auch nur eine der drei Komponenten Gift versprüht«, setzte Amalie fort, »weist das darauf hin, dass das gesamte Individuum von Gift durchsetzt ist. Jeder Mensch stellt nämlich ein ganzheitliches System dar, und die besondere Aktivität einer einzigen Komponente wirkt sich auf die Gesamtheit aus.«

Eike stand mit verschränkten Armen da und dachte über die Worte der Psychologin nach. »Wenn aber nur eine der drei Komponenten vergiftet ist und die anderen beiden sind gesund, sind die anderen dann nicht stärker und besiegen die eine?«

Amalie lächelte ihn mitleidig an. »Herr Boss, Sie haben es doch gerade selbst erlebt: Herr Brand wurde vergiftet, soweit ich weiß. Mit einer Substanz, die in seinem Drink gelandet ist. Es kann nur eine kleine Menge gewesen sein. Doch sie hat den ganzen Menschen getötet, nicht nur den Körper. Das Böse ist stärker als das Gute. Es siegt über alles. Diese Funktionsweise muss man verstehen. Man muss sie verinnerlichen. Das lernen unsere Gäste in diesem Haus. Und sie lernen, zu verhindern, dass das Böse von einem Teil von ihnen Besitz ergreift.«

»Diese Erkenntnis hätte Ole Brand allerdings auch nicht geholfen«, bemerkte Eike trocken.

»In seinem speziellen Fall nicht«, gab Amalie zu. »Doch man kann etwas daraus lernen.«

Finja fand es angebracht, diese Überlegungen zu beenden. »Dürfen wir uns setzen?«, fragte sie.

»Aber natürlich.« Amalie führte die Ermittler zu ihrer Sitzgruppe.

Finja und Eike nahmen ihr gegenüber in höchst komfortablen Sesseln Platz. Finja konnte verstehen, dass man locker und entspannt über die tiefsten Gefühle und Gedanken sprach, wenn man hier saß.

Sie stellte die erste Frage zur Sache. »Sie erwähnten gerade die giftige Substanz, die in den Drink von Ole Brand gelangt sein soll. Was wissen Sie darüber?«

Amalie runzelte die Stirn. »Nicht mehr als alle hier im Haus. Es geht ein Gerücht um, das sich hartnäckig hält. Es trifft doch zu, oder? Es weiß nur niemand, was für eine Substanz es war.«

»Demnach müsste eine große Unsicherheit unter den Gästen im Seestern herrschen«, setzte Finja fort. »Es könnte schließlich auch jeden anderen treffen.«

Amalie rang die Hände. »Na ja – soweit ich weiß, ist der SPA-Bereich vorerst gesperrt. Der Restaurantchef hat überdies beschlossen, in nächster Zeit keine Getränke mehr dort unten bereitzustellen. Wer will, kann sich selbst etwas mitbringen und in der Bar unterbringen. Aber von Haus aus ... Er hat schlaflose Nächte wegen dem, was passiert ist. Dabei trifft ihn daran ja gar keine Schuld.«

»Bei Ihnen ist er aber sicher in den besten Händen, um mit diesem unschönen Ereignis klarzukommen.«

Amalie nickte Finja geschmeichelt zu. »Das auf jeden Fall.«

»Hatte Ole Brand in den Tagen nach seiner Ankunft auch Gespräche mit Ihnen?«

»Ja, zweimal haben wir in diesem Zimmer zusammengesessen. Am Dienstag und am Freitag letzter Woche, jeweils eine Stunde lang.«

»Was für einen Eindruck hatten Sie von ihm?«

Plötzlich wurde Amalie hektisch. Sie stellte beide Füße auf den Boden, rückte mit ihrem Sessel ein Stückchen zurück und schlug wieder ein Bein übers andere, fühlte sich aber offenbar immer noch nicht in der richtigen Sitzposition. »Möchten Sie eine ehrliche Antwort von mir?«, fragte sie schließlich, während sie das Gewicht noch immer von einer Pobacke auf die andere verlagerte.

»Eine absolut ehrliche bitte«, sagte Finja.

»Er war ein ... Nein, ich spreche das Wort nicht aus. Es ist nicht gesellschaftsfähig. Ich formuliere es mal so: Er war ein elender Schürzenjäger.«

»Wen hat er bedrängt?«, fragte Eike sofort hinterher.

Die Psychologin rollte die Augen. »Fragen Sie mich lieber, wen er nicht bedrängt hat. Vor mir hatte er Respekt. Vor Frau Brodersen auch. Frau Hus hat er nicht angebaggert, stattdessen hat er sie aus nichtigem Grund zur Schnecke gemacht. Aber Eske Huck ... Nein, darüber rede ich lieber nicht.«

Wie elektrisiert fuhr Finja auf ihrem Sessel hoch. »Was war mit Ole Brand und Frau Huck?«

Amalie rückte noch ein Stück mit ihrem Sessel nach hinten. Sie wandte den Kopf dem Fenster zu und beobachtete die Fische am Springbrunnenrand. Sie schien zu erwarten, dass die Metallfiguren jeden Moment ins Wasser sprangen und verschwanden.

»Es war am Begrüßungsabend. Die Veranstaltung ist eine Tradition im Seestern-Resort. Alle Dozenten und Therapeuten kommen dazu, um sich den neu angekommenen Gästen vorzustellen und sich gegenseitig zu beschnuppern. Aber der Brand beschnuppert niemanden, der geht gleich aufs Ganze.«

»Sie wollen andeuten, statt nur mal zu schnuppern, hat er sich in Eske verbissen?«

»Und wie! Auf eine widerliche Weise. Ich selbst war nicht dabei, als es passierte. Ich hab's nicht gesehen. Aber Frau Flothmann hat es mir erzählt. Sie hat Eske auch zu mir geschickt, damit ich ihr helfe, das Erlebte zu verarbeiten. Die Ärmste hatte ja richtig Angst, noch einmal das Haus zu betreten, solange Ole Brand Gast bei uns war.«

Finja wurde nervös. »Bitte erzählen Sie uns genau, was vorgefallen ist.«

Amalie rückte mit dem Sessel wieder ein Stück vor.

Unwillkürlich guckte Finja auf den Boden in dem Gefühl, der Parkettboden müsse Schrammen davongetragen haben.

»Der Mann sprach dem Alkohol reichlich zu. Das war das Erste, das mir an ihm auffiel – neben der Oberflächlichkeit, mit der er mich und die anderen Anwesenden begrüßte.«

»Sie hatten demnach sofort ein Bild von ihm.«

Amalie zog die Mundwinkel nach unten. »Es war unmöglich, mir keins zu machen. Und ich fragte mich gleich: Wie hält seine Frau es mit ihm aus? Aber sie hatte sich bereits getröstet. In Martin Ritter hatte sie einen Seelenverwandten gefunden. Ich will nicht sagen, es war Liebe auf den ersten Blick. Aber die Sympathie, die war sofort da. Und mehr als das. Da war eine Innigkeit, eine Verbundenheit, wie ich sie noch nie erlebt habe zwischen zwei Menschen, die sich bis dahin überhaupt noch nicht kannten.«

»Wurde Herr Brand eifersüchtig?«, fragte Finja. »Hat er darauf aufbrausend reagiert?«

»Wie man's nimmt.« Die Psychologin wiegte den Kopf hin und her. »In kürzester Zeit hat er zwei Glas Gin oder Whiskey hinuntergekippt. Und seine Blicke fraßen sich an Eske fest. Wenn Sie mich fragen: Sie entsprach dem gleichen Opferschema wie seine Frau: schüchtern, wehrlos, in sich gekehrt. Und als Eske einmal das Atrium verließ, um zur Toilette zu gehen, ist er ihr gefolgt.«

Sie hörte auf, zu reden, und hob die geöffneten Hände, als stünde alles Weitere in den Innenflächen.

Finja war lange genug im Job, um zu ahnen, wie es weitergegangen war. »Er hat sie bedrängt?«

»Bedrängt? Vergewaltigen wollte er sie. Zu Eskes Glück hatte er nicht mitbekommen, dass Frau Flothmann kurz vor ihr ins Haus gegangen war. Sie war im Toilettenraum, als unsere Rezeptionistin den Vorraum betrat und Brand sich auf sie stürzte.«

»Verstehe ich richtig?«, fragte Finja. »Frau Floth-mann hat Eske vor einer Vergewaltigung bewahrt?«

Amalie bestätigte das durch ein stummes Nicken.

Eike räusperte sich. »Haben Sie mit Frau Broder-sen über die Angelegenheit gesprochen?«

»Natürlich. Ich hätte gerne gesehen, dass sie Herrn Brand des Hauses verwies. Aber sie wollte nicht, dass eine große Affäre daraus wurde. Sie hat mit Eske ge-redet. Die war damit einverstanden, die Sache unter den Teppich zu kehren. Frau Brodersen hatte mit ihr ausgemacht, dass sie für die Dauer des Aufenthaltes der Brands nicht mehr in den SPA-Bereich gehen muss, um dort nach dem Rechten zu sehen.«

»War auch Frau Brand über den Vorfall infor-miert?«, fragte Finja.

»Ich denke, ja. Ich habe sie bei meinem ersten Ter-min mit ihr hintenrum darauf angesprochen. Sie hat sofort abgeblockt, wie man das nur macht, wenn man etwas weiß, aber nicht drüber reden will. Ich habe sie dann in Ruhe gelassen.«

Eike machte sich ein paar Notizen. »Warum war Eske Huck überhaupt dabei an dem Abend?«, fragte er, noch während er schrieb. »Sie ist weder Dozentin noch Therapeutin.«

»Sie koordiniert die Termine. Wenn jemand absa-gen oder tauschen möchte, wendet er sich an sie. Und sie nimmt Anfragen für Massagen oder für besondere Essenswünsche entgegen. Sie ist so etwas wie die per-sönliche Assistentin für unsere Gäste. Daher ist auch sie bei den Begrüßungsabenden immer dabei.«

Eike schrieb noch etwas auf seinen Block.

Finja sah Amalie währenddessen lange an. »Sie erzählen das alles so freimütig«, setzte sie endlich fort. »Und Sie können die Rezeptionistin viel besser einschätzen als wir. Sagen Sie: Halten Sie es für möglich, dass Frau Huck Herrn Brand vergiftet hat?«

Amalie Siebenschön lachte schrill auf. »Unsere Eske? Dieses sanfte, unschuldige Ding? Sie ist das geborene Opferlamm. Niemals würde sie Gewalt gegen jemanden anwenden, auch nicht in Form einer Vergiftung. Sie hätte beinahe den Job gekündigt, um dem Mann aus dem Weg zu gehen. Wir mussten sie mit vereinten Kräften überreden, hierzubleiben.«

»Was denken Sie dann, wer hat Herrn Brand auf dem Gewissen?«

»Schwierige Frage.« Amalie seufzte. »Ich glaube, es war kein Verbrechen. Es war ein Versehen. Er wurde das Opfer eines Spiels.«

Eike deponierte seinen Block auf dem Tisch. »Eines Spiels? Das müssen Sie uns bitte erklären.«

»Die Brands haben ein Spiel gespielt. Genauer gesagt: Marlene Brand, ihre Freundin Doris Flothmann und Martin Ritter, die drei gegen Ole Brand.«

»Was für ein Spiel war das?«, fragte Finja.

»Das müssen Sie die drei bitte selbst fragen. Ich kann nur so viel sagen: Herr Brand hat sich vom ersten Tag an gelangweilt. Was wir hier bieten, war nicht das, was er sich erhofft hatte.« Sie hob die Hände. »Wobei ich nicht weiß, was er überhaupt erwartet hatte. Ich glaube, er hatte völlig falsche Vorstellungen von diesem Haus. Es war Frau Flothmann, die hierhin fahren wollte. Sie hatte Marlene Brand überredet, mitzukommen. Der Herr Gemahl war nur dabei, weil er Angst hatte, die Damen alleine losziehen zu lassen. Er wusste, dass dies ein feines Haus ist. Aber er ahnte nicht, dass er sich hier derart langweilen würde. Da hat Frau Brand sich an eine Begebenheit aus seiner Jugend erinnert. Sie hat sich mit Frau Flothmann und Herrn Ritter zusammengetan, um ihm die Langeweile durch irgendwelche Spielchen zu vertreiben.«

»Woher wissen Sie davon?«

»Martin Ritter hat mir im Vertrauen davon berichtet. Er schämte sich ein bisschen dafür. Er fand das alles kindisch. Aber er hat mitgemacht, um Marlene nahe zu sein. Ich vermute, dass die drei dabei über die Stränge geschlagen und Ole Brand einen Streich gespielt haben, der unbeabsichtigt tödlich endete.«

Finja und Eike schwiegen eine Weile.

»Mit diesen Schilderungen kommen Sie aber reichlich spät«, sagte Eike mit tadelndem Blick.

Amalie machte ein schuldbewusstes Gesicht. »Sie sind erst seit vorgestern hier. Ich habe die ganze Zeit überlegt, ob ich Ihnen das erzählen soll. Wenn Sie nicht konkret danach gefragt hätten, hätte ich wahrscheinlich weiter dazu geschwiegen. Es ist doch so, dass ein Mensch vermutlich durch eine übertriebene Albernheit ums Leben gekommen ist. Diejenigen, die dafür verantwortlich sind, werden ihre Probleme haben, mit dieser Schuld zu leben. Muss man sie dann noch gesetzlich verfolgen?«

»Die Frage können Sie nicht beantworten«, belehrte Eike sie. »Das steht nur einem Richter zu.«

»Marlene, Doris und Martin – wir reden uns hier alle mit dem Vornamen an – die drei haben sich selbst bestraft. Sie haben sich total zurückgezogen und nehmen nicht mehr an den Gästetreffen unseres Hauses teil. Das war schon an dem Abend so, als Ole Brand gestorben ist. Frau Flothmann hatte sich für den Matetee mit Sesamgebäck im Kaminzimmer angemeldet. Sie wollte Marlene und Martin mitbringen. Dann sind alle drei unentschuldigt weggeblieben.«

»Sie denken, dass die drei bereits an dem Abend von Ole Brands Tod und von den näheren Umständen wussten, die dazu geführt hatten?«

»Ich vermute, dass es so war.«

Finja rutschte auf dem Sessel nach vorn, um anzudeuten, dass die Unterredung mit Amalie nun beendet war. »Ich möchte Sie bitten, über das, was Sie uns gerade erzählt haben, Stillschweigen zu bewahren.«

»Das ist für mich eine Selbstverständlichkeit. Auch ich möchte Sie bitten, niemandem zu sagen, dass ich es war, die Ihnen all diese Dinge gestanden hat.«

Weder Eike noch Finja antwortete darauf. Solche Versprechen konnten sie nicht geben.

Sie standen auf, verabschiedeten sich von Amalie und zogen sich zur Beratung in den Dienstwagen zurück.

Eike benutzte den Rückspiegel, um seine Frisur zu ordnen. »Mir scheint, die Leute im Seestern sind genauso gelangweilt wie die Jugendlichen an der Küste.«

»Sieht so aus«, sinnierte Finja. »Die einen töten aus Langeweile, weil sie nicht genug Abwechslung haben. Die anderen töten aus demselben Grund, weil sie übersättigt sind und es nichts gibt, das sie noch reizen könnte.«

Eike sah auf die Uhr. »Lass uns für heute Feierabend machen. Morgen früh erwarte ich das Ergebnis des Abgleichs der Fingerabdrücke auf der Himbeersaftflasche mit den Abdrücken von Helga Hus und Eske Huck. Je nachdem, wie das ausfällt, befragen wir die beiden oder auch nicht. Wenn sich keine von ihnen als Täterin erweist, halten wir uns an das Dreierkleeblatt Brand – Flothmann – Ritter.«

»Eske befragen wir auf jeden Fall«, beharrte Finja. »Unabhängig davon, ob ihre Fingerabdrücke auf der Flasche gefunden wurden oder nicht. Ich möchte wissen, ob sie den Übergriff von Brand wirklich so von sich weggeschoben hat, wie Amalie Siebenschön uns das weismachen wollte. So ganz gehe ich über diese Brücke nicht. Eske mag das typische Opferlamm sein, aber auch Lämmer können beißen. Und wenn sie doch Kontakt zu Emil Paulsen haben sollte ... Wir wissen noch immer nicht, warum er vor dem Haus gestanden hat. Hat er sich mit Eske getroffen?«

Eike zog die Stirn in Falten. »Wenn sie ihn kennt und uns das trotz unserer Nachfrage verschwiegen hat, ist klar, warum.«

30

Fünf Uhr morgens. Aus dem Radiowecker dudelte Musik. Mit einem Satz sprang Lenja aus dem Bett. Diesmal wollte sie schneller sein. Einmal im Leben schlauer als Finja. Und einmal im Leben besser als sie.

Die lokale Tageszeitung, für die Lenja als freie Journalistin tätig war, erwartete einen Hintergrundbericht über Emil Paulsen und seine Bande von ihr. Sie hatte schon einige Informationen herausgefunden.

Emil war zwanzig, vorbestraft wegen gefährlicher Körperverletzung und spielte sich als Leader auf. Die Jugendstrafe, die er abgesessen hatte, hatte keine erzieherische Wirkung bei ihm hinterlassen. Er verstand sie als Auszeichnung. Als Ansporn, mehr zu riskieren. Und er machte nicht Halt vor den Jugendlichen der Region, die noch halbe Kinder waren. Sie hatten den größten Respekt vor ihm.

Zurzeit waren sie häufig im Wartebereich am Fährhafen zugange. Es gab jede Menge Vermutungen, was sie da trieben. Durchstochene Reifen, aufgebrochene Autos. Diebstahl von Reisetaschen und Koffern, Handtaschen, Kreditkarten, Laptops und Handys. Bisher waren sie nie auf frischer Tat ertappt worden.

Das wollte Lenja nun ändern. Nicht ohne Grund war sie auch Detektivin.

Vor ein paar Tagen war sie nach Föhr gefahren. Emil hielt sich zurzeit dort auf. Sie war ihm gefolgt, hatte ihn beobachtet und fotografiert.

Wenn Finja wüsste, was sie aufgetan hatte!

Sie würde es ihr jetzt noch nicht zeigen. Erst dann, wenn das Werk vollendet war.

Lenja duschte, trank einen Kaffee und aß eine Banane. Zu mehr reichte die Zeit nicht. Sie wollte am Hafen von Dagebüll sein, bevor die erste Fähre fuhr.

Sie ging ins Schlafzimmer zurück und öffnete den Schrank. Es musste Kleidung her, die sie unkenntlich machte.

Um ihr Aussehen signifikant zu verändern, hatte sie sich im Laufe der Jahre, die sie hauptberuflich als Detektivin unterwegs gewesen war, verschiedene Kunsthaarperücken zugelegt. Einige davon sahen noch immer aus wie neu. Meist trug sie eine Mütze oder ein Basecap darüber. Dazu hatte sie eine Reihe von Brillengestellen gehortet, die ihre Freundinnen aussortiert hatten. Sie hatte sie mit Fensterglas ausstatten lassen.

Um ihr Erscheinungsbild perfekt zu variieren, hatte sie vor langer Zeit in Hamburg einen Kurs bei einer Maskenbildnerin besucht.

Vor jedem ihrer Auftritte, wie sie ihre Observationen nannte, notierte sie sich das Datum der Tour, den Anlass und die Art, wie sie sich ausstaffiert hatte. So vermied sie, dem Objekt ihrer Recherchen zweimal in einem ähnlichen Outfit zu begegnen.

Nicht aufzufallen war das oberste Gebot.

Sie suchte Jeans aus und ein Kapuzen-Sweatshirt. Es war weit genug, um ihre weiblichen Rundungen zu verdecken, die ohnehin nur spärlich vorhanden waren. Ihre Kurzhaarfrisur war leicht zu verbergen. Unter der großen Kapuze würde auch ihr Gesicht verschwinden. Auf eine Brille verzichtete sie heute. Und schminken würde sie sich diesmal nicht. So blieb offen, ob sie ein Mann war oder eine Frau.

Gleich würde sie mit ihrem uralten Polo zum Fähranleger fahren und Detektivjournalistin spielen. Ein Beruf, den sie für sich selbst erfunden hatte und in dem sie einzigartig war auf der Welt. Der sie von Finja unterschied.

Sie würde auf dem Inselparkplatz parken. Die Gebühr bezahlte die Redaktion. Vom Parkplatz aus würde sie zu Fuß auf Umwegen zum Hafen schleichen.

Wenn die allererste Fähre ging, standen viele Autos von Urlaubern aus Süddeutschland im Wartebereich. Die Leute fuhren über Nacht, um die Staus zu umgehen. Nach der Ankunft am frühen Morgen verließen sie ihre Wagen und nahmen im Hafen-Bistro ihr Frühstück ein. Sie waren unsäglich arglos. Niemand nahm an, dass es in einem kleinen Hafenort in Nordfriesland Kriminalität gab.

Das war die Zeit, in der die Gang um Emil Paulsen zuschlug.

Zuerst waren es nur üble Streiche gewesen, zu denen Emil seine Jungs angestachelt hatte: die Luft aus Autoreifen lassen oder Reifen zerstechen. Bald waren sie dazu übergegangen, Wagen aufzubrechen, Wertsachen zu stehlen und zu verkaufen. Mit der Hehlerei finanzierte Emil sein Leben.

Vor Kurzem hatte er sein Leistungsspektrum, wie er seine kriminellen Aktivitäten zynisch nannte, erweitert. Lenja wusste, womit. Und sie würde der Kripo Beweise liefern.

Es hieß, bevor sie morgens aktiv wurden, kundschafteten Emils Jungs das Hafengelände sorgfältig aus. Wenn eine Polizeistreife zu sehen war, traten sie erst gar nicht an. Inzwischen kannten sie sogar die zivilen Beamten, die sich am Hafen postierten, um sie zu überraschen.

Doch eine Person kannten sie noch nicht: die Detektivin Lenja Witt.

Lenja warf einen letzten Blick in den Spiegel. Unscheinbar sah sie aus, und das war gut. Sie verließ das Haus und stieg in den Wagen. Heute war ihre Stunde gekommen.

31

Es war Viertel vor sieben. Eine Viertelstunde blieb Finja noch, bis der Wecker klingelte. Doch es hielt sie nichts mehr im Bett. Heute war ein entscheidender Tag. Wenn alles glatt lief, würden sie in wenigen Stunden den Täter stellen.

Eike und sie waren dicht dran, aber selten hatte sie so ein Kribbeln verspürt. In ihrer ganzen Laufbahn war es ihr noch nie passiert, dass sie bis zum letzten Moment eine Reihe von Verdächtigen hatte und ganz genau wusste, dass einer von ihnen die Person sein musste, die sie suchten.

Sie stand unter der Dusche wie in Trance und ging in Gedanken die Gespräche noch mal durch, die Eike und sie in den vergangenen drei Tagen geführt hatten.

Als sie die Haare föhnte, hörte sie durch das Rauschen des Gerätes ein Klingeln.

Ihr Handy!

Es war Eike, der anrief. Finja schaltete den Föhn aus und nahm das Gespräch entgegen. »Nicht so ungeduldig«, frotzelte sie. »Bin gleich im Restaurant. Ich brauche noch dreieinhalb Minuten.«

»So lange kann ich nicht warten, und ich brauch dich allein. Kannst du zu mir aufs Zimmer kommen? Nicht falsch verstehen. Ich erklär es dir gleich.«

Ui. Finja atmete durch. Eike Boss, der neue Brand?

»Okay. Bin gleich da.« Sie atmete durch.

Eikes Zimmer lag ihrem schräg gegenüber. Sie zog sich Jeans und Pulli an, öffnete leise die Tür, um niemanden zu wecken, und schlich aus dem Raum.

Eike empfing sie mit ernster Miene. »Setz dich bitte.« Er deutete auf den einzigen Stuhl, der am Fenster stand. Er selbst nahm auf der Bettkante Platz.

Sein Gesicht sagte Finja, dass etwas geschehen war.

»Deine Schwester«, begann Eike und holte noch mal tief Luft. »Sie hat die Bande von Emil Paulsen observiert und wollte sie auf frischer Tat filmen. Am Hafen von Dagebüll wollte sie sie überraschen.«

»Nein!«, rief Finja aus. »Dann haben die Jungs sie überrascht?«

Eike nickte. »Sie haben sie zusammengeschlagen. Nach erster Erkenntnis ist ihr nichts allzu Schlimmes passiert. Sie ist mehr oder weniger mit dem Schrecken davongekommen. Allerdings hat sie ein blaues Auge und Hämatome am ganzen Oberkörper. Die Jungs wollten ihr das Handy klauen, aber das hat sie zum Glück vor ihnen verbergen können. Es kamen Fahrgäste zu Hilfe, die haben die Gang in die Flucht geschlagen und die Polizei gerufen.«

Finja hörte Eike atemlos zu. »Wo ist Lenja jetzt?«

»In der Klinik Niebüll. Sie wurde gerade geröntgt. Gebrochen ist nichts. Auch auf innere Blutungen deutet nichts hin. Möglicherweise hat sie eine leichte Gehirnerschütterung. Die Ärzte behalten sie zur Beobachtung noch eine Zeit lang da.«

»Da ist sie wenigstens gut aufgehoben. Und hoffentlich vor weiteren Angriffen geschützt.«

»Kurz nach der Attacke auf ihre Person wollte die Gang in Lenjas Wohnung einbrechen. Die Nachbarn haben's bemerkt. Sie haben die Polizei gerufen. Zwei Einbrecher haben die Kollegen geschnappt.«

»Wenigstens das.« Finja merkte, wie ihr schwindelig wurde. So viel Aufregung vorm Frühstück war ihr zu viel. Und dass es die eigene Familie traf ...

»Das ist noch nicht alles«, fuhr Eike fort. Er zückte sein Handy. »Lenja hat vor Kurzem was aufgenommen. Sie war nach Föhr gereist, um jemanden zu beobachten. Aber guck es dir selbst an.«

Er spielte ein Video ab und hielt es Finja hin.

Finja erstarrte. »Aber das ist ja Emil Paulsen. Und die Frau bei ihm, das ist doch Eske?« Ungläubig blickte sie ihren Kollegen an.

Er hielt das Video an und nickte. »Emil der Dealer und seine Kundin. Er hat nicht nur meinen Sohn anwerben wollen, sondern auch Eske angehauen. Und bei ihr hatte er Erfolg. Guck dir an, was da weiter passiert.« Er tippte auf den Pfeil, um das Video weiter ablaufen zu lassen.

»Sie gibt ihm Geld«, sagte Finja. »Sie nimmt etwas entgegen.« Sie hob wieder den Kopf. »Ist das GBL, was er ihr verkauft?«

»Wahrscheinlich. Aber das ist immer noch nicht alles. Wir haben die Liste der Hotels erhalten, die der Ökobauer beliefert. Zu seinen Kunden gehört die Pension der Eltern von Eske.«

Finja schwirrte der Kopf. Sie atmete ein paar Mal durch, bis sie wieder klare Gedanken fassen konnte.

»Dann ist Eske die Täterin«, sagte sie. »Sie hat ein Motiv: den Vergewaltigungsversuch von Ole Brand. Sie hatte die Möglichkeit, ihm das GBL bei einem abendlichen Rundgang im SPA-Bereich zu verabreichen. Den Himbeersaft hatte sie von ihren Eltern, das GBL von Emil Paulsen, mit dem sie wohl schon einige Zeit in Kontakt stand. Da hat sich eine zufällige Bekanntschaft als vermeintlich gute Gelegenheit zum passenden Zeitpunkt entpuppt.«

»Wir haben sogar noch einen weiteren Beweis«, erklärte Eike stolz. »Die Fingerabdrücke. Die von Eske stimmen mit denen auf der Flasche überein. Die von Helga Hus dagegen nicht.«

»Wer ist dann die dritte Person, die ihre Abdrücke hinterlassen hat?«

»Keine Ahnung. Ich weiß auch nicht, ob das für uns noch wichtig ist. Komm, wir frühstücken schnell, und dann suchen wir Eske auf.«

»Lass dir Zeit«, sagte Finja. »Vor zehn ist sie nicht im Seestern.«

»Wir nehmen sie zu Hause fest«, schlug Eike vor.

Finja überlegte kurz. »Nein, wir gehen zu ihr ins Hotel. Da ist der Überraschungseffekt am größten. Dann erhalten wir das Geständnis schnell.«

32

Eske schien schlecht geschlafen zu haben. Sie war blasser als sonst, schmaler als sonst und hatte rotgeweinte Augen. Vermutlich hatte sie zum Frühstück nicht mal einen Schluck Tee oder Kaffee hinunterbekommen. Eine Thermoskanne stand auf dem Tresen neben dem Bildschirm. Die hatte Finja bisher noch nie hier gesehen.

Auf einmal wunderte sie sich, wie dieses Mädchen überhaupt die letzten Nächte seit Ole Brands Tod hatte schlafen können. Wie passte ein Tötungsdelikt zu dem Charakter einer so sanften, schüchternen jungen Frau?

Doch es war nicht das erste Mal in ihrer Karriere, dass sie sich fundamental in einem Menschen getäuscht hatte. Oft erlebte sie, dass die Maske während des Geständnisses fiel.

»Frau Huck, wir müssen Sie sprechen. Jetzt sofort.«

Sie wies mit dem Kopf auf das Büro neben der Rezeption und ging voran. Eike wartete, dass Eske ihr folgte. Dann ging auch er hinein und schloss die Tür.

»Bitte setzen Sie sich«, sagte Finja. »Eske – wir dürfen Sie doch mit dem Vornamen anreden?«

Eske nickte verängstigt. Sie ahnte sicher, was nun auf sie zukam.

»Eske, wir verdächtigen Sie, Ole Brand ums Leben gebracht zu haben.«

Eske rang nach Luft, brachte aber keinen Ton heraus.

Einen Augenblick befürchtete Finja, dass sie einen Asthmaanfall bekäme. Doch dann atmete die Verdächtige weiter.

Finja nannte ihr das mutmaßliche Motiv.

Eske widersprach nicht. Sie nahm die Worte der Kommissarin hin, ohne sie zu kommentieren.

»Sie haben jederzeit freien Zugang zum SPA-Bereich«, fuhr Finja fort. »Und Sie waren im Besitz der Tatwaffe, die aus einer Flasche Himbeersaft bestand, dem GBL beigemischt worden war, bekannt als die Partydroge Liquid Ecstasy.«

Eike übernahm das Gespräch. »Sie waren am vergangenen Sonnabend im SPA-Bereich. Haben Sie Ole Brand den Drink wortlos hingestellt, oder haben Sie ihm den besonders schmackhaft gemacht?«

»Ich war das nicht«, brachte Eske flüsternd hervor. Ihre Lippen zitterten, und ihr stiegen Tränen in die Augen. »Ich war am letzten Samstag nicht im Seestern.«

»Wir haben ein Video«, sagte Finja streng. »Es zeigt Sie zusammen mit Emil Paulsen. Sie sind beide eindeutig erkennbar. Streiten Sie etwa ab, sich mit ihm getroffen zu haben?«

Tapfer hielt Eske die Tränen zurück. »Ich hatte Kontakt zu ihm, das stimmt. Er hat mich angesprochen. Vor zwei Wochen war das, als ich aus Nieblum kam und am Strand spazieren ging. Er lief neben mir her und flirtete mich an. Ich fand ihn irgendwie witzig und hab mich auf das Gespräch eingelassen. Dabei war mir klar, dass er nicht wirklich was von mir wollen konnte. Einer, der so aussieht, mit diesen gefärbten Haaren und der Tätowierung, der will keine wie mich. Der will ein flippiges Mädchen.«

»Was wollte er von Ihnen?«, fragte Eike. »Warum hat er Sie angesprochen? Warum hat er Sie am Strand begleitet?«

Eske schüttelte den Kopf.

»Wollen Sie nicht darüber reden?«, fragte Finja.

»Ich habe Angst vor ihm.«

»Das müssen Sie nicht.« Finja dachte daran, dass Eske einige Zeit im Gefängnis verbringen würde und dass Emil sie dort sicherlich nicht besuchen wollte.

Eske schluckte. »Er ... Emil wollte, dass ich für ihn dieses Zeug verkaufe. Hier auf Föhr.«

»Das Liquid Ecstasy?«

»Ja. Er hatte das Seestern-Resort ausgekundschaftet und festgestellt, dass es ein gehobenes Haus ist mit vornehmen Gästen. Er war der Meinung, dass diese Leute schon alles hätten, dass sie Partys feiern aus Langeweile und dass sie scharf wären auf dieses Zeug. So hat er sich ausgedrückt.«

»Er hat Sie ganz gezielt wegen der Gäste dieses Hauses angesprochen?«

Eske nickte. »Er meinte, gerade der SPA-Bereich, der ja die ganze Nacht über geöffnet ist, würde dazu einladen, Drogenpartys zu feiern.«

»Da wollte er mitmischen und das große Geld verdienen«, warf Eike ein.

Eske zuckte mit den Schultern. »Ich war wohl mit daran schuld. Ich hatte ihm von meiner Arbeit erzählt, von dem Haus und von den Leuten.«

»Er hat Sie wahrscheinlich auch gezielt ausgesucht und ausgefragt«, mutmaßte Finja.

»Ja, sicher. Er hat ein Auge dafür, wen man am besten anspricht.«

»Dann haben Sie den Stoff von ihm gekauft«, sagte Eike. »Und Sie haben ihn dazu verwendet, sich an Ole Brand zu rächen.«

»Hab ich nicht«, rief Eske verzweifelt aus.

Eike hielt ihr das Video hin. »Wir sehen aber hier, dass Sie ein Päckchen von ihm annehmen. Was war denn sonst da drin? Schokolade etwa? Katzenfutter?«

»Er hat mir was in die Hand gedrückt, aber ich hab es ihm wieder zurückgegeben. Ist das nicht auf dem Video drauf?«

»Leider nicht«, sagte Finja.

Sie wollte der Frau gerne glauben, doch im Moment sprach alles gegen Eske Huck. Wenn sie kein Alibi hatte für die fragliche Zeit … Und selbst dann! Sie konnte den Himbeersaft auch zu einem anderen Zeitpunkt auf den Tisch bei der blauen Liege gestellt haben, wohl wissend, dass dies der Lieblingsplatz von Ole Brand war und dass sich an dem Abend kein anderer dort niederlassen würde, weil ein Fußballspiel und eine Romanze die Leute vor dem Fernseher hielten oder weil sie im Kaminzimmer beisammensaßen.

Auf einmal klopfte es heftig an der Tür.

»Wer ist das denn jetzt?«, fragte Eike genervt.

Im selben Moment flog die Tür auf, und Inga Brodersen stand vor ihnen.

»Frau Witt, Herr Boss, tut mir leid, dass ich so reinplatze. Das ist nicht meine Art, aber ich muss Sie sprechen.«

»Das geht im Moment nicht, Frau Brodersen«, sagte Finja und bat die Hotelchefin um Verständnis.

Inga hob den Kopf. Hätte sie einen Handstock bei sich gehabt, dann hätte sie ihn vehement auf den Boden gestoßen.

»Doch, das geht«, rief sie aus. »Jetzt sofort. Es duldet keine Sekunde Aufschub.«

33

»Kommen Sie mit in mein Büro«, gab Inga Brodersen in einem Ton von sich, den man eher in einer Kaserne vermutete als in einem Wellness-Hotel. »Hier können wir nicht reden. Die Tür ist nicht schalldicht. Wenn jemand am Tresen steht – nicht auszudenken.«

»Wir können Frau Huck nicht alleine hier sitzen lassen«, wandte Finja ein. Es bestand Fluchtgefahr, doch das wollte sie nicht so deutlich sagen.

»Eske kann mitkommen. Sie kann sich bei mir in den Nebenraum setzen, bis ich Ihnen alles gesagt habe.« Inga drehte sich um und marschierte voran.

Eike und Finja nahmen Eske in ihre Mitte und folgten der Hotelinhaberin in deren Büro. Eske verzog sich in den angrenzenden Raum. Eike vergewisserte sich, dass es keinen anderen Ausgang gab als den durch das Büro von Inga Brodersen.

»Ich muss meine Aussage korrigieren«, begann Inga. »Den jungen Mann, den ich vor meinem Haus gesehen habe, den mit der Tätowierung im Nacken ...«

Eike unterbrach sie. »Sie sprechen von Emil Paulsen.«

Inga ging über den Einwurf hinweg. »Ich habe ihn nicht am Abend des Todes von Ole Brand gesehen. Es war drei Tage davor, am Mittwoch.«

»Das fällt Ihnen heute ein«, warf Eike ihr in einem Tonfall vor, der ihrem in nichts nachstand.

»Sie werden nachher verstehen, warum«, giftete sie ihn missbilligend an. Dann wandte sie sich an Finja. »An dem Abend habe ich nicht Früchtetee auf meiner Loggia getrunken, sondern Matetee im Kaminzimmer mit meinen Gästen. Ich wundere mich, warum Sie das noch nicht rausgefunden haben. Sie schnüffeln doch sonst überall in meinem Haus herum.«

Eike tippte laut mit dem Kuli auf die Tischplatte. »Bitte bleiben Sie sachlich, Frau Brodersen.«

»Ich revidiere hiermit meine gesamte Aussage vom Montag«, fuhr sie mit pikierter Miene fort.

»Schon gelöscht«, warf Eike ihr zu. »Was bieten Sie uns stattdessen an?«

»Am Mittwoch letzter Woche habe ich abends einen Strandspaziergang gemacht. Es war nicht viel los. Das Wetter war schlecht, es regnete leicht. Aber für uns Nordfriesen gibt es bekanntlich kein schlechtes Wetter.«

»Nur die falsche Kleidung.« Eike schmunzelte lässig. Er schien sich damit arrangiert zu haben, dass diese Zeugin eckig, kantig und grantig war. Er schien sogar seinen Spaß daran zu haben, dieses Gespräch mit ihr zu führen.

»Sie sagen es, Herr Kommissar. Ich marschierte also an der Wasserkante entlang, und dann auf einmal sah ich zwei Damen, die mir bekannt vorkamen. Ich sah sie nur von hinten, aber die eine der beiden war hochmodisch gekleidet, so modisch wie zurzeit wohl nur eine einzige Person auf dieser Insel. Sie hatte sich bei der anderen eng untergehakt. Mir war sofort klar, wen ich da vor mir sah.«

»Sie sprechen von Frau Flothmann und Frau Brand?«, fragte Finja.

»Sehr gut geraten. Und nun passen Sie auf.« Inga Brodersen hob den Kopf, als setzte sie zu einem wichtigen Vortrag an. »Der junge Mann, den ich Ihnen beschrieben habe, kam den beiden entgegen. Ich sah ihn von Weitem, und es war nicht das erste Mal, dass ich ihn sah. Vor einigen Tagen, es mag anderthalb Wochen her sein oder zwei, habe ich ihn vor meinem Hotel gesehen. Ich dachte, was will denn dieser Typ vor meinem Haus? Nach einer Zeit ging er weiter. Und nun kam er mir also am Strand entgegen. Er ist ja nicht zu verkennen mit dieser violetten Tolle. Ich dachte erst, will der zu mir?«

»Hat er Sie erkannt?«, fragte Eike. »Hat er irgendwie durch seine Blicke oder seine Haltung zu verstehen gegeben, dass er wusste, wer Sie sind?«

»Er hat mich nicht gegrüßt, wenn Sie das meinen. Er dürfte mich kaum wahrgenommen haben. Ich hatte einen Regenhut auf, einen mit einer breiten Krempe. Unter dem guckten weder mein Haar noch mein Gesicht erkennbar hervor.«

»Okay. Er kam Ihnen also entgegen. Und weiter?«

»Er ging auf die beiden Damen zu. Sie blieben stehen und sprachen mit ihm. Was dabei geschah, konnte ich nicht genau sehen. Aber sicher ist, dass Frau Brand ihm etwas aus ihrer Tasche gegeben hat, und

Frau Flothmann hat von ihm was entgegengenommen.«

»Das haben Sie genau gesehen?«

»Wenn ich es doch sage! Ich bin dann ebenfalls stehen geblieben und habe mich mit dem Gesicht zum Wasser gedreht. Es gibt ja immer einen Grund, aufs Meer hinaus zu blicken. Aus dem Augenwinkel hab ich gesehen, dass der junge Mann sich wieder in die Richtung verzog, aus der er gekommen war. Die beiden Damen sind noch ein Stück weitergegangen. Wie weit, das kann ich nicht sagen.«

»Wenn ich das richtig verstehe«, rekonstruierte Finja, »sind die beiden Frauen in dieselbe Richtung weitergegangen, in die Emil Paulsen ging, nachdem er mit ihnen gesprochen hatte.«

»Ja, aber sie sind ihm nicht gefolgt. Er war sehr schnell, er machte große Schritte. Die Damen dagegen gingen langsam weiter.«

»Als die drei miteinander sprachen«, fragte Eike, »was haben Sie gedacht, was da vonstattengegangen sein könnte?«

»Es war mir ein Rätsel, aber es war mir auch egal. Zuerst dachte ich, die Frauen fragen den Typ irgendwas. Wie spät es ist oder auf welchem Weg sie irgendwohin kommen. Dann aber sah ich ja, dass sie etwas tauschten, eine Ware gegen Geld oder so. Was weiß ich? Ich habe mir darüber keine Gedanken gemacht.«

»Aber jetzt machen Sie sich Gedanken«, stellte Finja fest.

»Ja, natürlich.«

»Wieso natürlich?«, fragte Eike.

»Weil ich befürchte, dass Sie Eske festnehmen. Nach dem Tod von Ole Brand und nachdem die Gerüchte über eine Vergiftung aufkamen, war mir klar, dass da irgendeine Unregelmäßigkeit gelaufen sein muss. Und mir ist vollkommen klar, dass nicht Eske dahintersteckt, sondern die Frau Brand. Wenn Sie deren Mann kennengelernt hätten ... Und wenn Sie gesehen hätten, wie sie hier aufblühte, nachdem Martin Ritter sich für sie zu interessieren begann! Es ist doch eindeutig, was da gelaufen sein muss. Ich kann es nur nicht beweisen.«

Finja betrachtete die Dame lange. »Sie offenbaren sich uns jetzt, weil Sie verhindern wollen, dass Eske Huck verhaftet wird.«

»Sie hat nichts mit der Sache zu tun. Ich weiß allerdings, dass der junge Mann mit dem violetten Haar Emil Paulsen heißt. Seine Großmutter wohnt nicht weit von hier, und ich kenne sie ganz gut. Ich weiß, was der Junge für eine Vergangenheit hat, und ich ahne auch, womit er zurzeit sein Geld verdient. Vermutlich haben Ihre Kollegen ihn längst mit Eske zusammen gesehen. Ich habe die beiden zufällig mal am Strand beobachtet. Ich habe Eske gewarnt. Seitdem hält sie Abstand von ihm.«

Finja wurde wütend. Wenn die Hotelchefin ihnen gleich von ihren Beobachtungen berichtet hätte, hätten sie die Täterin längst gefasst. »Warum haben Sie sich nicht schon am ersten Tag unserer Ermittlungen dazu geäußert?«

»Ich wollte einfach nicht darüber reden. Ich habe die ganze Angelegenheit verdrängt, soweit das ging. Ich wollte nicht wahrhaben, dass eine Urlauberin meines Hauses ihren Ehemann umbringt. Dass ich in meinem Wellness und Lifestyle Resort einen Vergewaltiger beherberge. Was macht denn die Presse daraus? Ich bitte Sie! Wenn das an die Öffentlichkeit gelangt, kann ich einpacken.«

»Aber Eske war es Ihnen dann doch wert, einzuschreiten und uns zu berichten, was Sie wissen«, konstatierte Finja. »Das wird die junge Frau freuen. Sie wird Ihnen ihr Leben lang dankbar sein.«

Eike packte Block und Kuli zusammen. »Danke für das Gespräch, Frau Brodersen. Dann gehen wir mal eine Etage weiter nach unten.«

Die Hotelchefin startete einen letzten Versuch, die Unannehmlichkeiten, die der Tod von Ole Brand ihr zu verschaffen drohte, auf ihre Weise zu vermeiden. »Es gibt so viele Menschen, die gehen abends schlafen und wachen am nächsten Morgen nicht mehr auf. Kann nicht auch der Gast eines Hotels einfach auf einer Liege am Pool für immer eingeschlafen sein? Einfach so, ohne dass jemand etwas dazu konnte? Er war doch nun wirklich ein Scheusal und hat es nicht besser verdient.«

Eikes Lippen wurden schmal. »Frau Brodersen, der Tod von Ole Brand ist für meine Kollegin und mich nicht verhandelbar.«

34

Marlene war auf dem Weg zu einem Gespräch mit Amalie Siebenschön, als die Ermittler sie auf dem Handy erreichten.

»Das passt gut«, sagte Finja. »Wir treffen uns mit Ihnen in dem Raum. Wir müssten kurz was mit Ihnen besprechen.«

Sie fingen Marlene auf dem Flur ab, auf dem das Zimmer der Psychologin lag. Amalie Siebenschön stand gesprächsbereit in der Tür und staunte, als sie hinter Marlene auch die Ermittler noch einmal auf dem Gang entdeckte.

Finja blieb vor Amalie stehen. »Frau Siebenschön, dürfen wir Sie bitten, uns Ihren Raum für ein paar Minuten zu überlassen? Wir würden gerne in Ruhe mit Frau Brand reden.«

Amalie guckte irritiert, hob den Arm und zeigte auf ihre Uhr. »Ja, aber wir haben jetzt einen Termin.«

»Den Sie im Moment leider nicht wahrnehmen können.« Eike drängte Amalie aus dem Raum und schob Marlene hinein. Er zog die Tür hinter Finja zu. Dabei winkte er der Psychologin noch einmal zu, bevor sie aus seinem Sichtfeld verschwand.

»Frau Brand, bitte setzen Sie sich.« Finja wartete, bis Marlene ihrer Aufforderung nachgekommen war.

Auch sie und Eike nahmen Platz. »Sie haben Ihren Mann mit Liquid Ecstasy vergiftet«, sagte sie geradeheraus. »Ihre Ehe war schon lange nicht mehr erträglich. Sie hatten ein klassisches Motiv, Ihren Mann aus dem Leben zu kicken. Dann trat in diesem Urlaub Martin Ritter in Ihr Leben, und Sie fassten den Entschluss, Ihren Mann zu verlassen. Allerdings auf eine besondere Weise – so, dass Ihr Ehevertrag, von dem Sie uns vor einigen Tagen berichteten, nicht zum Tragen kam. Wie lautete die Klausel noch? Wenn Sie Ihren Mann verlassen, erhalten Sie nichts. Als Witwe aber erben Sie alles. Ist es nicht so?«

Marlene sah sie entgeistert an. Dann fasste sie sich. Finja vermutete, dass sie sich innerlich auf diesen Moment vorbereitet hatte. Giftmörderinnen waren oft kühl kalkulierende Frauen, auch wenn sie nach außen unsicher wirkten.

»Sie können mir nichts nachweisen«, sagte die Beschuldigte.

»Laut einer Zeugenaussage haben Sie sich mit Emil Paulsen am Strand getroffen und Stoff von ihm gekauft. Und neben der Liege, auf der Ihr Mann starb, haben wir eine Flasche mit Himbeersaft gefunden. Er war mit Liquid Ecstasy vermischt. Es kommt nur ein kleiner Kreis von Personen in Betracht, die ihm das Getränk hingestellt haben können.«

Marlene schien in sich zu gehen. Sah sie ihre aussichtslose Lage ein? Würde Sie nun gestehen?

»Ich muss Ihnen was beichten.«

»Wir bitten darum«, entfuhr es Eike.

»Wir haben ein Spiel gespielt in den Tagen vor dem Tod meines Mannes. Ole war so furchtbar nörgelig. Er langweilte sich tierisch. Yoga, Meditation, Gespräche mit einer Psychologin ... Das Seestern-Resort war einfach kein Haus für ihn. Da fiel mir etwas ein.«

»Wir hören«, sagte Eike, als Marlene nicht fortfuhr.

»Wie soll ich das erklären? Also, es war so: Ole hatte mir mal von einem Spiel erzählt, das er mit Freunden als Schüler im Schullandheim ausgeheckt hat. Da haben sie sich auch alle fürchterlich gelangweilt. Irgendwer kam auf die Idee, eine Atmosphäre zu erzeugen wie in einem Thriller.«

»Mit Mord und Totschlag?«, fragte Eike.

»Das nicht, aber mit Bedrohungen. Sie haben sich gegenseitig Streiche gespielt. Also haben Doris, Martin und ich uns was ausgedacht, womit wir bei Ole die tägliche Dosis Adrenalin hervorrufen konnten.«

»Wie haben Sie das gemacht?«

Marlenes Augen leuchteten auf. »Martin hat ihn mit unterdrückter Rufnummer und verstellter Stimme angerufen. Er hat ihm eine Erpressung angedroht. Ich hatte ihm zuvor ein bisschen was aus unserem Betrieb erzählt. Ole hat sich nicht immer ganz an die Gesetze gehalten. Manchmal hat er Mitarbeiter schwarz beschäftigt, und er hat nicht alles versteuert, was das Finanzamt versteuert sehen wollte. Martin hat so getan, als wäre er ein Insider, der ihn an die Behörden verpfeifen wird, wenn er nicht innerhalb von vierundzwanzig Stunden eine halbe Million Euro beschaffen würde. Er hat gesagt, er wird Ole in genau einer Stunde wieder anrufen. Dann würde er ihm mehr erzählen. Ole war außer sich. Und ich kannte ja meinen Mann. In solchen Situationen läuft er ohne Telefon aus dem Haus und macht einen Spaziergang, bei dem er nichts und niemanden hören will. Als er zurückkam, lag sein Telefon zwar noch auf dem Nachtschrank, aber es funktionierte nicht mehr. Ich hatte die SIM-Karte rausgezogen, was er in seinem Brass nicht erkannt hat. Er war außer sich. Und auf einmal standen Doris, Martin und ich vor ihm und haben ihm gesagt, das war nur ein Spiel.«

Eike verzog genervt das Gesicht. »Na, da wird er ja kräftig gelacht haben. Wirklich lustig, die Geschichte.«

Marlene kicherte, als wäre der Spaß gelungen und ihr Mann noch am Leben. »An einem anderen Tag haben wir Entführung gespielt. Ich war auf einmal verschwunden und blieb über Nacht weg. Ich war in Martins Zimmer. Er hat mich mit Essen und Getränken versorgt und mit noch manch anderem, wenn Sie verstehen.« Gespielt beschämt sah Marlene zu Boden.

Finja sah ihr an, wie gut es ihr getan hatte, hinter dem Rücken ihres Mannes die Zuneigung von Martin zu genießen.

»Ist Ihrem Mann nicht aufgefallen, dass auch Herr Ritter verschwunden war?«

»Er war nicht die ganze Zeit untergetaucht. Tagsüber hat er sein Programm abgespult. Wir hatten Frau Siebenschön, Frau Brodersen und Frau Huck informiert. Sie haben mitgespielt und sich über mein Verschwinden künstlich besorgt gezeigt. Nur als mein

Mann die Polizei rufen wollte, wurde es vorübergehend brenzlig. Aber mit vereinten Kräften haben alle Mitwisser ihn davon überzeugt, dass er abwarten soll, welche Forderungen der Entführer stellt.«

»Und auf einmal waren Sie wieder da«, sagte Finja, »und es herrschte wieder eitel Sonnenschein.«

»Ganz so war es nicht. Ole war richtig sauer. Dann kam Doris auf eine Idee. Und die fand ich gut.«

»Die Idee mit dem Liquid Ecstasy.«

Marlene nickte. »Eske hatte uns darauf gebracht. Sie hat da einen interessanten Kontakt. Über den sind wir an das Zeug gekommen.«

»Sie hatten die Absicht, Ihren Mann zu töten«, sagte Eike ihr auf den Kopf zu.

»Nein, es sollte ein Spaß sein. Wir wussten ja nicht, dass Ole gleich daran sterben würde.«

»Wer hat Ihrem Mann das GBL verabreicht?«, fragte Finja. »Wer hat den Himbeersaft damit vermischt, und wer hat ihm den neben die Liege gestellt?«

Marlene zuckte mit den Schultern. »Ich weiß es nicht. Ich habe das nicht weiterverfolgt.«

Finja hielt einen Moment den Atem an. »Wir brauchen Ihre Fingerabdrücke, Frau Brand. Den Termin mit Frau Siebenschön können Sie streichen. Wir nehmen Sie jetzt mit auf die Polizeistation.«

Marlene verlor sich in einem naiven Grinsen. »Meine Abdrücke werden Sie auf der Flasche mit dem Himbeersaft nicht finden.«

35

Marlene sollte recht behalten. Ihre Fingerabdrücke befanden sich nicht auf der Himbeersaftflasche, wie die digitale Überprüfung schnell ergab.

Jetzt gab es nur noch eine weitere Option – oder Inga hatte Eske geschickt aus der Affäre gezogen.

Doris wartete im Foyer auf die Rückkehr der Ermittler. Sie stürzte sich auf Marlene und umarmte sie, als hätte ihre Freundin gerade einen Mord gestanden und müsste lebenslang ins Gefängnis gehen.

Marlene schüttelte stumm den Kopf – was auch immer das zu bedeuten hatte.

Wollte sie Doris damit sagen: ›Ich habe nicht gestanden‹? Wollte sie ihr signalisieren, dass die Situation aussichtslos war? Oder bedeutete es: ›Ich habe geschwiegen, also schweige auch du‹?

Eike griff nach Doris' Arm. »Frau Flothmann, bitte folgen Sie uns auf die Polizeistation. Wir brauchen Ihre Fingerabdrücke.«

Wieder fuhren sie die kurze Strecke zu dem Gebäude am Hafen. Wieder nahm ein Kollege die Abdrücke ab und sandte sie auf digitalem Weg nach Niebüll. Dort wurden sie mit den Spuren auf der Flasche abgeglichen.

»Volltreffer«, bestätigte der zuständige Kollege.

Die Ermittler führten Doris in den Vernehmungsraum. Finja klärte sie über ihre Rechte auf und sprach die erforderlichen Daten ins Mikrophon.

»Frau Flothmann«, fing Eike in beißend spöttischem Tonfall an. »Sie haben vor ein paar Tagen im Seestern ein paar derbe Späßchen mit Herrn Brand getrieben. Die ersten sollen uns nicht weiter interessieren. Wenn Sie Ihre Freude daran hatten – bitteschön. Aber der letzte war einer zu viel.«

»Es war so nicht geplant«, redete Doris sich heraus. »Wir wollten Ole einen Denkzettel verpassen. Weiter nichts.«

»Einen Denkzettel wofür?«

»Er wollte Eske vergewaltigen. Ich konnte das gerade im letzten Moment verhindern.«

»Sie sprechen von der Begebenheit im Toilettenraum anlässlich der Begrüßungsfeier?«, fragte Finja.

Doris nickte. »Sie wissen also davon. Es war nicht das erste Mal, dass Ole sich so ein Ding geleistet hat. Er hat vor Jahren versucht, mich auf dieselbe Weise zu nehmen. Er wusste nicht, dass ich mal einen Frauen-Selbstverteidigungskurs absolviert hatte. Seit dem Abend wusste er es. Ich habe es Marlene nie erzählt. Ich wollte ihre Ehe nicht gefährden. Aber vergessen habe ich es nie. Und schon gar nicht verziehen.«

»Als er nun versuchte, Eske Huck Gewalt anzutun, kam alles wieder hoch«, folgerte Finja.

»Ja, natürlich. So etwas vergisst man nie. Ich bin nicht ohne Grund aus Münster weggezogen. Ich wollte Ole aus dem Weg gehen, wo immer es möglich war. Er kam nie nach Hannover. Die Stadt war ihm viel zu langweilig. Marlene hat mich da immer alleine besucht.«

»Warum dann die Idee mit diesem gemeinsamen Urlaub auf Föhr?«

»Das war ein fataler Fehler meinerseits. Ich hatte nicht damit gerechnet, dass Ole mit hierhin fahren würde. Ich dachte, das ist was für Marlene und mich. Ich wollte ein Doppelzimmer für uns beide buchen und drei schöne Wochen mit ihr verbringen. Ihre Ehe ist längst nicht mehr das, was man eine Ehe nennen könnte. Ole vergnügt sich mit seinen weiblichen Angestellten. Jedes der Mädchen, die er bezirzt, hofft natürlich, dass er sich für sie scheiden lässt. Marlene hätte nichts dagegen gehabt, denn dann wäre sie ihn für alle Zeiten losgewesen und hätte obendrein eine Abfindung bekommen. Andersherum, wenn sie ihn verlassen hätte, hätte sie mit nichts dagestanden.«

»Herr Brand war bestimmt nicht begeistert von der Idee, seine Frau drei Wochen lang mit Ihnen alleine wellnessen zu lassen.«

»Sie ahnen es: Er wollte mit. Ich habe überlegt, ob ich den Urlaub absage. Das wollte ich Marlene aber nicht antun. Also habe ich in den sauren Apfel gebissen. Ich konnte ja nicht davon ausgehen, dass Ole sogar hier eine Frau überfallen würde.«

»Haben Sie mit Eske über ihre Erfahrung mit Ole Brand gesprochen?«, fragte Finja.

»Ja, ich habe ihr davon erzählt und ihr angeboten, sich mit mir auszutauschen, um dieses furchtbare Erlebnis verarbeiten zu können. Sie war ja völlig durch den Wind. Bei einem dieser Gespräche gestand mir Eske, ausgerechnet dieses sanfte Schaf, sie würde Herrn Brand so furchtbar gerne einen Denkzettel verpassen und sie hätte auch schon eine Idee.«

»Sie hat Ihnen von Emil Paulsen erzählt?«

»Von ihm und seinem neuen Geschäft. Es bot sich geradezu an, von diesem Kontakt Gebrauch zu machen. Eske versprach, Emil noch mal zu kontaktieren, nachdem er sich enttäuscht von ihr zurückgezogen hatte. Sie hat einen Termin für uns mit ihm ausgemacht. Wir haben uns eines Abends am Strand getroffen und Liquid Ecstasy von ihm abgekauft. Es war nur eine kleine Menge. Wir brauchten es ja nur für ein einziges Mal.«

»Hat Herr Paulsen Sie darüber informiert, welche Menge tödlich wirkt?«

Doris schüttelte den Kopf. »Einen Dealer interessiert doch die Aufklärung über so eine Droge nicht. Emil hatte nur ein Interesse: uns so viel wie möglich zu verkaufen.«

»Welche Menge haben Sie erstanden?«, fragte Eike.

»Ein paar Gramm. Emil sagte, das reicht, um einen gestandenen Mann innerhalb einer Viertelstunde einschlafen und stundenlang nicht mehr aufwachen zu lassen.«

»Was haben Sie dafür bezahlt?«

»Viel. Es war uns egal. Wir hatten nur ein Ziel: Wir wollten, dass Ole einmal im Leben Ohnmacht spürt. Dass er die Erfahrung macht, wie es ist, wenn man sich nicht wehren kann. Er war ein Mensch, der glaubte, alle Macht der Welt zu besitzen. Er war dominant, hat alles an sich gerissen und über alles bestimmt, auch über die Menschen in seiner Umgebung. Das musste mal aufhören. Wir wollten ihn ohnmächtig machen, in dem Zustand einiges mit ihm anstellen, ihn dabei fotografieren, Videos von ihm drehen und ihm unsere kleine Dokumentation nach dem Wiedererwachen vor Augen führen.«

»Wie lief der Abend dann ab?«, fragte Eike.

»Wir haben ihm die Flasche mit dem Himbeersaft hingestellt.«

Finja unterbrach Doris sofort wieder. »Wer von Ihnen hat ihm die Flasche hingestellt?«

»Ich war das.« Doris schluckte. »Eske hatte sie mir von ihrem Elternhaus mitgebracht. Ich war ihre engste Vertraute in dieser Sache. Sie hat mir die Flasche gegeben. Ich habe das GBL hineingekippt und Ole die Flasche mitgebracht. Es sei eine neue, ganz irre Geschmacksrichtung, habe ich ihm gesagt. Er solle sich davon mal ordentlich was in den Whiskey kippen oder in den Gin oder was immer er gerade trank. Das hat er offenbar getan. Wir sind in die Sauna gegangen. Er ist uns noch gefolgt. Wir haben ihn zurückgeschickt mit den Worten, an dem Tag sei Damensauna. Als wir rauskamen ...«

»War er tot?«, fragte Eike. »Oder war er nur ohnmächtig?«

»Ich denke, er war tot. Wir haben keinen Puls mehr gefühlt.«

»Sie sind nicht zufällig auf die Idee gekommen, einen Krankenwagen zu rufen?«

»Nein. Wozu? Wenn jemand tot ist, ist er tot. Wenn er noch zu reanimieren gewesen wäre, was wäre denn dann geschehen? Mit einem riesigen Hirnschaden wäre er noch ein paar Jahre dahinvegetiert. Was wäre das für ein Leben gewesen?«

»Darüber hätten Sie nicht zu entscheiden gehabt«, belehrte Finja sie.

»Trotzdem – er war tot. Und wer wollte ihn denn noch haben? Ich habe Marlene sofort angesehen, wie erleichtert sie war, als sie merkte, dass unser Plan anders ausgegangen war, als wir dachten.«

»Mit Ole Brand war dann auch Ihr geselliger Kaminabend mit Matetee gestorben«, vermutete Eike.

Doris lachte verloren. »Matetee und Sesamkekse. Danach war uns tatsächlich nicht mehr. Wir sind auf mein Zimmer gegangen und haben überlegt, was wir machen, wenn rauskommt, dass da unten ein Toter liegt. Wir haben beschlossen, so zu tun, als hätten wir den Abend ganz zurückgezogen verbracht. Jeder für sich auf seinem Zimmer. Und überrascht zu tun, wenn wir erfahren, dass Ole nicht mehr unter uns weilt.« Sie sah die Ermittler an. »Ist uns ja auch eine Zeit lang ganz gut gelungen.«

»Frau Flothmann«, schloss Eike die Vernehmung. »Sie müssen mit einer Anklage wegen fahrlässiger Tötung rechnen. Frau Brand wird sich als Mittäterin verantworten müssen.«

»Und Eske? Sie hat doch mitgemacht.«

»Bisher haben Sie sie immer in Schutz genommen«, warf Finja ihr zu. »Jetzt soll sie ebenfalls angeklagt werden?«

»Ich meine ja nur ... Im Grunde genommen war es eine Tat, die mehrere Leute geplant und begangen haben. Emil Paulsen war auch beteiligt.«

»Keine Sorge: Herrn Paulsen werden wir aus verschiedenen Gründen ebenfalls belangen. Was Frau Huck betrifft: Sie mag Ihnen den Kontakt zu einem Dealer verschafft haben. Den Tod von Ole Brand hat sie aber nicht verschuldet. Die Last müssen Sie und Frau Brand schon auf sich nehmen.«

»Eigentlich hatte Eske davon geträumt, Ole die Flasche mit dem Saft zu bringen«, protestierte Doris. »Ihr wäre es nur zu schwergefallen, ihm in diesem Raum gegenüberzutreten, in dem alle nackt oder im Bademantel herumliefen.«

»Gekauft haben das GBL aber Sie, richtig?«, fragte Eike bissig.

»Auf Eskes Vermittlung hin.«

»Sie haben es in den Saft gemischt und Ole Brand das tödliche Getränk empfohlen.«

»Aber Eske ...«

Eike verdrehte die Augen. »Frau Flothmann, man wird nicht angeklagt wegen einer Tat, die man sich im Traum vorgestellt, die man aber nicht ausgeführt hat. Man wird angeklagt, wenn man sich einer Tat wirklich schuldig gemacht hat.«

36

Den Freitagabend verbrachten Finja und Valentino im Hafen-Bistro. Sie genossen die Aussicht auf die See und den endlos weiten Himmel. Das Wissen darüber, dass hinter Föhr ihre Lieblingsinseln Amrum und Sylt lagen, ließ sie ins Träumen verfallen.

»Da kommt er«, rief Finja aus und zeigte zum Treppenaufgang.

Sie hatten sich mit Eike verabredet, der Valentino endlich einmal persönlich kennenlernen wollte.

Verlegen blieb Eike vor dem Tisch des Paares stehen, das sich erhob, um ihn zu begrüßen.

»Gesehen haben wir uns im Ort schon mal«, sagte Eike und reichte Valentino die Hand. »Schön, dass wir jetzt auch mal miteinander reden. Ich bin Eike.«

»Valentino«, stellte Finjas große Liebe sich vor. »Setz dich doch. Wir haben schon eine Tote Tante für dich mitbestellt. Dürfte gleich fertig sein. Du trinkst doch so ein Gesöff?«

»Solange ich danach noch aufrecht stehen kann, gerne.« Eike setzte sich vor Kopf an den Tisch. »Hast du schon deine Schwester besucht?«, fragte er Finja.

Sie verzog das Gesicht. »Ich hätt's gerne getan, aber sie will mich nicht sehen.«

»Weil sie so verbeult aussieht?«

»Nein, aus Prinzip.« Sie legte Eike die Hand auf den Arm. »Kannst du nicht wissen. Meine Schwester und ich wären das Dreamteam jedes Familientherapeuten.«

»Wie kommt das?«

»Wir haben unseren Vater sehr früh verloren. Er war Kapitän auf einem Frachter und kam vor vierzig Jahren im Hafen von Buenos Aires ums Leben. Er geriet zufällig im Hafenviertel in eine Schießerei. Bei mir ist daraus letztlich der Wunsch entstanden, zur Kriminalpolizei zu gehen und Verbrechen zu bekämpfen. Meine Schwester dagegen hat unserem Vater nie verziehen, dass er nicht mehr zurückgekommen ist.«

»Dafür konnte er aber ja nichts«, wandte Eike ein.

»Meine Mutter und ich haben oft genug versucht, ihr das klarzumachen.«

Die Kellnerin, die heute hinter dem Tresen des Bistros stand, rief ihnen zu, dass die Getränke fertig seien. Valentino stand auf, um sie zu bezahlen und an den Tisch zu bringen.

Finja erzählte unterdessen weiter. »Lenja hat echt eine Macke davongetragen, und manchmal gebe ich die Hoffnung auf, dass sich das jemals ändern wird. Sie fühlt sich total zurückgesetzt, weil ich meinen Vater sieben Jahre lang hatte, sie dagegen nur drei Jahre lang.«

Eike zog die Augenbrauen hoch. »Wie alt ist sie jetzt? Dreiundvierzig? Und hat das noch immer nicht verdaut? Kaum nachvollziehbar.«

Finja seufzte schwer. »Das begreift kein Mensch. Aber so ist es nun mal. Was soll's? Die Familie sucht man sich bekanntlich nicht aus.«

»Ist aber ein schweres Los«, meinte Eike. »Ich kenne Familien, in denen laufen Geschwisterbeziehungen ganz harmonisch ab.«

»So was soll es geben.« Finja beugte sich über ein Blatt Papier, das vor ihr lag. »Jetzt suche ich nach den richtigen Worten für eine Genesungskarte.«

Valentino kam mit den Getränken an den Tisch und stellte jedem einen Becher hin. Dann setzte er sich. »Du stehst wieder einer der schwierigsten Aufgaben deines Lebens gegenüber?«

»Was ist daran so schwierig?«, fragte Eike. »Ich meine, eine Karte ist doch schnell gekauft. Ein paar nette Worte drauf und ab die Post.«

»Das sagst du so.« Finja strich sich eine störrische Haarsträhne hinters Ohr. »Das Problem ist: Nehme ich eine Karte, die Valentino gestaltet hat, fühlt Lenja sich zurückgesetzt, weil sie selbst keinen Partner hat. Kaufe ich eine teure Karte, wird sie das als Angabe empfinden, weil ich mir das leisten kann. Kaufe ich eine preiswerte Karte, ist sie böse, weil sie meint, mehr sei sie mir nicht wert.«

Eike sah sie mitleidig an. »Was für ein gedanklicher Aufwand für einen simplen, ehrlich gemeinten Genesungswunsch!«

»Ist bei einem Menschen wie Lenja leider nötig.«

Eike überlegte. »Dann gibt es praktisch keine Lösung«, folgerte er.

Finja hob den Finger. »Mir kommt gerade eine Idee. Ich bastele selbst eine Karte und male mit Buntstiften einen Blumenstrauß drauf.«

Valentino wiegte zweifelnd den Kopf hin und her. »Bist du sicher, dass sie damit zufrieden sein wird?«

»Nein, leider nicht. Aber was soll ich tun? Die Lage ist im Moment besonders schwierig, weil wir einen Fall gelöst haben, in den Emil Paulsen involviert war, wenn auch nur am Rande. Sie wollte ihn uns als Dealer präsentieren, und nun haben wir ihn im Rahmen der Ermittlungen zum Fall Ole Brand selbst enttarnt. Das wurmt sie natürlich. Und dann hat seine Bande sie auch noch zusammengeschlagen.«

Valentino hob die Hand. »Moment, mein Schatz, sie hat sich selbst in Gefahr begeben.«

»Das sieht sie aber anders. Sie fühlt sich wieder von mir übertrumpft und verletzt.«

Finja lehnte sich zurück, verschränkte die Arme und sah auf die See hinaus. Was für ein Geschenk es war, direkt an der Wasserkante leben zu dürfen!

Bei dem Anblick kehrte die Hoffnung zurück, dass auch Lenja sich eines Tages glücklich fühlen würde und dass sie dann wie richtige Schwestern wären.

Valentino nahm ihre Hand. »Woran denkst du?«

Finja zuckte die Achseln. »Vielleicht versteht Lenja eines Tages, dass ich bin, wie ich bin, weil ich bin, wie ich bin, und nicht, weil ich sie ausstechen will.«

Bücher der Autorin

Reihe ›Küstenkripo Dagebüll‹

1. Das Seesternspiel
2. *Die Sylter Libellen (Dezember 2024)*
3. *Die Inselkönigin (März 2025)*

Reihe ›Ein Fall für Molly Bleck‹

1. Der Herzmuschelmörder
2. Der Strandhexenmord
3. Das Todesboot
4. Das Fischernetz
5. Der Seebrückenteufel
6. Der Ankerplatz
7. Die Strandnixenfalle
8. Die Geisteryacht

Reihe ›Kripo Wattenmeer ermittelt‹

1. Flaschenpost vom Mörder
2. Mord auf der Hallig
3. Countdown in Westerland
4. Die Tote im Dünenhaus
5. Der Stalker von List
6. Der Seenebelmord
7. Das Camp beim Leuchtturm
8. Der Gast aus Hörnum
9. Die Brandung von Nebel
10. Der Deichgraf von Kampen
11. Das Duell im Watt

Reihe ›Ein Fall für die Kripo Wattenmeer‹
(Vorläufer von ›Kripo Wattenmeer ermittelt‹)

1. Der Pfauenfedernmord
2. Jaspers letzter Flirt

Reihe ›Anders und Stern ermitteln‹

1. Mordsrevanche

2. Mordsverrat

3. Mordsherz

4. Mordsblues

5. Mordssand

6. Mordsabend

7. Mordsblitz

8. Mordspiraten

Reihe ›Kripo Greetsiel ermittelt‹
(Vorläufer von ›Anders und Stern ermitteln‹)

1. Tod am Deich

2. Mordskuss

3. Mordsleben

4. Mordsschwestern

5. Mordsfinale

Weitere Bücher

- Himmelhochjauchzendhellblau

- Leichte Mädchen haben's schwer

- Der Blaue Stern

- Tod auf Juist

Hörbücher

Der Hörbuchverlag LAUSCH Medien bringt nach und nach alle Titel meiner Krimi-Reihen als Hörbücher heraus. Sie sind z. B. erhältlich bei Spotify, Thalia, Weltbild, Hugendubel und natürlich bei Audible.

Bisher sind erschienen:

Reihe ›Kripo Wattenmeer ermittelt‹

1. Der Pfauenfedernmord

2. Jaspers letzter Flirt

3. Flaschenpost vom Mörder

4. Mord auf der Hallig

5. Countdown in Westerland

6. Die Tote im Dünenhaus

7. Der Stalker von List

8. Der Seenebelmord

9. Das Camp beim Leuchtturm

Reihe ›Küstenkripo Dagebüll‹

1. Das Seesternspiel

Jedes Ende ein neuer Anfang

Liebe Leserin, lieber Leser,

schon wieder ist ein Buch zu Ende gelesen, doch das nächste ist bereits im Entstehen.

Wenn Sie über meine Neuerscheinungen auf dem Laufenden bleiben möchten, bestellen Sie doch meinen Newsletter. Die Anmeldung dazu finden Sie auf meiner Website:

https://ulrike-busch.de/

Gelegentlich, wenn auch nur selten, poste ich etwas auf Facebook (Fanpage: Ulrike Busch, Autorin) oder auf Instagram (ulrikebuschautorin). Am liebsten aber lebe ich in der analogen Welt.

Wer weiß: Vielleicht begegnen wir uns einmal an einem meiner Lieblingsorte an der Nord- oder Ostsee?

Bis dahin, Ihre
Ulrike Busch